齐然 著

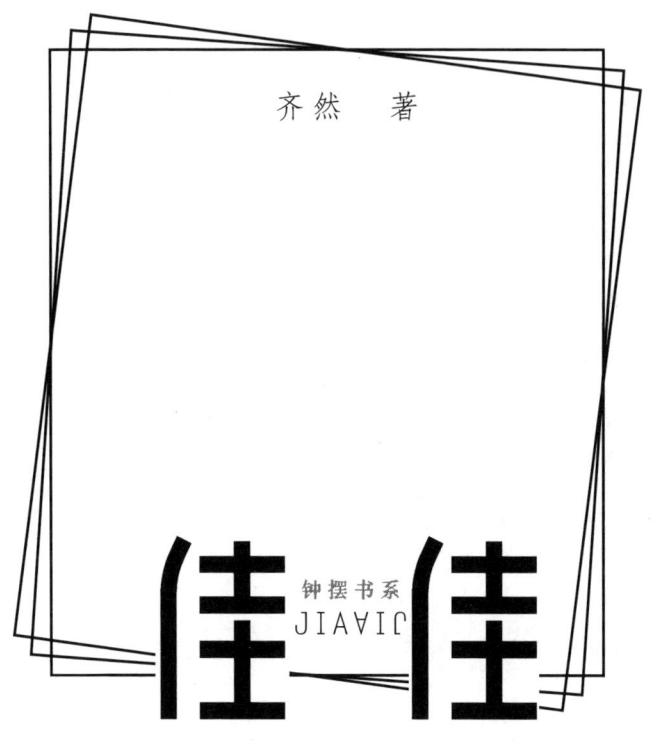

佳佳
钟摆书系
JIAJI

中国出版集团
中译出版社

图书在版编目（CIP）数据

佳佳 / 齐然著.--北京：中译出版社，2024.8
（钟摆书系）
ISBN 978-7-5001-7766-1

Ⅰ.①佳… Ⅱ.①齐… Ⅲ.①幻想小说-中国-当代 Ⅳ.①I247.5

中国国家版本馆CIP数据核字（2024）第053109号

佳佳
JIAJIA

出版发行：中译出版社
地　　址：北京市西城区新街口外大街28号普天德胜主楼4层
电　　话：（010）68359827，68359303（发行部）；68359725（编辑部）
传　　真：（010）68357870
邮　　编：100088
电子邮箱：book@ctph.com.cn
网　　址：http://www.ctph.com.cn

出 版 人：乔卫兵		总 策 划：刘永淳
出版统筹：杨光捷		责任编辑：范祥镇
文字编辑：王诗同		特约编辑：贺老鱼　张海龙
营销编辑：吴雪峰　董思嫄		封面设计：吴思璐

排　　版：北京中文天地文化艺术有限公司
印　　刷：河北宝昌佳彩印刷有限公司
经　　销：新华书店

规　　格：880 mm×1230 mm　1/32
印　　张：9.5
字　　数：208千字
版　　次：2024年8月第1版
印　　次：2024年8月第1次

ISBN 978-7-5001-7766-1　　　定价：58.00元

版权所有　侵权必究
中译出版社

致永远不死的雷蒙德·钱德勒。

1

2072年4月1日,是个大日子,我出狱了。

半个监狱寂静无声,另一半监狱的人砸着门,在凶狠地叫嚷着,他们大半都是我亲手抓进来的。狱警们用电警棍捣着狱门,想让他们闭嘴。犯人们对我们比出最下流的手势。盖洛领着我,旁若无人地穿过一扇扇铁门。他一条胳膊微微有些颤抖,三个月前那里刚受了一次枪击。在离开最后一道门前,盖洛轻轻给了我一拳,回过头,一双蓝眼睛里全是真诚的光芒:

"韩老大,带韩佳离开金湾吧,不要再回来了。"

盖洛是边德增的小徒弟,算我半个师弟。

整整五年,物是人非,莫娜永远离开了我,老边也已经死去五年了。墨蓝锃亮的钢制防爆门正缓缓打开:我看见,这座城市,还有我,我们的未来是一片大雨滂沱,而我将头也不回地走进雨中。现在,一个黑魆魆的小世界将被我短暂地抛在后面,连带着雨水一样多的悔恨。

我感谢盖洛的好意。

"谢谢。"

但我不能接受这件事的结局。五年过去,我。只有我。几乎失掉一切。

"抱歉,小洛。可我还是回来了,我不能再逃避了。里面这些年多亏你照拂,不论以后如何,我会永远记得你的。"我捏了捏他的手，粗糙多茧，和初识时大不相同。我压低声音，说：

"盖洛，活下来，然后当一个好警察，不要像我和老边一样。"

所以，现在你问我再一次呼吸到狱门外的空气感觉怎么样？我只能说，还不坏。港湾的天空还是半蓝不灰，云彩稀薄，空气里一股淡淡的焦臭，源自户外垃圾焚烧。门口的傻冒红色小机器人照例给我过了一次安全扫描，和我被扔进去时一样。几年前这里什么样，几年后也没太大变化。除了我入狱后被打掉的两粒槽牙。所以，最易改变的还是人啊。

我走进阳光里。

我看到，我的女儿——佳佳，她和边太太在大门对面的辅路上等我。我不免有些激动，快步跑起来，手上行李坠得很，被捕前的私人物品都在这儿，只有那把银色收藏版鲁格手枪被没收了，但还好，别的都在。佳佳面无表情地望着我，边太太捅了捅佳佳的腰，示意她迎接。她长高了许多，五年时间已经长到我的肩膀了。我发觉，我缺席了女儿的人生好久，一眨眼，她似乎马上就要长大了。人生真的如露水一样，佳佳这样的小孩子还皎洁如珠，我已然在挥发殆尽的边缘了。

边太太微笑着说："韩笙，欢迎回家。"我揉揉佳佳的头，她终于努力向我展露了一丝笑颜。"咱们怎么回家？"我说，"我饿坏了。"

边太太指了指停在不远处的一辆老式灰色飞车。我想牵佳佳的手，像她小时候我们常做的一样，可她躲开了。我只好用手抹了抹裤子，这让我有一丝尴尬。边太太过来打圆场，她牵起佳佳的手，说道："工作不用发愁，我会帮你解决，'华人之光'的名声可比美兰的学历强多了。"

"谢谢您。"

最近我好像一直一直在道谢。

"谢谢您这些年帮我照顾佳佳。"

"应该是我谢你,"边太太抹抹眼睛,"谢谢你为老边做的一切。"

我摸摸留长的头发,感到有些不自在。走到车门旁,我再度拉住佳佳,打开挎包,掏出一个大红丝带包缠的盒子。幸好它还在。"五年前的礼物,祝你十岁生日快乐。"我说。我生怕佳佳拒绝,用力把盒子塞给她。佳佳拆开丝带盒,里面是条银项链,嵌着最廉价的那种蓝宝石;需要在阳光下才能看出它不是玻璃。其实挺不好意思的,但这份礼物当时花了我足足两个月的烟钱。

我以为佳佳又要生气。

她突然拥抱我。"可我已经十五岁了,爸爸。"她小声地说。

我们终于开心地上了车。边太太开车。一路上,我就想,佳佳似乎不再习惯和我保持亲密;但她依旧是我的女儿……

2

飞车汇进拥挤的车流里。

金湾市坐落在著名的罗戈里德海湾,日出时,洒在海面的晨曦宛如一层黄金,正是城市名字的来源。一座跨海大桥将城市分成湾区和陆区,富饶的海湾是美兰等大企业的驻地,陆地则属于普通人:那些好人和坏人,穷人、稍微有点穷的人和不那么穷的人。有人说,虽然矗立在全世界日照最充足的地方,这座城市却只属于黑夜,在霓虹彩灯照射不到的夜的角落，发生着许多故事：有流血，有艳情，有英雄往事，有背叛与原谅，有足以致一个人于死地的一切……

佳佳的头倚着车窗，沉默不语。

上车前，我们之间一点小小的"关系和缓"好像就已经耗尽了她的全部体力，她颓丧地半躺在座位上。我想，我曾经致力于根除这座城市的罪恶，到头来却只是伤了自己。

边太太打开音响，黄金电台正放着休斯·王的一首老歌。

21世纪50年代的潮流复古爵士婉转悠扬，车窗外，一座座流光溢彩的建筑正飞逝而过。我想对佳佳讲个笑话，纾解一下周遭冷淡的气氛，她却直接扭过头去，装作睡着了。

边太太微笑着，注视着倒车镜，说道：

"任何破损的事物，修复起来都需要一点时间。不要着急，韩笙。"

我只能故作感激地向边太太点点头。

这时，我注意到街边有一些奇怪的东西。当我们沿着湾区主路向博纳区进发，穿过米格尔大道时，一些穿着灰色反光马甲的人把守住街口，手里拿着一些三角或者圆形的奇怪金属器械。街角有一些闪着红灯的巨大机器，他们是在看护着它。大机器冒出浓烟，熏黑了傍晚黛蓝色的天空，那架滴滴作响的大机器正面有一盏巨大的灯，像一轮巨大的独眼。大机器紧靠着一座小房子，像四四方方的火柴盒，窄窄的外墙涂成让人甚感逼仄的黑色，很像某种乡野土厕。

佳佳受惊吓一般睁开眼，一瞬间把头低到车窗下面去。她很害怕，似乎在躲避什么。

"怎么了?!"我连忙问。

"没关系的,佳佳,我们请假了。"边太太微笑着说。

"听着,韩笙,"边太太叹了口气,语气是那种,似乎不想谈但不能避而不谈的无奈,"你在里面的这五年,这世界变化很大。首先是美兰,它变得更有力量了,人们对此无能为力,很多东西我们真的无力抗衡,请不要怪我……"

我抱住女儿,竭力安抚她,她没抗拒,像一只受伤的、亟须找寻依靠的小鸟。那时,我还不知道她恐惧的是什么:那些拥有巨大独眼、漆成让人不舒服的黑色、发出讨厌噪音的机器——阿尔法机器,在破晓时分运转,冒出巨量富含污染性颗粒的烟尘,在下一个无端死去的夜晚停止工作。

美兰几乎在每个路口都布置了这种机器。

现在,休斯在黄金电台里依旧歌喉美妙,可一切都变了味道。

"上载法案,这是你唯一需要了解的。"

边太太接着说:"我今年五十九岁了,明年也要冬眠,但和孩子们不一样,老人是永久性的,我给自己定了一家蛮不错的养老院,费用不贵,护理环境也好。还好你赶在这之前回来了,不然我都不知道拿佳佳怎么办才好。"

车子越开越快,径直突破了路口,没人阻拦我们,佳佳放松了下来,不言不语地靠在我的肩膀上。我瞥了一眼远去的那间挨着阿尔法机器的黑屋子。一座没窗子的房子,我有预感,那里面似乎住着什么人,不,是囚着什么——就在这一处寻常街角。有一个灰马甲端着电击枪,不安地看向我。我赶忙回过头去。

"只是美兰下属的初级安保,还好,不算凶悍,只是属于它的一支非正式武装。"边太太说,她在竭力向我解释这个世界微妙又翻天覆地的变化。

"那台机器到底是什么?"我问。

"你信吗?那是专门用于搜寻逃学孩子的机器。根据录入好的牙齿或者颅骨隆突信息什么的辨别你的身份。按新颁布的法案,未成年的孩子不应在每晚7点前上街,他们必须在美兰的冬眠网络里学习。简单地说,在旧学校解散后,佳佳已经接受这样的新式教育和生活整整五年了。"

"为什么要这么做?"

边太太只是笑笑,从她解释的只言片语里,我还是逐渐明白了一些事情。

把老人和孩子赶到网络上养老、学习,让人隐隐感受到这个计划的奸猾之处。发明这个东西的人是天才,也是混蛋。

的确,大多数人都能理解一个简单道理:在这世界上,能进行有效社会生产的只是身强力壮的成年人而已。成长阶段的孩子和体力不济的老人对于社会是累赘,但偏偏那些成年人都不得不赡养老人,照顾儿童。边太太说,大家都明白,在一些企业眼中,这造成了资源浪费。在我入狱的21世纪60年代末,美兰颁布了上载法案,美其名曰大企业自觉承担了一部分社会化抚养负担,可以更好地解放底层劳工生产力,赋予大家自由。

从表象上看,它也的确做到了这一点。

目前这个法案施行效果还不坏——仅对成人而言。

放屁。

听着边太太的讲述,我在心里默默骂道。

通过上载法案，抛弃老人小孩，这无疑是美兰代替旧政府治理金湾的又一种完美策略，好榨取人力资本。没有后顾之忧的成年人自然可以享用更多现实的资源，也自然可以了无牵挂地一直蹲在工位上，工作时间的延长带来个人收入增多，表面看，这的确是一种可怕的双赢。

"难怪这个城市越来越繁华了。"我说。

"也更肮脏了。"边太太叹道。

半个钟头后，边太太顺利把我们带到日本区边缘的一座高层公寓门口——日暮大厦，这是我和佳佳的家，是佳佳现在住的地方。边太太向我们辞别。临走前，她嘱咐我忘掉老边的事情，不要追查他的死了，凭我是对付不了美兰的。我答应下来。佳佳还是一脸担忧地看向我，我表现出一副吸取了教训的样子。五年前那件事背后枝蔓缠结，我以为自己凭一点小手段可以撼动美兰，可还是蚍蜉撼大树。我当然同意边太太说的，我宁愿这么想，我和美兰两清了。我要积蓄力量——只要美兰不再来招惹我，我暂时也不会轻举妄动。

我看了眼表——五年前随我入狱的那只，时间已经走向晚上9点。我对佳佳说："家里有面条吗？我做碗中式烩面给你吃吧。"

3

我知道那碗面条佳佳为什么吃得那么香了。

公寓不大，整间屋子冷清，真的非常冷清，在我踏足之前，那间小厨房没有一点使用过的痕迹，没有烟和火的气息。我注意到客厅的正中央摆放着一台尺寸巨大的卵形机器，整台机器是略带透明的蓝色，这就是传闻中进入上载网络的冬眠仓。

"你平时吃什么，外卖？"我问。

佳佳摇摇头。我走到机器旁，卵的大小恰好容纳一人，透明的外壳在白炽灯下闪烁着幽微的光，好像海浪的微波。壳子底下盘缩着两条长短不一、颜色不同的塑料管，短的那条有两个不同形制的接口。看着舱壁内侧的简易漫画式说明，我明白了，那两条管子，一条是输送营养液的，一条是运送排泄物的。

我再一次搂住女儿的肩膀。"还要吃吗？我再给你做点别的？"

佳佳点点头。

冰箱里没剩多少食物，边太太有时候会来这里照顾佳佳，这些吃的一定是她准备的。佳佳不会做饭，也许，只有等边太太来的那天晚上，她才有机会尝一口热气腾腾的饭菜。

我以为我回了家，但我似乎还待在一间牢房里。

我以为自己能逃脱，但有些东西我根本逃脱不了。

我真的回来了吗？还是说这都是沉入海底前的濒死幻觉？我打开厨房角落的小窗，万家灯火如遥远的星星一样闪烁，远处有一小粒昏黄的圆月亮，窗口送来一阵微风，轻柔地吹拂。刚刚，我不知餍足地往那一海碗面条里加了很多砂糖，它们都进了我的肚腹，可这会儿，我仍觉得嘴里一片苦涩。

狱中五年我反省了不少，但我还是以为，自己这辈子注定要和美兰作对到底。当我回了家，我却发现，我的女儿居然在接受美兰的教育。和五年前不同，美兰掌握了佳佳的生活，掌握了大家的生活。一切真是难以想象，令人心碎。

我端着一盘新做的三明治离开厨房。冰箱上摆着一张莫娜的单人照,照片上她笑得很开心。

莫娜,我的前妻,佳佳的母亲,一位本土白人,在我入狱的转年离开了金湾,和一个唱摇滚的大胡子跑到西印度去了。他承诺会给她新生活,据说那里有一大块还没有覆盖网络的自留地。她生怕我出狱后想办法追踪她。其实莫娜无须担心,东方人很少表现得脾气暴躁,我不是那种对不忠妻子死缠烂打的愤怒丈夫。被免职以后,我与那所警局再无瓜葛,我知道,从此以后,这所小公寓里只剩我和佳佳两个人相依为命。我会承担起照料她的责任,直到我生命终结的那一刻,因为她是我的女儿。我对着天地万物的一切,发誓道。

佳佳又吃了一份带肉三明治,一份露馅的几乎变成面汤的饺子。我其实厨艺不精,已经使出浑身解数了。我看着她埋头大吃,说:"给我讲讲冬眠网络的事情,我们都能去那里吗?"

"可以的,任何人都可以上载,可成人的花费更高一点,美兰不希望成人整天把宝贵的时间耗费在虚拟世界。但大人们喜欢去那里,似乎对他们来说,冬眠网络,美兰域,更像辛苦工作一周后的一种奖励。"

"那一定是个美好的世界。"

我递给佳佳一杯温水,可佳佳停箸不再饮食。"我吃饱了。"她说。

"你一般几点睡觉?"我问。

"现在。"

我看了看表,时针刚刚指向十点整。

"每天六点半都要准时上载,有时候就直接睡在冬眠舱里。"佳佳说。

我仔细端详着我多年未见的女儿，餐室暗淡的吸顶灯下，她的样貌反而比白天更加清晰。佳佳肤色苍白，不是因为她母亲的血统，而是缺乏阳光的缘故。她个子确实长了不少，但她已经十五岁了，不再是十岁的孩子，她的身高远没长到我那个年代的平均标准。

"佳佳，我明天就要开始找工作了，每天早上我会把午饭做好给你留下。"

佳佳点点头，问道："你还要找美兰的麻烦吗？"

"只要你平安长大，我谁的麻烦也不找了。"

泪水在佳佳的眼眶里打转。弄得我也想哭了，可我不能哭，我是"华人之光"，是第一位当上金湾警督的黄种人。我用手帕擦干佳佳的眼泪，心里酸得很。是的，我的女儿，为了你，我可以暂且忘记老边的仇恨。有些对不住我的师父老边，不过，我为他活活地坐了五年牢。也没什么好愧疚的了。

"十八岁，"佳佳说，"我十八岁就能从美兰毕业，再也不用上载了。到时候你想去做什么都可以。"

我从衬衣口袋里拿出一根烟，叼在嘴里。看着她眼睛里的泪光，我又放下烟……

现在，我的房间有一个铁皮衣柜，医院诊疗室常用的那种，灰黑色的钢板打得很牢固。我打开柜子，里面有一套边太太准备好的西装领带。边太太临睡前给我发了消息，明天，她为我安排了一次面试，希望我能好好表现，并祝我一切顺利。我关掉手机。

屋子里一片漆黑。于是我沉沉睡去。

4

大概六年前,老边死了,我断定他是遭到了谋杀。

他出事前匆匆忙忙地给我来电,说美兰网监内部安插的一位线人找他,说发现了一个大秘密,他去和线人碰面,然后连人带车翻到海里,捞上来的时候,身上大大小小有二十三处伤口。我看过尸体,他受了私刑,这绝不是意外或者自杀,而我永远记得那一天,2067年5月13日。我调查了美兰一阵,甚至在博纳区的黑帮里找到一点线索,老边死那天,一个花名叫"长手杰克"的帮派分子见过老边,就在附近的一个网球场。当我以为抓住什么的时候,"长手杰克"被人"做"掉了,"做"掉他的人不是美兰,是另一伙帮派分子。是的,每当我发现点什么,什么就会从我眼前被利落地抹去。我知道,他妈的,警局里有内鬼,他们想尽办法误导我,给我指了一条歪路。

最后,警方得出结论——美兰干净得很,一点污点都没有。然后某一天,我在下班的途中被捕了,直接进了看守所,再之后,我顺顺当当地被他们送到了绿岛监狱。

这会儿,我穿着一身黑西装,在地铁上,回忆这些不堪回首的往事。这件西装买小了,肩膀像被挤压在一个笼子里,我扯扯领带,叹口气,浑身上下都不舒服极了。一位女士站得离我远远的,却斜着眼睛瞥我。一个负责打扫卫生的小机器人在她身边来回走着,边工作边说:"先生,劳驾。女士,劳驾。"

至于我为什么坐地铁——

因为我车的零件被偷了。三天前，一伙小贼瞄上了我停在巷子口的飞车。车子引擎盖被敲烂，新换的氢气压缩机被整只偷走了，挡风玻璃被刮花，用小刀片刻上了"老白痴"三个字。我在面试的那家店里只待了不到半刻钟。更糟糕的是，边太太失算了，"华人之光"的名声不再响亮，我频繁奔波前往各种面试，可我没学历，没工作经验，没资质，屡屡碰壁，毕竟我这辈子只当过雇佣兵和警察，都是一言不合就诉诸暴力的特殊职业。我忽然发觉，今时不同往日，金湾不再是边和韩的天下了。我在金湾寸步难行，这是五年前意气风发的我怎么也想不到的。

大概三十分钟前，我刚被湾区一家主营水净化的华商企业婉拒，我想应聘他们的安保助理，说白了就是保镖，可连这个职位我也拿不到手。现在商业公司大部分业务都已放在线上——类似美兰域的另一套商用算法网络，并非皆由美兰开发。所以，HR 值得专门招聘一下的职位也就很稀少。现在，我正赶往另一家公司面试。

就在这个时候，有个想法在我心中慢慢出现雏形：

我干脆不要工作好了。

是的。既然找不到像样的工作，也许我可以成为一名私家探子。在监狱里的五年，我爱读夏洛克·福尔摩斯，也有当警探的经验，成为私探不失为一个好主意。飞车还在的时候，我常开车到处乱转，金湾还和往昔一样，充满罪恶，这里每天都有各种事情发生，每个人都有无穷无尽的麻烦。我可以帮他们。率先找上我的，会是日本区唐人街的邻居们，还有他们的小麻烦：走失的宠物或一件小小的失窃……这些加速了我认可这个想法。我甚至现在手上就有几个邻里小案可以办。

妙极了。

我想，这样，我也可以向大家证明：我不是黑警，离开警署，我也可以成为一名对别人有帮助的人。

一名优秀的前警探，这才是值得炫耀的名声，棘手问题通通找我解决，而我只收取一点微不足道的感谢费。

我决定和边太太谈谈我的想法。先让佳佳从美兰那里毕业，然后攒点儿钱，在湾区找个地方租个便宜小房间，开家属于自己的小事务所。这个计划非常不错。而且没准我能误打误撞地抓住美兰的马脚——当然在避免打草惊蛇的前提下。

我只是嘴上安慰边太太，我永远不会忘了美兰对我们做过什么。

小机器人还在清扫着，"劳驾，劳驾"地叫个不停。

那位站立的女士躲远了。这时，有一个讨厌的胖男人故意撕碎一点纸在地上，他伸长腿，让纸屑藏在自己的阴影里，小机器人发现了这些新垃圾，轮子停在男人面前，"劳驾"了半天，男人就是不动地方，它也僵持着不动了；待男人收回了脚，这个可怜的小机器人壳子里冒出烟来，看来，它的逻辑线路哪里出了问题。它坏掉了。

这些傻机器人。

不得不承认，链接了美兰冬眠网络的机器，比如警局或监狱那些，生态行为表现比这些隶属市政公司的好得多。很多人都在想，如果有朝一日，美兰真的统一了整个星球的网络市场——这也是美兰一直在追求的——那时候又该如何。如今，美兰在金湾的市场占有率超过八成，像日暮大厦这样归日本和中国移民管理的、比较保守的旧地方绝对属于少数。

所以,那一天总会到来的,到时不是美兰,也会是别的公司在网络上"统治"我们。那时,我们是去开怀拥抱一个巨型二维码托拉斯,享受一个便利的世界;还是忍受种种不便,换取选择的自由?

我不知道大家会如何选择。但我的选择一定是和这个庞然大物对抗到底。

就像日暮大厦35层车库的看护机器人老丹,链接的不过是个二流公司的网端,整栋公寓都如此。它只会说一句话:"先生,今天天气不错。"

因此老丹也是个傻机器人,它除了收停车费(一晚上三欧分),基本只会说这一句话。一直唠唠叨叨,重重复复,像个罹患痴呆的人类老人。但不得不说,这些机器其实就算链接了美兰网络也一样,尽管它们的表现会稍微出色一点。

大家都知道,这年头机器都一样傻。

是谁说的来着,那些报纸上长篇累牍地分析称:我们可能永远也研究不出来所谓的"强人工智能"了。虽然像美兰一样的公司一直在努力革新技术——无论是硬件功能还是底层逻辑算法,可一直不见起色——似乎这些机器会永远这样傻。

如果接下来面试继续碰壁,那我就会开始今日份的邻里好帮手——便宜的侦探工作,一个小案子,不复杂,我要寻找社区医院走丢的机器护士玛丽。这个会给病人打针和抽动脉血的机器人一直在护理冬眠的老人们,它链接了美兰,肯定比老丹和地铁上的小机器人聪明得多,可它还是在去药房取货的途中一去不复返,那里距医院仅有三英里[①]。委托人是医院搬运工吉姆,当然了,主要责任在于他玩忽职守,玛丽要做的本是他的工作,但据他交代,同样的事情他拜托过玛丽好多次,从没出错。所以,现在他请求我,能否在医院发现少了一名"员工"前,寻回他失踪的"同事"。

已是五月,地铁里还有点冷。我脑海里"面试""小案件"在打着转。我一点困意都没有了。不一会儿,进入一段长隧道,对面那个搞坏市政机器人的男人悠哉地闭上眼,他头上戴着一架小型实景设备,我知道这种机器无法实现意识上载,但可以观看网络里的一些好东西。隧道极长,二十年前金湾建立时,几乎挖穿了谢尔盖山脉,车窗外一下暗起来,像突然驶向夜里。车厢里不算太黑,因为对面的板壁突然亮了起来,变成一条连续的发光屏显,女人的声音响起——地铁开始了公共广播——先是一条突然插播的新闻:一个好消息,超过三个月没能取得联系的土星十五号飞船终于和地球方面重新联络上了。三十年前,2043 年,人类在泰坦星,也就是土卫六,建立了第一个地外殖民地。土星十五号就在那里重新发射的,一次伟大的尝试。目前,飞船终于确认,它已经成功穿过和地球相距超过八十个天文单位的柯伊伯带外缘,进入奥尔特云,准备前往美兰设计好的尘埃云固标点,采集太空金属。有传言说土星十五号和地球中断信号的原因,是船上发生了叛乱,反叛船员杀死了船长,至少五十具冻僵的尸体顺着抛料口漂流到冰冷的太空里。据说事情就发生在年底,在泰坦星即将举行泰坦殖民地建立三十周年庆祝大典的关口上。

美兰当然矢口否认。它一直赞助殖民地建设,并购买了殖民地

[①] 一英里约为 1.6 公里。

公司的大量股票，殖民地的利益某种程度上代表美兰的利益。根据美兰的官方解释，这次信号中断事件只是由太阳风周期变化引起的，一种无法预知但正常发生的EMP（电磁脉冲）导致断电。尽管如此，美兰股价还是发生了小幅波动。

因为谁都清楚，长时间宇宙航行对人身心的摧残是难以想象的，就算不发生反叛之类的极端事件，漫长的星际旅行也会杀死每一个无法有效冬眠的乘员。如同三十年前，殖民地公司和美兰公司联合派遣了超过七千五百人来到了土卫六，岁月流逝，超过五千五百人在泰坦寿终正寝，被埋葬在异星冰冷的液态甲烷海洋里。人们从此不看好任何一个公司投资太空或星际远航行为的收益回报。

现有技术条件下，这些投资像打水漂一样。目前，我们确实不可能在群星间行走得太远。

最近几年，就连昔日能和美兰这样的巨无霸掰掰手腕的殖民地公司，也被土卫六上类似人工太阳的庞大工程拖得一蹶不振了。

但现在，我们和土星十五号重新取得了联系。在土星十五号所处的位置上，飞船和地球西美利坚航天总局的通信间隔已达到将近十二小时，这是个可怕的时间差，什么概念？飞船凌晨发出的信号，我们要到子夜才收到。

这条新闻让我有些唏嘘，三十年前泰坦星殖民地的建立可是一件响当当的大事，那时，我还只是个五六岁的小孩子。

列车飞快穿过隧道，我感到一阵疲累。对面的男人把损坏的机器人踢到一旁，便携设备正冒出蓝色珠状荧光，五分钟过去——我不知道他在看些什么，但能猜到——他表现得愈发怪异：双眼圆睁，高高地扬起双手，又放下，脸上微微露出诡异的笑容，双腿使劲夹紧，然后像突然泄气的轮胎一样，整个人松弛了下去。

我明白了他在干什么，每个男人都懂。我撇撇嘴。下贱。

他一定穿着条不错的纸尿裤。

我忽略这个恶心的人。女人的声音在半空中继续，又是几条新闻划过。然后，壁屏里开始播放大企业的广告。长长的广告。美兰还在宣传冬眠网络，就是所谓的"美兰域"，和它的老对手灵思科技设计的"灵思域"相对。一些戴着亮蓝色假发、打扮得花枝招展的女孩开始跳舞，看起来年纪都不大，一些孔雀啊、狮子啊，模样稀奇的早已灭绝的动物围着她们。女孩们跳舞的场景从沙漠一直切换到外太空，最后甚至来到了土星十五号飞船上，一位矮小滑稽、小丑一样的男技术员加入了群魔乱舞，两边开始跳一些带有强烈性暗示的舞蹈。我不喜欢这些。我知道，那些远在八十天文单位外的工人会选择美兰的情色短片取乐，这很正常，甚至他们会在与地球方面的通信延迟的三小时内抓紧享受……美兰在二十年前为飞船准备了足够大的本地服务器，可远没如今日新月异的大陆网络有趣。

对面的男人睁开了眼睛。

"你刚放出来的，或是新移民。对吗，兄弟？"

"怎么看出来的？"

"你没体验过意识按摩，经历过的人看到这个广告不是这个反应。"

"该什么反应？"

他一脸潮红地指了指我，不，是我背后的显示屏，说："这里的每个人我都玩过。薇莪拉,"他指着其中一个蓝发姑娘,"她棒极了!这些虚拟偶像都棒极了!"

这回,我不知道他想说什么了。眼前这个男人没救了,我心想。

列车离开隧道,顺利进入湾区,摩天大楼光亮如镜子一样的外墙上在同步放送着广告。每天定点放映,准时无误。那些被放大的、光着长腿的蓝发女郎,穿着带反光亮条的金属光泽紧身马甲,曲线毕露,大跳踢踏舞,踢踏踢踏。弯腰时,青涩的沟壑——胸口的每一根汗毛都纤毫毕现,勾引着来自现实世界的成人释放欲望。

我突然发现,有个女孩的样子很眼熟——看起来最漂亮的那个女孩。

男人还在喋喋不休着:"你肯定没体验过全意识上载吧,美兰的比其他公司的破玩意好一万倍,就是费用很贵,当然,妈的,只针对成人。他们说是因为我们的脑电波更复杂,不好兼容。但无所谓,这年头我们辛苦赚钱就是为了享受这个不是?上载需要那种大机器,你也许还没见过——"我连忙摆手,表示已经见过了。"如果你还没工作,在城市里还没收入的话,不用花那个冤枉钱,便携设备观看效果一样好。"他指指那个冒蓝光的状若发箍的东西,继续说道,"当然了,只能眼睛看,小东西能刺激的感官少,没那么爽。你知道这些都是假的,但比真的还要刺激——"

然后男人闭嘴了,因为我轻轻给了他一拳,真的很轻。然后他看到我露出了新买的鲁格手枪。

我在下一站下车，准备叫辆出租车直接回家。

一路上，我一直给边太太打电话，打不通。米格尔大街上游荡着一些混混，但是没人想靠近我，因为我手里拿着那把手枪，而且看起来怒火中烧。十字街八角路灯下挂着幅霓虹广告牌："薇莪拉"。完美少女偶像的名字，正浅笑盈盈地推销一款啤酒；新澳大利亚原产小麦，八倍火星补充光直射，完美发酵口味。

虚拟偶像薇莪拉的脸上，是佳佳的灿烂笑容。

我女儿的笑容十分刺眼。

我现在想知道，关于冬眠网络的一切。还有这五年，我的女儿佳佳在上面过着什么样的日子。

5

最近有人在追踪我。

因为我无法忍受佳佳遭遇的一切，一气之下砸坏了那台冬眠仓——按律属于破坏美兰公司财产，是被禁止的。有一些穿着灰衣服的人，我从飞车的后视镜、地铁金属墙面的反光、作为前警察的第六感，都能感知到他们的存在。

对于佳佳这件事，边太太一直在道歉，但她表示从不知道网络上的那个女孩就是佳佳。

我给了佳佳一耳光，吼道："你很缺钱吗？"

这是事情发生前一天我家的样子：我和佳佳大吵了一架，她把自己关在房里不出来。然后，我听到了房间里愤怒地打砸东西的声音,她开始破口大骂,英文夹杂着中文,句句夹枪带棒,十分懂得怎样刺痛人心,这点颇随她的母亲,她当年就总是这样逼我非掩住耳朵不可。

现在,我们只好三个人一起来收拾残局。我久违地联系了我的师弟盖洛。

我们分处客厅的三角,我和盖洛坐在长沙发两端,边太太背对着我们站着,面向窗子,阳光把屋子里一切衬出暗淡的颜色,留下了阴影。我把盖洛叫过来,问他知不知道我的孩子在意识上载时做了些什么。盖洛没隐瞒,他说,确有其事,但都是假的,只局限在网上,五年来,警局没接到一起牵扯现实的线下案件。

而且美兰这样辩解,少女们本人只承担虚拟偶像的工作,纯属自愿,签了劳资合同,没一点被迫。那些意识按摩的内容属于AI录制,并没真人参与。

"所以,"盖洛颤抖地说,"韩老大,对不起,警局也无能为力。"

"操!"我骂道。

我们沉默不语。

边太太一脸歉疚地看着我。美兰还是这么滴水不漏,他们的法务部门的确是游走在刀刃上的好手。"对不起,韩笙,"边太太说,"是我没有照顾好佳佳。"

"不怪您,"我说,"该怪的是我,我没尽到做父亲的责任。"

接着,盖洛递给我一个便携实景设备,是我要求他一定要带来的,还有佳佳账号的密码。这时,边太太痛苦地饮泣起来。盖洛起身去安慰老太太,这个小伙子是个好人,我在牢里的时候,他每隔几周就会来探望我一次。盖洛很念旧情,仁义。这种人在金湾越来越少了。

我启动设备，一开始有些不适应，像用脑子坐过山车，恶心透了，可反应过来时，我发现自己已经"上"去了。

映入眼帘的是间空空如也的白色房间。

后来我才明白，我登错了服务器，这个账号并不是佳佳常用的那个。"这是什么？"我隔着一道虚拟实景问盖洛。

"你的线上房间，"盖洛说，"推门。"他指导我。

我的意识体推开门，外面还是个空无一物的大厅。

"孩子们在这里上课，"他说，"应该有提示的。"

果然，视野的右上角显示着卡通课堂图标和教室方位。

"这里什么都没有。"

在这个世界能直接听到盖洛的声音，这感觉十分奇怪，他的嗓子变得尖细。便携机使用说明写着，这是因为使用者过多的脑区被模拟视觉信号占用的缘故，我的颞叶听觉中枢就没有那样灵敏了。

"这是个新账号，"盖洛说，"而个人场景装饰是要付费的……"

"所以，在这个世界也是要处处花钱的。难怪佳佳这么缺钱。"

我走到教室授课点。这节课是"音乐的大众艺术鉴赏"，授课老师是一个黑色圆球，触碰它就会播放上课视频。不消说，它也是一个傻AI，现在美兰让一个傻AI来传授人类艺术之美。

"还不如20年代的网课，"我说，"可为什么一个学生都没有？"

"是这样的，"盖洛说，"一个人的通讯录只有十个空额，扩充要花费美兰币，不在通讯录上的人是看不见的。"

空空如也的纯白大厅里。那颗隶属美兰的黑色机器说："姓名ID，韩佳，检测到一次缺课行为，予以警告，累满三次将按金湾学生处罚办法（2070版）执行处罚。"

"什么处罚？"我问盖洛。

"你也看到了……那些阿尔法机器，还有那些黑房子。"

我愤怒地扯下便携设备。"佳佳每天就是困在这样的世界里？"

"没有办法，"盖洛说，"上载法案已经通过快五年了，对美兰和城市而言，这项教育精简计划很赚钱，很多家长也很支持，他们没了负担，多出不少自由时间。"

"多出不少时间供他们打飞机，"我冷哼了一声，"一堆肉。"

盖洛似乎不太明白我想说什么。

"人为刀俎，我为鱼肉，"我说，"中华古谚语。"

盖洛似懂非懂地点点头，而边太太不再哭泣。她敲了敲佳佳的门，小心翼翼地推开一条缝。边太太进了佳佳的房间。

我想，这样也好，有些话边太太比我更适合讲，起码，现在佳佳对她远比对我来得亲近……

6

客厅里只剩我们两个人了，这时，我才对盖洛说起另一件事："有人在跟着我，但不像公司的人。"

"你怎么知道？"

"美兰不会雇佣这样没经验、年轻的刺客，"我说，"跟踪手法蹩脚极了，漏洞百出，甚至能让我看见他们的脸。"

盖洛一副若有所思的样子。他和我保证会留意这件事。

而关于这些跟踪我的神秘刺客，我最终在一个月后的某个上午才确认他们的身份，也在那天，这些往事才真的被纠缠联系到一起……

还记得我在地铁里遇到的那个急于进行意识按摩的男人吗？

我在米格尔大街出站口再一次遇到了这个男人。可他已经死了。当然不是我动的手。

那个上午，他死在了地铁出站口广场的卵形冬眠机器里。不少警察围在那儿。我才知道，美兰在公共场所设置了许多这种租赁用的机器卵，体型庞大造价昂贵，但上载效果堪称完美，专为像这个倒霉男人一样着急来上一发的顾客准备。那台小型化的实景设备满足不了他的需求。他再次急不可耐地想要按摩自己，用最逼真的感官刺激弥补心灵的空虚。

可这回他彻底栽了。

那天带队的警官恰好是我的好师弟盖洛。自从在我的公寓因为佳佳的事情不欢而散后，我们又快一个月没联系了。他看到我也不惊讶，他告诉我，从手法和现场特征来看，是连环杀手犯案。

这是一年中的第十二起上载杀人事件。

这些案子的最大共同点，都是被害人的意识死于冬眠网络里，现实中的躯体也随之死去。冬眠机器中男人肥胖的白色身体，像一块凝固的猪油，被警察血淋淋地从里面挖出来。

警察拉好警戒线。死者没插上输送食物和排泄物的管子，他以为这只是一次短暂的冬眠……机器顶盖被警察的防爆钳掀开了。他死得很痛苦，挣扎了好一会儿，透明顶盖上糊着几个鲜亮的血手印。

盖洛贴心地告诉了我这桩案件的更多细节。

有目击者看到一些奇怪的少年游荡在米格尔大街周围——从美兰逃学的未满十八岁的孩子——他们似乎组织成一个帮派，叫自己孤儿帮。"被遗弃的孩子"。他们是被谁遗弃了呢？这个新兴的帮派造成了不少麻烦。盖洛说，就算他们不是杀人案的真凶，也抢劫过美兰的银行、加油站，甚至武器库。

不消说，这段时间鬼鬼祟祟地跟在我身后张望的疑似"杀手"，正是这些孩子。他们也想对我下手吗？让我成为连环命案的下一个死者？可我迄今为止从未真正上载过呀。

至于动机，盖洛说，逃学少年有一个看似勉强但其实充分的行凶理由：他们无一不是美兰域的憎恶者。上载者被杀会引发恐慌——对整个冬眠网络安全的担忧。这也是美兰极力避免，不想发生的。

孤儿帮。

我第一次听到这个名字，全由疑似失去双亲的孩子组成的帮派，真稀奇。说是世风日下也不为过，父母不教养子女，这放在我们那个时代是不可想象的。

那天在我离开前，盖洛主动握住我的手，表示在佳佳的事情上希望我多冷静一下。

我说，我只是要做自己该做的事情。

挥别盖洛，那天的下午五点，我匆匆赶到巨鲨帮。我要去见帮派头目杰奎琳。她告诉我，她的几个打手在博纳区的一座废钢厂里发现了失踪的机器护士留下的痕迹：护士机器人的躯体残片。"犯人"似乎也是一群半大的孩子，有居民看到，他们在海思大街上劫走了玛丽。

于是，短短一天，我第二次听说这些奇怪孩子的事情。

这一切当然都是有联系的。我想。

杰奎琳是我在南非战争时候的战友，一位强大的"大地步行者"，后来回到金湾，她加入了巨鲨——她哥哥的墨西哥黑帮，她大哥是巨鲨的二当家。在她出现在战场前，支队没人能想到，一位女性会有体力和精力操纵那样巨大的战争机器。我犹记得她操纵着那台巨人，一脚踩爆一个灵思机枪手小脑袋瓜的场景。

"没错，他们自称孤儿帮。"杰奎琳说。

"典型的反美兰人士，只不过，成员是一帮孩子。规模不大，几乎不能称之为一个真正的帮派。而且干的那些事目前还算是小打小闹。你女儿不会和他们有牵连吧？"杰奎琳问出了我最担心的问题。

我不知道。佳佳是我的女儿，我了解她，至少是十岁前的她，她聪明，有正义感，讨厌拘束，可是最近，我越来越看不透自己的女儿了。

我明白，那会儿我只能对杰奎琳这样说，装出一副很了解自己女儿的样子。把一切都闹成了个笑话。

再后来，那件事情终于发生了。

美兰狗亲自登门，问询我们是否知道那个游乐园性质的小帮派，我矢口否认。然后他们带来新的冬眠仓给佳佳，并嘱咐我，我已经被列上了黑名单，下次冬眠仓再"意外"损坏的话，就要对我予以处罚了。

一个留胡子的小个子用一双老鼠一样的小眼睛盯着我。"我记得你，中国人，"他说，"五年前你大吵大闹的样子，那次你打伤了很多人。"

"你记性不错。"我说。

这个美兰人的白脸颊上有两条细细的疤痕，像节日面具的束带裂口。他应该做了一些神经强化手术。南非战争的时候，很多士兵会选择一些神经植入物来增强反应能力，提高自己在战火中的生存率。

"我会盯着你的。"他说。

"劳驾。"我说，然后关上了大门。

最后，我敲了敲佳佳房间的门，美兰人拉走那台被我砸烂的冬眠机器，新机器在夕阳里闪着又冷又硬又光滑的玻璃一样的色泽。我的客厅，还是能通向美兰特地制造的那个恶心世界。

佳佳终于为我开门了。

"不要恨爸爸。"

"有时候，我真希望和妈妈一起走，去个谁也找不到我的地方。"

我揉了揉她的头发，像我在她小时候常做的那样。佳佳的头发是黑色的，眼睛是湖蓝色的，略带一点点发白的清冽。她分别继承了我和莫娜的一部分容貌。

我俩并排坐在她的床上，过了半晌，终于，我问她：

"你认识那些孩子吗？"

是的，我问出了这个问题，可不指望佳佳会说实话。

佳佳低下头，思考了一会儿，却说道："哪些？彼得还是小山雀？是的，我认识他们，他们是我在旧学校的同学。"

"你们还有联系吗？"

"我这么辛苦赚钱就是为了帮大家开通讯录。"佳佳说。

这次轮到我沉默了，我想，她正告诉我那件错事的一部分原委。

"爸爸，你不懂，"她说，"如果他们做了什么坏事，一定是有人利用了他们，我不相信大家会做什么可怕的事情。"

"比如把一位医疗仿生机器人推到钢炉里融化掉……攻击护理机器是犯法的。那是个专业的机器人，本来可以救很多人。它有类人的功能，甚至可以做各种人办不到的事情——"

"可它不是人，爸爸。"佳佳说。

我当时简直就想脱口而出：那上载时死掉的人呢？今年第十二位死在冬眠机器里的那个胖男人？这又该做何解释？

他们是人吗？

我女儿表情平静。又大又圆的蓝眼睛快成了一个空洞，她的感情都内敛在那洞里面。我不明白她这些年都经历了什么，也不可能明白。但显然，很多事情她不愿意和我说。

"你曾经以我为荣，"我说，"是我自己搞砸了一切。"

"我现在也以你为荣。你是我的骄傲。"她说。

那天晚上，我假装睡着，微眯着眼，发出均匀的鼾声。黑暗中传来一阵窸窸窣窣的声音。有人来到了我的床前。她举着一把刀，锋利的刀刃在幽幽月光下映出我的脸。佳佳。她叹了一口气，在那里不知道站了多久，我能感受得到她那双美丽蓝眼睛的深情凝望。也许，她这会儿正在天人交战，思索是否要杀死我——是否要弑杀她的父亲。

接着，佳佳悄悄退出了屋子。

天亮前我做了一个梦，梦到了莫娜，她老了，指甲变得老长，想要掐我的脖子，我别着手不让她掐，她边哭边用英语骂我，骂我不配做一个父亲，没有照顾好佳佳。

然后我就醒了。

7

那天，日暮大厦的 35 层正在起雾，窗外城市的一切都变得模糊不清，超高速通道关闭了，到处亮起红色的雾灯。那些飞车统统堵在 35 层出口处。我打开门，佳佳还以那个姿势坐在床上，似乎一晚上没睡，白枕头上没有安眠的痕迹。她还在用沉默对抗我。她手腕拷着一副崭新的手铐，2063 年休斯制造厂的货，是我五年前从警局里顺出来的。

"我的女儿在哪里？"我问她。

"K"，她现在这样称呼自己。

"K"，一个对她而言象征很多的代号。

我这才发现，我女儿的身体里寄宿着另一个人。

她是这么说的，一席难以想象的自述。

K 说她是偶然进入我女儿身体的，就在上载美兰域时。

她竟以为我会信这套说辞。她说，发觉我的怀疑后，她的确犹豫要不要悄无声息地干掉我；尤其是在我砸掉冬眠仓，并限制她上载以后——某种原因，她必须要能接触冬眠网络，她有不得不上网的理由。所以，那晚不是噩梦，她持刀站在我的床头是在认真考虑是否要杀死我。

她最终还是没下去手。

"你是什么时候发现我不是佳佳的？我以为我掩饰得很好。"

我站在卧室门口，心里五味杂陈，早晨九点的阳光照在脸上，有一种针刺一样的痛感。我叹道："我也不确定。我怎么会确定？但的确有一件事，我本不想和任何人提起的。"

耳边传来似有似无的声音，像远处有一百台风扇要全力掀翻什么。

"你也知道，我们是中国人。"我说。

"那又如何？"

"2063年，十年前，在我发迹前，唐人街外没人瞧得起华人。"我想抽烟，摸向裤子，但最后还是忍住了。"小时候，她的同学说我是黄皮猴子，比白人条子还恶心。佳佳为我辩解，她说我是'华人之光'，天下最好的警探。可那年上庭前，我的确收了杰奎琳的黑钱。我必须帮她平一些事情，为了换得一些必要的'支持'，我也心甘情愿。但作为警察，我的确犯了大错，赎罪是应该的，我就这样被关了五年。因为坐牢，我错过了调查老边案件的机会。我知道，是美兰隐瞒了一切，我被提前提审也有他们在背后推波助澜。"

K 终于沉默不语了。

狂风的声音逼近，仿佛要撕裂一切。窗外闪过一道耀眼的白光，不是阳光，是比阳光耀眼得多的东西。

"我也许真是个黑警，"我笑了笑，"我不是什么好人。你也不是我的佳佳。"

这件事佳佳谁也没提过，从那天以后，她就再也说不出"以我为荣"这种话了。你绝不是我的佳佳。

说这些话时我的嘴脸一定很扭曲——极度痛苦，承认自己女儿为何恨自己，直让人迸发同情。我想央求她，快行行好吧。我希冀对面的K回心转意，说真的，这是此生第一次，我真不知道自己面对着何等局面。

"好吧，好吧，"K扯了扯手腕，手铐把皮都硌红了，她终于说道，"你女儿的意识母本在美兰手里，没骗你，他们扣留她的意识当筹码。'爸爸'，你先想想自己有什么地方惹到美兰吧，没准他们要拿这个来对付你。按理说，这副肉体本应变成植物人，失去最后一丁点意识的。但是，我，我阴差阳错地来到了这具马上就要脑死亡的身体里。一切真的是巧合而已，相信我吧。我是你们传说的网络人。我一苏醒，发现自己被困在了美兰域上，然后就莫名其妙地来到了这具身体里。"

网络人，游荡黑客，一种都市传说：那些被美兰毁去肉身，只能寄生在网络上的不安亡魂，没人相信这种骗小孩的东西存在。她说的这些有多少是真话？

"从我女儿的身体里滚出去！"我怒吼道。

"办不到。恐怕你只能自己去美兰想办法。"那双蓝眼睛平静地看着我，说道。

我的头皮一蹦一蹦地痛，那根大筋简直要挣断了。

我想严厉地发作，却发觉，隆隆的风声已经近在咫尺，那道白光盘旋，萦绕在房间里、天空、我的上方。那其实是一顶勒克斯值极高的飞机探照灯……

并非幻觉。什么正在靠近这座房子。

突然间,窗户碎裂的声音。该来的还是来了,我心想。

那是一架涂着美兰公司标志的武装直升机,出现在大片水晶一样的碎玻璃后,狂风穿过折断的落地窗框呼啸而入,一阵弹雨压制得我无法抬头。机枪的轰鸣几乎撕碎了我的耳膜。我突然想到,那个自称K的女孩,不,佳佳的身体,还被手铐死死铐在床栏上。我尖利地号叫,背对着耀眼的探照灯冲向她,只见一头黑色长发肆意地飞舞。她微笑了起来。我怔怔地看着那只松开的手铐。

"对不起。"

佳佳的声音在风暴中突兀响起:

"我必须要离开你,离开家。我还有一个约定要完成。韩笙,我的'爸爸'。我要走了。你不应该也不会妨碍我。"

我呆呆地愣在远处,无法做出任何回应,子弹和狂风呼啸,我压根没想起要拔枪反击。我的女儿穿着一身碎花长裙,像一颗弱小的、将飘摇远行的蒲公英。

她脸上带着一抹决绝的、神秘的微笑,矗立在一场巨大风暴的中心。

远离我。

倾泻而出的弹雨,击碎了公寓里每一件家具,击毁了我眼前的一切,击溃我的生活,唯独避开她。她的微笑更像嘲笑,嘲笑什么不得不被嘲笑的东西。天气骤变,从晴朗突然阴沉得漆黑一片,女儿的蓝色双眸是完全黑暗前的最后光明,一道温热的液体沿着我的脸流下。在失去意识前,我眼前仅剩的一幅画面是佳佳从碎花长裙伸出的一双小脚，轻巧地踏上一副垂下的直升机舷梯。"真的，真的，再见了。"她说。

然后一切有光、有色、有声、有形之物，就此暗淡下去……

叫醒我的是盖洛。他正用一副极度错愕的表情左右拍打我的脸。

他说，一个小时前，一个追踪不到来源的匿名电话通知他我可能出事了。他火急火燎地赶来日暮大厦就发现我躺在这里。我清醒过来，环视一圈，一片狼藉，像遭了大洪水。我的额头破了，浑身是血，看起来很吓人，但似乎并没受重伤。我一时不知道自己身在何处，盖洛扶起我。我呛了口血痰在喉咙，赶紧吐出来。"好一场血雨腥风，"我说，"他们把佳佳带走了。"

"怎么办，韩老大？"盖洛问。他蹲在一片瓦砾里，我正躺着努力把气喘匀。

"去把佳佳救回来。"

"你要去闯美兰？说真的，我不想再在牢里见到你了。"

我彻底醒过来，转动脖子时吱嘎嘎地响。我反复检查自己的伤势，有一些割伤，碎玻璃划的，别无大碍。考虑到我在直升机机枪一阵弹雨中幸存了下来，这个结果其实还不算坏。

"那个孩子，她叫自己 K，可我想我有点线索。"

"存在病理因素的可能吗？比如人格分裂一类的疾病。有报道称过度冬眠有时候会诱发这样的精神疾病。"没想到盖洛懂得还不少。

"我不知道，但我想她是自愿和美兰走的。她暂时不会有什么危险。"

"那你要去找什么？"

我勉力抓着盖洛伸出的胳膊站了起来，没了窗户和窗帘的公寓显得又大又宽敞，阳光重新暴烈地晒进来，我擦干脸上的血，拖来把凳子，一屁股坐上去。我掏掏口袋，先递给盖洛一支烟，我俩就享受起来。

好多年没这么爽了。

我说："这背后有什么了不得的东西，美兰又猖狂了五年，这么多咄咄怪事。我要寻找的只是真相而已。如果K说的是真的，他们为了什么抓她？我不知道。可他们敢动我的女儿。我不会放过他们的。"

看看我找到了什么。鲁格手枪黑黝黝的枪身闪烁着美丽的金属光泽。我的枪，在客厅角落的一块废墟里。

"好孩子……"我摩挲着它说。

说真的，现在我愤怒到了极点。美兰可以对我下手。但他们不该动韩佳。这完全激怒了我。

"首先，"我检查了枪保险，压了一下扳机，接触食指的部位很灵活，一切正常，"我要在网络上找到佳佳留下的痕迹，说真的，我要人帮忙，不是杰奎琳那样的小角色，是真正的大人物，能帮我的大人物。"

盖洛挠挠头，吐出个烟圈，说道："韩老大，我倒有个人可以介绍给你。但我不能把他的名字告诉你，这人的真名在警局是个秘密。抱歉。其实这人之前也说对你的故事很感兴趣，我就擅自都讲了，但说不定可以帮你。等会儿啊，也许马上要联系你了……"

"警局什么时候有这号人物了？"

"北方局直接派遣的，实话实说吧，为了顶你的缺。但和你不一样。甚至可以这么讲，这个人是金湾局有史以来最棒的黑客探子。"

我其实不相信，金湾会有一个人超越我，盖洛是在推销他的新朋友。无论他是否夸海口，我心里是否服气，现在都有一个现实摆在我面前——我必须借助某位内部人士调查美兰。盖洛不是这样的狠角色，他的能力限于抓抓小贼，但撼动不了大企业。他太善良了，不会下狠手，况且我有一点私心在这里，我希望他好好的，不要卷进这次风波里。

"还有，我把你的车开来了，昨天修好的，"他丝毫不知道我的所思所想，"我没开警车过来。"

"谢了，兄弟。"我说。我郑重地握握他的手，拍拍肩膀。我吐掉烟蒂，中午的太阳真好。说什么就来什么，当我需要时，警局里就出现了一个神通广大的探子，让人精神振奋。金湾不只美兰说了算，从来也不是一方说了算。我会努力找到佳佳，我还宝刀未老呢。看着吧，我会让他们追悔莫及的。

8

佳佳刚生出来的时候，是粉乎乎的一小团。我本来不想要孩子，可等我亲眼看见佳佳，我的一切原则都变了。佳佳降生那天，我在忙一件案子。我没能第一时间赶去医院陪莫娜。那会儿我只是个小小的助理警探，老边负责带我，局子里都叫我们黄皮师徒。这名号有点侮辱人，但接着我就破了那个大案，给师父长了脸。我记得那个杀手的名字，十三肢奥格瑞，不吉利的数字，这个名字源自他在自己两只手上各装了一只小钻子一样的螺纹钢手指，受害者被他用钻头手指刺穿脑壳，抛尸在米格尔大街附近的下数第十三条下水道里。作案场景像是邪恶的宗教仪式，大家都以为他要召唤什么东西出来。

我三枪击毙了奥格瑞。

当我来到医院时已经是第二天凌晨了，佳佳比预计早出来了一会儿——保温箱里，一张皱巴巴的小脸。她闭眼，但似乎感知到了父亲的来临，摇晃起双手，咿咿呀呀地哼哼。我刚杀了一个人，就迎来一个新生命的诞生。这感觉很奇妙。扒着保温箱玻璃，那一刻，我觉得自己有个孩子也没什么不好。一双粉红色的小手贴到了玻璃上，我就轻轻地触碰那里。我甚至感谢起佛祖来。我知道，在这座城市里，我过往努力得到的一切，似乎一下子都有了意义。

走到35层的车库，穿过狼藉的停车场，美兰人也光临了这里，邻居们一水儿的博纳五型——最新款——都开走了，或者炸碎了。我的老式三型车孤零零地停在角落。管理员老丹狼狈极了，它的中年男人假面具上全是水泥房梁掉落的渣土。它冷不丁地和我打起招呼：

"先生，今天天气不错。"

我撇开老丹，上了车。等我恼怒地好不容易点着火，引擎呜鲁鲁响了起来，行驶模式调成自动驾驶，博纳的破系统识别出我的脸——天知道我一脸血它是怎么认出来的。开始自动登录美兰域。在佳佳的帮忙下，大概三个月前我建立了属于自己的账号。

忽略美兰，网络生活还是挺方便的。

"先生，您受伤了。"耳边传来驾驶系统僵硬的电子合成音。我

35

说，他妈的我知道。它就闭嘴了。几封新邮件弹了出来：两张水电费催缴单，还有一张佳佳的成绩单，全是 A，鲜红的 A，美兰发来的。放在十年前，这会令我自豪不已，可现在我只会心里窝着一股火，我把美兰官学的几个通讯号都拉黑，并且用英语留言：

你们会付出代价的。

美兰的自动回复被邮箱拦截了。

一定是一只大大的黄色笑脸表情，大而抽象的笑脸狗，美兰公司的讨厌 logo，不用看我就知道，是的，过去三个月，我接到过无数封类似的回信；没一封背后站着一个能够真来沟通的、对你微笑的活人。

打了个急弯，转过半坍塌的立柱，车子开出去。我开得又快又猛，这片废墟也没什么值得小心注意的。

K。

肯尼。

这是个男孩的名字。

可以供佳佳或谁使用，真是一个很好的化名。我记得一个叫这名字的男孩。十年前，韩佳把这个白种男孩带到我家里来过，印象十分深刻。这个灰眼睛的小男孩是我所说的"第一眼聪明人"，那种你一看就知道，他一定会顺顺利利地上大学，找份好工作，凭着自己的机灵才智度过一段很不错的人生。所以，那时候我也赞同佳佳和他来往。

然而美兰改了规则，一切都变了。

如果要有一个犯人，那一定是他，这个聪明古怪的小鬼。这是我身为警察的直觉。非要说我认识的人中谁能成为都市怪谈的一分子,成为网络人,那个男孩一定是最在行的一个。

入狱五年,我和这个社会脱节太久,这段时间里,上学的孩子们都经历了什么?我想,佳佳的同学是解开她身上谜团的一个切入点——她赚钱为了给大家开通讯录,她在乎他们——那些朋友们。甚至比对我这个父亲更在乎。这让我有一点嫉妒。

可我也有我的朋友。

车平稳行驶,外面阳光大好,丝毫看不出清晨下了一场暴雨,邮箱里有边夫人的几条留言,她很关心佳佳。三天前,我和她说佳佳有一点不对劲。当然隐瞒她举刀站在床头的那部分内容。我只是说,佳佳似乎换了一个人,这听起来令人费解,但请她相信一位父亲的直觉。我的女儿病了,她的身体里或许住着另一个灵魂。我怀疑是美兰搞的鬼,是美兰域在作妖。

边太太说,也许佳佳只是在闹脾气。青少年都这样,精神不稳定是常态——令家长头痛的青春综合征。

边太太当然不知道,今早韩佳已经离开了我。

另一封未读邮件是位华人医生发来的,也是边太太推荐的,她的老朋友,一个广东人。她之前在邮件里认为佳佳患的是 DID[①] 一类的精神疾病,至于是否和上载对大脑的创伤有关还要做一些检查,她希望我尽快带佳佳来诊所看看,并给了我一张药品供货商的名单,可以先吃药看看有没有效。我点开看到,都是重组阿片肽或者五羟色胺兴奋剂一类的管制药。名单上供货商条目我也很熟悉,好些都是我曾逮捕过的黑帮成员。看来医生和博纳黑帮有不少利益往来。

---

① 多重人格障碍。

我当即回邮给她：你知道我之前是做什么的吗？

又过了半小时，她给我回信，痛斥我把一番好心当成驴肝肺。

她解释道，大医院药贵，她们小诊所没多少药品储备，看在边太太的面子上，她才愿意帮我一把。然后她就把我拉黑了。

信箱底下果真有几个黑帮毒品接头人，不知深浅地给我发了邮件，一个个熟悉的名字，我叹口气。他们都对我这只肥羊很感兴趣，以为我是一个急不可耐的瘾君子。

然后，在这堆邮件里，混进了一个稀奇古怪的陌生ID。

"粉红豹"。

信上只有短短的一句话：

——如需帮助，请来见我。盖介绍。

盖，是盖洛吗？

我有些紧张地反复看着这封信，发信时间居然是三天前。这是盖洛推荐给我的那个大人物吗？头像是一只粉红色的可爱卡通豹子。这正是我目前唯一苦苦等待的东西了：一位可以帮我的官方探子。

我心里顿时觉得轻松了一点。

驶向日本街，早晨大雾散了，封锁路口的厚重伸缩门收起，一位头戴实景机器的年轻人和我并道而行，透过狭小的车窗，能看到他身材矮小，皮肤苍白，年纪比佳佳大不了几岁，但他看起来很开心。一位美兰新毕业生，也许意味着体面的工作，不再有强制上载读书的束缚。他可以全无顾忌地投入一个肮脏的成人世界，也许这会儿他正在享受着一首令人愉快的歌曲，甚至一场意识按摩……不光是金湾，据说这个世界已经有超过三千万的孩子，在接受美兰域的"优质"教育。

如今，几乎没有家长反对冬眠网络，因为他们从中获益，不仅减轻负担，而且收获自由，真正的、彻底的自由。接下来的日子里，那个躲在车里长大成人的孩子，会拼命工作挣钱，再结婚生子，像地铁上那个对着电视广告打手枪的男人一样，把赚到的每个镍币都扔到美兰里。美兰域是一座代价高昂的伊甸园，需要尽全力来维持；因此他们就不会再考虑其他，譬如自己的孩子究竟怎样才是真正的快乐……

我立马回信给那只粉红豹：

"嗨。我们在哪儿见？"

可等了很久对方也没再回复。

好猎手都懂得忍耐，不要着急。我调高车速，车载系统上像素风格的蓝色齿轮图标飞速转动。离开日本街，飞车驶向跨海大桥，一条我无比熟稔的线路，警局所在的湾区就在桥对面——离我在日暮大厦的住处大概五六个街区远。已经看不出一点大雾痕迹，紫色的安全雾灯已熄灭，大堵车松动了，车辆沿着大桥缓慢地前移。早高峰。太平洋在脚下汹涌澎湃，犹如一片滚动的蓝色幕布，那里正上演着什么戏码。经过时，车载实景在我眼前自动弹出了新闻：直击紧急实况。血红色标题触目惊心。

那是卡玛斯油井，三周前它泄漏了，成为美兰最近头痛不已的事情之一，持续高昂的股价有了一个短暂回落。

一些隶属不同公司的排污船围着黑乎乎的油井转着，像围住大象尸体的鬣狗群，两架涂着美兰logo的直升机在厚厚的云层上盘旋；和今早袭击我的型号相同，只是没带导弹机枪。而在飞机上，站着新闻特写里的那位漂亮女记者。那位美兰人穿着得体的新媒体工装，系着优雅的小领结，正对我侃侃而谈。

我厌烦地关掉新闻。

9

佳佳还小的时候，我会带她去钓鱼，我告诉她，有位古人钓鱼用的是直钩。她一脸好奇地问我："那还能钓到鱼吗？"我会揉揉她柔软的头发，她的自来卷也随我。

我说："愿者上钩。佳佳，这是爸爸教你的第一个古中国成语。"不要忘记，你有一半源自古老东方的血统。

当她还很小的时候，每当我回家或者从某个地方突然出现，想要吓她或者莫娜一跳，她总是欢喜地皱一皱小鼻子，亲热地呼唤我，像往常一样咬指甲——她感到无聊时常常会这样做。

"他妈的。"

我对女孩说。

我不知道自己为什么要和她说这么多。

也许是因为她叫自己粉红豹吧。

"我从来不知道，现在警局最好的探子居然是个女的。"我抬头看着她说道。

"娜塔莎。隶属于北方局，你可以称呼我娜塔莎。"这女孩说，"当然了，这不是我的真名。我也不是俄罗斯人。不要感到惊讶，所见未必为真，你看到的一切都是假的，我的性别，我的面容，都是面具。实话实说，我现在正戴着一副 AR 面具，很先进，你没看出来吧？"

我仔细观察起女孩的面孔。她脸上洋溢着青春靓丽的气息,每一处最细微的笑纹、稚嫩的绒毛、梨涡,每一点最细不可察的细节都显得逼真无比,我曾在莫娜脸上见过这样的青春色彩,非洲战争时,她是战地护士,那种动人心魄的少女的美最终征服了我的心灵。莫娜,纳米比亚的明珠,也是所有第七团小伙子的月光女神,她最后和我走在一起,简直不可想象,可那是很久以前的事情了,所以我宁愿相信,自己现在看到的就是真实,她说这只是一副 AR 面具——光学迷彩的视觉欺骗术;借助数字变身,你可以轻而易举地成为另一个人。我做过这方面的功课了。

我摇摇头。"起码这会儿在我看来,你只是一个年轻漂亮的女人。"

她笑了起来,笑声很悦耳,伸手拉我起来。这是我今天第二次被人掀翻,简直狼狈之极。

事情是这样的。大概十五分钟前,在阿尔沃什和贝多芬大道的交界处,我甫一下车,就有几个小混混来找碴。"中国佬,我们要扁你。"真是虎落平阳被犬欺。

显而易见,是粉红豹救了我。

我该怎么描述这个过程呢?一切发生得太快了。他们没带枪,我想掏出别在腰间的鲁格吓唬他们一下,可一个人立马从手掌心啪啪啪射出子弹——是最危险的、被严令禁止的三级人体改造,他把一整条右臂变成气动步枪。我被打中了。也许没有,但我重重地摔倒在地,疼痛直冲脑壳,让人晕眩。

娜塔莎是个活泼开朗的红发女孩,现在,她一直不停地笑话我。她是在贝多芬大道上突然出现的。

她从一家咖啡厅里走出来,像天使下凡。她看到我们的小小枪战。我正摔在地上,还没看清她的动作,战斗就结束了:漂亮的点射,快如雷霆,这个女人干净利落地击中了围攻者的手臂……

她很年轻,但故意化着浓妆,穿着很风尘,尽管是夏天,却披着条狐狸披肩,一般博纳或樱花区的站街女喜欢这种装束。可以理解,作为一个优秀的探子,妓女的确是一种很好的伪装。

单凭那张还略显稚嫩的脸,她似乎不比我的女儿年长几岁——第一眼也许会把她误认成一个逃课的孩子:不时会有的那种拒绝美兰域的孩子,形成一个小小儿童帮派,他们也想在这座充满魔力的现实都市里多转转……

"所以,现在我们可以走了吗?"她说。

我们一起上了我那辆旧博纳三型,她坐在我的身旁。突然,她靠近我,火焰一样的发梢扫过我的脸。她悄悄地俯在我的耳边,呵气如兰:"你实在不像一个瘾君子。"

"我们开诚布公吧,不要再玩猫鼠游戏了。"我直视着她的脸,严肃地说。

"好吧,你真是个不懂得幽默的男人。"

"你怎么知道我在这里的?"

"豹子知晓一切。"

我启动车子,引擎震耳欲聋。"听着,我需要你的帮助。我要在美兰域自由行动,美兰把那里设置得让我这样的穷人寸步难行。"

"为什么?"

"我的女儿被困在了那里。"

车子一直开着,也不知道要去哪里,这是一座庞大而富饶的都市，在通往米格尔街的十字路口就开始堵车，有钱人的飞车却可以飞得高一点，这叫"资产阶级的立体层级交通"，警用交通机维持着各个层次的秩序，靠近博纳的边缘有三座生产飞车的工厂，可这里九成居民——大多成了帮派分子——根本消费不起飞车。博纳较安宁的区域有许多中国人的店铺，在美兰大开发前这里也曾是唐人区。一座仿古的红枣木牌坊立在米格尔大街出口处。

"我是吃公家饭的，不能明着对付美兰，这几乎在等同于对抗政府。"她说。一对描画了浓重绿眼影的眼睛盯着窗外，楼面的显示屏正播放午间新闻。刚刚，我们的远航飞船——土星十五号——在土卫六新发现了一种外星昆虫的产卵地。这些蓝色类螳螂生物能在零下160摄氏度的冰冷液态甲烷海洋下产卵。一条稀奇古怪的新闻，但让美兰今天的股价更美丽。这艘世所瞩目的飞船如今也是美兰的。在西墨西哥发迹的资本怪兽旗下几乎无所不包，小到一只牙刷，大到整片大陆上的冬眠网络、冲击宇宙的太空巨轮、土星小行星带的采矿场，那些发达得简直要飘起来的都市……都是它圈拢营收的地盘。

美兰是一只吞噬时代的巨兽。边德增曾这样评价道。

"很明显，我们应该先搞明白你的女儿佳佳是否还是佳佳，"娜塔莎说，"这是她的身体检测报告，我在美兰居民信息库里找到的——"

一份翔实的体检报告被她调出，弹进我的实景。

虚拟光标指着某个地方，"这里，体内 5-羟色胺水平很低，通俗地讲，你的女儿很不快乐，但不排除是冬眠合剂的副作用，信息库 AI 的自动诊断偏向解离性人格障碍。不排除这种可能。"

5-羟色胺、解离性人格障碍……一个个陌生的医学词汇涌入我的大脑。很不可思议。"那代表什么?"

"因为悲伤或某些刺激,你女儿大脑制造了另一个自我来安慰自己。当然了,现在这只是猜想。还有另一种可能。"

我沉默不语,双手扶住方向盘,虽然自动驾驶时这样毫无必要。

"北方局那里也有过类似的案件,用精神疾病掩藏一桩早有预谋的小小反叛。届时,如果确定你的女儿不是患了解离性人格障碍,我就要逮捕她,或者那个K。"

"K?"

King。

"K,我判断这是当今最火热的虚拟偶像薇莪拉,在现实从事恐怖活动时,给自己取的代号。我调查K好久了。当然目前只是猜想,金湾警局没人相信我,我这才想要联系你。你是她的父亲,我以为你会知道什么,可果然,你也不了解自己的女儿。她在作恶时称呼自己为K——她或者她手下那个小小帮派正对城市造成破坏,而从我收集到的情报来看,K还有更大的阴谋。"

我缓缓吐口气,说:"我以为你是来帮我的……如果真有那么一天,我绝对会阻止你。"

"为什么,你忘了?你曾经也是个警察。"

"我不会让任何人伤害我女儿。"

娜塔莎嗤笑一下,说:"当她真被人伤害的时候,你这位父亲又在哪里呢?"我有些恼怒,可又觉得她话里有话,看向她时,她的笑容立马收敛,恢复淡然。

这个女人真让我有点琢磨不透……

车子在驶下马克大道时剧烈颠簸了一下，一个急停让我差点背过气去。路障拦住了我们，一队全副武装的美兰保安守在前面。车子的自动驾驶及时做出了刹车动作。

降下车窗，窗外浓烟滚滚。"说什么来什么。"她小声嘀咕。下午四点的阳光映红了翻滚的烟尘，美兰的武装保安戴着一副倒三角形状的绿色防冲击头盔，怪异得像几只外星昆虫，加上猛犸紧身衣，足以抵挡军用标靶值30兆电子伏以下的能量武器。昆虫脑袋在路障前严阵以待，能量步枪对准我们的额头。

"先生女士，前方禁行。"领头的大个昆虫说。

"怎么了？"娜塔莎甩了甩头发，露出一个迷人的微笑。

"恐怖袭击，女士，暴徒袭击了街口的阿尔法机器和优化房。"

优化房，关押逃学孩子的那些旱厕一样的黑屋子，远处传来几声爆炸，还有金属晶格膨胀熔断的、打鼓一样的砰砰声，是铬钨合金装甲车外壳热激断裂的独特声响，当年非洲战争时，杰奎琳用大地步行者击毁了不少灵思科技类似的重武器。

"老杰奎琳的烧火棍"，那时候我们都这么戏称它。

娜塔莎饶有兴致地看着外面的士兵。她在侧耳倾听，她觉得一切很有趣。这个女人疯了。

我把车调头，驶上另一条小路。

"有人在围攻阿尔法机器，你听到了吗？"我说。

也许孤儿帮正在围攻美兰，娜塔莎说得对，我也曾是个警察，理应维护金湾的秩序。娜塔莎并不回答，她的眼神里有一些不一样的东西，不是警觉或道德审判，而是一种怜悯，她似乎在可怜我。

我急于辩白般说道："佳佳的确没有生病，但她不是坏孩子，不可能加入什么帮派。因为美兰域，网络人K夺走了我女儿的身体，真正的她我不知道在哪儿。听着，帮帮我，求你帮我找到女儿。"

"我从没听过这么诡异的事情。"

我们来到了米格尔大街另一侧，仿古牌坊下有一些老人在摆摊，他们其实也不算太老，毕竟到六十岁就会被强制冬眠。

"我给你讲个故事吧，"我说，"佳佳七岁前，还没有美兰域这一说，她妈妈莫娜还没逃离这座讨厌的城市，我们一家人其乐融融。佳佳很聪明，打小就能看出来。我爱她胜于爱任何人，那时候佳佳喜欢上学，她有一个很要好的朋友叫肯尼，是个很健康的小伙子。我们大家相处得很好。"

"为什么和我讲这些？"

我说："这里现在简直像一个集中营。"

每个路口都有阿尔法机器，嘟嘟作响，冒出浓烟——它们负责检查行人身份：成人放行，孩子留下。在白天，街上闲逛的儿童会被强制赶回家去上载，或者关进优化房；老人则直接不被允许出门。执意不冬眠的老人只能生活在自己家里。

"他们把学校解散了，佳佳在美兰域上没有朋友，也许，她只想维护旧朋友，她拼命挣钱，想给朋友们开通讯录，可那天我打了她一巴掌……"

我愤怒又悲伤，声音颤抖着。

"你听到他们说的了吗？有人正砸毁那些机器。我们难道要袖手旁观吗？"

"韩笙。我是警察，如果不袖手旁观，我该去帮助美兰人。"

我双手僵硬地把住方向盘，前挡风玻璃脏了，后视镜里一片车水马龙，正是下班时间，这座城市正耐心地归拢自己，每个成人都急不可耐地回家去上载自己，来一发超爽的意识按摩，享受美好的一个周末。

"我很感激你刚刚帮了我，如果北方局真的派你来接替我——"

"你什么意思，韩笙，什么叫接替你？"

"——你就应该和我站在一起，做同样的选择。"

我停车。我知道自己不该在这儿停车，不一会儿就会引来交警机器开罚单。

"现在请你下车吧，粉红豹，我的生意上门了。"我没说谎，吉姆刚给我打了电话，边太太发了一封新邮件。我下了逐客令。娜塔莎保持着一贯神秘优雅的微笑。

"韩笙，你太自负了。"

她站在路基上，凝视我远去。没表达任何不满，超然的态度好像我的一切决定与她无关。而她的一切决定都是顺理成章的⋯⋯

我决心回去好好骂一顿盖洛，因为他的建议，我和这个姑娘浪费了一下午时间。突然，晚六点，城市下起雨来，打开音响，我骂出声，依旧是休斯·王的黄金时代爵士舞曲。雨水落在街头的尘埃里，落在了每一个前行的人身上。

娜塔莎，那个红发女孩站在迷蒙的细雨中，化为一个逐渐远去的小点。

10

好不容易打发掉登门的吉姆，我向他承诺我会在三天里找到玛丽。

维修公司这天下午修好破洞的窗和墙壁，家具要至少再过一周时间才能补齐。边夫人帮我打扫卫生，垃圾堆在墙边。佳佳养了一棵绿萝，她很珍爱这株小植物，子弹打碎了花盆，我只好用一个茶缸代替。我和边太太坐在一张烂桌子两边：我和佳佳的那张饭桌，桌腿快掉了。边太太很担心我，她知道我们出事了，可联系不上我，后来就一直守在我家里。

"盖洛给我介绍了一个人。"

边太太满头银发摇晃："太好了。韩笙，我们马上就能找到佳佳的。"

我也这么希望。我给她倒杯啤酒：

"可她拒绝帮我，还和我大谈警察的责任。"

"是她不好，韩笙。"边太太安慰我。

可有些话我没对边太太说。粉红豹，那个神秘的红发女孩，不知道为什么，在阿尔法机器被毁和遇到那些绿蝈蝈时，她没说实话，我总觉得她在同情那些孩子，她远不像自己所说那样铁面无私。我相信她是一个好警察，可她在试探我。我有什么值得这样大费周章试探的？

"也许你需要和盖洛谈谈，"边太太说，"你之前问我的那件事情。我想起来了，我记得那个男孩。肯尼。"她拍拍手说，"那个灰眼珠神童，他叫肯尼对吗？没人能忘掉那双眼睛。"

我激动起来，边太太还有新信息要告诉我。

"他是弗里达局长的儿子。弗里达·洛佩斯·德沃，西裔墨西哥人，金湾原主抓黄种人犯罪的副局长，他人其实不坏，但对我们很苛刻，隐藏的种族主义者。大家都很讨厌他，他长着大酒糟鼻，背地里我们都叫他糟鼻老弗。"

"是的。是的。我记得这个人，我入职前他不就被调到北方局了吗？"

又是北方局。

我给边太太又倒了杯酒，她摆摆手。我一口气干掉自己的，这酒很难喝。放糟了的麦芽味。

"肯尼这个孩子是怎么回事？"

拉上窗帘，天色暗了，我喝了很多酒，最近一直很紧张的心情终于平静下来。

有星星，这是一个温和的夜晚。

"老弗和老婆离婚了，肯尼跟他父亲过，他本来要留在金湾读书，学校解散后我们再也没见过。我不知道，佳佳怎么还会和他有联系……"

好吧，我想，他一定变成了一个缺少父母关爱的问题少年。当年我怎么就没想着多问问这些。

晚饭是边太太准备的，我再三表达谢意。罗勒叶配炸虾和炖烂的酱油黑鱼，料足可口，可我丢了女儿，哪有胃口吃呢？送别边太太后，我倒了剩菜，打算冲个凉顺便清洗一下伤口，可是浴室停水了，或许早上水管被炸断了。我懊丧地把花洒扔到一边。手上伤口有些发炎。我在壁柜里找到一瓶厨房消毒剂，自己做了个清创。从前在非洲时我常这么干。疼痛是小事，我脑袋乱得很，我觉得我失去了探究真实的能力——我以为自己过去成为好警察是天赋异禀，看来那一切只是错觉使然。

我的手机恰如其时地亮了起来。

根据我的要求,盖洛为我发来一条长名单,关于那些孩子——佳佳的同学们:

> 彼得,抢劫,杀人未遂,冬眠网络逃学;小山雀汤姆,诈骗,逃狱;小麻脸罗根,公共场所猥亵,冬眠网络逃学……

简直是一长串通缉名单,这些急于找麻烦的小鬼这些年在自我堕落这方面走得很远。最后一个名字是肯尼。K。他的罪名是非法盗取公司数据、破坏网络安全,外加冬眠网络逃学。似乎他给美兰域造成不小的麻烦,那还真有本事,我鼻子哼了一声。

不过再亮眼,也是瞎胡闹。

我咬咬牙,用镊子扯开愈合不良的伤口,接着整瓶消毒剂都倒了上去,创面咕嘟咕嘟地冒气泡。我突然想到,在和娜塔莎大发脾气前,应该留下她的联系方式的。现在我只能靠那个粉红豹的假邮件去找她,或者碰运气,等她什么时候想开了再联系我。我今天实在是沉不住气。怎么就和她翻脸了?一个好探子有无数的假名,我恰巧忘了管她要真的那个。

过了午夜十二点我才感到饥饿,可什么吃的都没有了,外卖菜单一片空白。今天没人工作,原来已经是周日了。成人可以合理合法地接替儿童们的网络时间,无所顾忌地泡在美兰域上,享受虚拟女郎的卫生服务。他们不需要食物,美兰域里自有龙肝凤髓,据说可以自动模拟生成最珍奇的食物味道,你的感官是可欺骗的。但美兰赐予你的可不仅仅是幻觉。

肯尼是老弗的儿子。我放下镊子想着。

早熟的臭小孩。

近一百年前,家长为了让儿童们好好学习限制他们上网,但现在一切都反过来了,孩子们恐惧上网。"上载法案"厘定不同年纪的人和网络的距离。没钱买门票,你就会被天堂拒之门外,这个叫美兰的天堂,由五代人的心血建成。美兰域不是百年前点点鼠标的那种原始网游,而是一种创世纪的新玩法——用你的全身心投入。媲美现实。美兰域是糜资颇巨才打造出的完美乌托邦,足以让你最贪婪的胃口得以餍足的乌托邦。

忘了疼痛,去享受网络快乐吧。韩笙。无聊的外卖和饥饿。

尖锐的、来自魔鬼的声音在我心头响起。

美兰域足足准备了一百年才出现。直到此刻,我们才有能力创造一个超越一切世界的世界:一个让人肝胆俱裂的新世界。

现在,你可以尽情沉浸到人类的旷世奇想里。

可不要浪费大好机会了。

你从没享受过这样的快乐,可怜的韩笙,你会爱上这种感觉的。

魔鬼如是说。

我把窗户打开,对着夜空发呆,期望夜风能让自己清醒,让我在"现实"的一侧再度活过来。回头看,卵形冬眠机好好摆在客厅中央,早上的混战未伤它分毫。何等的运气,不久前,它才被美兰隆重地重新赠给佳佳。

我陷入一场幻境。

那只魔鬼就趴在我的客厅里,身上印满神秘莫测的符号,它诱感我就此沉睡在它腐烂的怀抱中,那一瞬间,我真动摇了,我开始相信,在美兰制造的那个世界里,有美妙的东西。

我浑浑噩噩地起开最后一瓶酒,对着星空几乎一饮而尽,四肢百骸都热了起来。

手机邮箱收到一条新信息,来自"粉红豹"。

她妥协了吗?

娜塔莎说:她思考再三,同意给予适当的帮助;但也许并非惊动警局的体面帮助,她不想牵涉到一定会发生的罪案里。"亲爱的娜塔莎,"我回复道,"你不知道,我有多么感激你。"

另一条信息来自刚刚离开的边太太。

我愣愣地看着那封信好一会儿,才明白发生了什么。

边太太说她已平安到家,她今天来找我,除了担心我之外,本来还有一件事要告诉我——她的永久冬眠提前了。她马上就要去那个老早就挑好的敬老院,她今晚没和我当面讲清楚这事,是因为道别的话到嘴边就咽回去了。

"我很感激你为我和老边做过的一切。"

信里说。

手机有些模糊。我是哭了吗?我有三十年没哭了。我不可思议地摸了摸自己的脸。

因为提前冬眠,美兰会提供一笔补偿金给她,她全留给佳佳,请我一定收下。她还向我道歉,说没照顾好佳佳,但她待佳佳如亲孙女一般。

最后,她说:

"我知道你的梦想,你想要一间属于自己,属于'华人之光'的办公室。我都为你准备好了。我走后,我和老边的房子你可以随意使用,一点基本的装潢我已经做好了,希望你能喜欢。再见吧,我要去安眠了,不用想我。当你看到这封短函时,我已然动身。再见,我的好朋友。再见,韩笙。"

11

佳佳失踪,边太太冬眠了。我伤心极了,在这座城市我失去了一切。我喝得晕乎乎的,任由自动驾驶的车子自己飞上大桥。我眨巴着泪水蒙胧的眼睛。空气中一股硫黄味,在下面,卡玛斯油井的紧急抢修,深夜还在继续,这些工人是这座城市此时少数还清醒着的人。美兰人正用一种转基因秸草吸附海上的浮油。

烂透了。

都烂透了。

我自言自语:"找点乐子给我。"车载 AI 语音清脆地答应我,这一整套操作我已经玩得驾轻就熟。AI 马上推送了一条模拟动物园的搞笑视频给我:一只胖狗熊被一条哈士奇追逐,它像猫一样凄厉地叫着。我还是昏昏欲睡,时针指向三点,节目进入广告时间。雨中,大桥之外的金湾,大楼的玻璃幕墙都在同步放映这支广告。

这个待遇可不常有。

三天前开始,这个广告我已经反复看过无数次:

头颅巨大的驼鹿从画面中央飞奔而来,拉着一架着红白条纹的雪橇,薇葳拉坐在雪橇上。美丽的少女偶像,甜美地笑着,打扮得很乖，穿着短小的圣诞短裙，对着观众拱起手，开心地祝大家圣诞节快乐。十一月底了，可金湾还是一样热。薇莪拉头上戴着颗繁星形状的钻石头饰，她微笑着预告，她将在一个月后——从圣诞节开始，直到跨年截止——每天不间断地全球直播。不。是向全宇宙直播。薇莪拉掩嘴纠正自己，这次圣诞庆典的播送范围也包括土卫六的殖民地。为了庆祝土卫六殖民地的建立三十周年。而在那里有大概两小时的直播延迟……

这期间，她准备了足足七天七场盛大的演出给全人类。

"薇莪拉会和全人类一道迎接美好的 2073 年哦！"

她摆出招牌甜妹笑容，露出梨涡和虎牙。

"现在，大家可以欢呼了！"她俏皮地说。

我注意到一个细节，广告中她用了 homo sapiens（智人）这个古生物学生僻词，而不是常见的 everyone（每个人）。听起来真的很奇怪。薇莪拉说，她将为全宇宙（其实也就两颗星球而已）的"智人们"准备演出、劲歌或热舞？当然，压轴大晚会的节目单仍要保密。

无论是什么大节目……

那时，佳佳，你或 K 会在那里吗？

邮件箱里躺着粉红豹的第二封来信。娜塔莎告诉我，她将在跨年夜逮捕 K。

我问她："K 难道不会躲在土卫六上吗？"她回复道："最近有飞船发射吗？我不记得了。"我又问："既然你说薇莪拉是恐怖分子，美兰没人能识破吗？"

娜塔莎回复了一个大大的微笑狗表情。"这是个蠢问题。"她说。

不。

佳佳是否就是K，或者肯尼夺舍了我的女儿？

这才是那个愚蠢又疯狂的问题。

还有一个小问题——美兰抢走佳佳，但没要我的命，这说不通，不是美兰作恶的一贯风格：它作恶，却留下活口……仿佛在和我这个活口开玩笑。

车子到达我在醉酒前选定的目的地：靠山一侧的纽威樱花区。这里像蘑菇一样生长着许多简易板房，下雨时，板房的铁皮屋顶都变得蓝洼洼的，里面住的都是日本裔贫民。

我在这儿等一个人。

魏玛。典型的美兰人，他原是美兰研发部的副总监，现在是公关部的总监，职位不低，青白色的眼眶，留两撇涂蜡的小胡子，仿佛总也睡不醒。他下班了，我追着他一直来到了樱花区，这才逮着机会。

他把车停在了前面不远处。

一辆玫红的麦基跑车，小巧玲珑的，不像博纳生产的那些笨重大车。樱花区里全是灵思科技开的酒吧，酒吧用的却是美兰系统，南非战争的和平协定妥协的结果。

这些酒吧里有许多丰满挺翘的艺伎。我有所耳闻，这是樱花区寻欢作乐的好地方。

要弄清佳佳发生了什么事，直接找一只美兰狗自然是最快的办法，尤其他还是当时录制那条圣诞广告的公关负责人。

他一定知道薇莪拉在哪儿。一个绝妙的突破口，娜塔莎也同意，她给我提了点建议，告诫我小心别把自己折进去。

她说，除了我女儿这档子事，我现在为糊口干的那些"勾当"也很不堪，哪怕我丧失了荣誉感，只想当一个小私家探子，也记住不要和警察们作对。她会在佳佳这件事上帮我，但别的不会插手。我如果执意要帮吉姆或杰奎琳这些边缘人。她希望我不要重蹈五年前的覆辙。

我说，好，谢谢关心。

12

我紧跟魏玛。我追踪了他好久，脚后跟简直要磨出血泡。这会儿他似乎察觉到什么，直接钻进弯弯绕绕的巷子里。但他没甩掉我，我悄悄跟着他，在巷子里转弯抹角，最终看到他的身影在一间酒吧的门口一闪而逝。

我小心翼翼地推开酒吧的反拉门，暴射的霓虹跳出来迎接，看得我眼睛直发晕，两个强壮的保安查验我的身份，按规定不能携带武器，把手枪留在了前台。不过，我在袖子里藏着一支一次性钢笔枪——从警局证物箱顺手拿的"纪念品"，藏了五年，就为了眼下这种"意外潜入时刻"。

待进入内场，我才发现自己失去了魏玛的踪迹。

场子嘈杂，空间不小但塞满了层层波浪般跳舞的人。高穹顶上有一串闪亮斑点组成数字代表现在的时刻，正模拟出晴朗夜空，他们假装这是一场露天酒会，射灯是一堆更大的星星。在正中央，有一尊巨大的半透明电子DJ，紫色的脸庞描画成佛陀的样子，正盘坐在半空打碟。假草上全是晃动的人，一些直立的鳄鱼或者老虎混杂其中；电子体验体，有钱人串联到美兰域的 AR 投影，那些活人并不在这里，不愿意抛头露面的富豪喜欢这么玩。为了让这些鬼魂来去自由，地上铺满了金属导轨和电波发声器。

让现实去迎合虚拟还是一种全新的理念，这些崭新的好技术价格不菲，大把由成年人买单，钱自然只进了美兰的口袋。不消说，运营樱花区酒吧的灵思主管肯定为此气得跳脚。

可这才是真正的"身临其境"。

喧闹但并不热，空调开得很足，这种感觉很妙。

我小心翼翼穿过一位一身皮草的假老虎，还有一个三只乳房的羚羊，终于挤到吧台前；这个过去酒吧的标配可真不好找。酒保出乎意料地并非日本人，而是个长发黑人，皮肤像巧克力一样细腻。谢天谢地，他是真人。我倚在吧台，点了一杯加冰金酒，然后又请了他一杯。酒保谢了我。

我问他："也许，我能问一下，你认识魏玛先生吗？我是他的朋友。你知道他在哪儿吗？"

这时，一把枪抵住了我的腰。巧克力酒保马上转身去招呼别人了。

我努力回头看时，枪抵得更用力了。

魏玛正站在我身后，他是个瘦长的中年男人，个子比我高一头。他是怎么把枪带进来的？VIP 待遇？

"你是谁？"他戴着一副金面具。原理和娜塔莎的 AR 欺骗差不多，技术更简单，来樱花区和站街女找乐子，又不想暴露自己尊贵身份的上流人常靠这个自欺欺人。我灵机一动，举起双手来，装出

57

一副稳重的声调：

"冷静，冷静。我是军用科技的人，只想找你聊聊。"

我蒙对了？

他的假脸笑了，可看起来有些紧张，腰上轻松了一点。

"货什么时候给？"我试探性地问。

"什么货？"金面具一脸犹疑。他的声音再度充满警惕。

该死，可别再说错话了。我悄悄拉动机关，钢笔枪弹上我的手心。我说："那帮孩子偷走的东西。"

魏玛的眼神立刻不对了，突然间我腰上生痛。搞砸了。早知道就说我是猎头，要挖他跳槽了。我听到身后保险打开的声音，他说："你不是军用科技的。"

我故作恐慌，双手抱头，伺机把钢笔枪对准了他的脑门。正要动手，一个浓妆艳抹的女子凑了过来，她对我挤挤眼睛，似乎在问我："又遇到什么麻烦了？傻蛋。"是娜塔莎！AR面具闪闪亮亮，她又换了一副面孔，看起来是一个小鼻头长睫毛大脑门的日本女人，头发是铜蓝色的，在人造的星光下跳跃着，似乎已经喝了不少。她身上的妓女装扮和我们初次见面时几乎一样。

我终于知道那身装束用在哪里了。

她说："魏玛先生，他是我的朋友，这是个美丽的误会。"

魏玛松开枪，压力一轻。他问道："他是谁？"

"好吧。他是薇莪拉的狂热粉丝，想知道庆典的一点细节。看能不能混进舞台去。我已经劝过他不要这样了。"娜塔莎说，她编瞎话的能耐可比我强多了。

"这是商业机密。"魏玛冷冷地离开灯光笼罩的范围，去揽娜塔莎的腰。"莉莉，"他这样称呼娜塔莎，"你怎么自己跑出来了？"

"我太无聊了。"她娇嗔地说。

"好吧，也许看在莉莉的面子上。"

天啊，她到底有几个名字？我在心里大呼。

"我可以发一份内部宣传文件给你。有薇茇拉的镭射照片的那种。她的确是个大明星。"

"太谢谢您了，魏玛先生，您真是个好人。"

"好了，小子，我要和莉莉单独待一会儿，你不要再跟着我了。"

我把钢笔悄悄缩回袖内，立正，摆出"您请自便"的手势。高瘦的魏玛收起了那把金色的手枪，揽着娜塔莎的腰离去了。娜塔莎回头眨了下眼睛，对我使了一个眼色，示意我不要走开。不知道为什么，看着她卖弄色相，我心里有点不舒服。娜塔莎居然在这里。我突然想起了莫娜，佳佳的妈妈，那个和大胡子音乐家跑到西印度过苦日子的美丽女人。她和我离婚时我伤心坏了，可没在任何人面前表现出来。娜塔莎是个有意思的姑娘，可惜做上这行注定有今天没明天，金湾警察的非自然死亡率五年前就高达20%，每过几年，警局就会换上一茬新人。我很好奇，五年前的我遇到这个女孩会是怎样的反应。

我冒出个离谱的念头：有朝一日，在死之前，我想见见粉红豹的真容……

大概半个钟头后，她回来了，还是那副风流打扮，只有头发变回焰火一样的红。她嘴角上扬，一副很得意的样子。没人注意我们，音乐震耳欲聋，一个连的寻欢作乐者在欢唱摇曳，变幻不定的灯光撩拨起嗨翻天的气氛。我只能给我俩找了一个尽量安静的角落。

"魏玛呢?"

"灌醉了,然后被我捆起来了,他会难忘今宵的。"

我带着酸气问她:"你们好像很熟的样子。"

"别逗了。"她说,"我们今天才认识,比你和他碰面大概早一个小时。韩笙,拜托,我是专业的好不好。"

她那副骄傲样活像一只孔雀。

我摆摆手,"好的,好的。我服了。"

13

"打探出的情报是这样的,"娜塔莎说,"魏玛出局了,某种权力斗争。他只负责录制广告,没见过扮演薇莪拉的女孩;演出提案是一个叫奥汉·奎斯特的人提出来的,这是个绝密文件。奥汉的具体信息我目前还没查到。可这个人竟然不是美兰人,美兰的人员名单数据库里搜不到他。美兰的董事会决策也很奇怪,居然同意这个外人的企划,外行针对内行的指手画脚,魏玛也很不爽。"

我傻眼了,辛辛苦苦追了魏玛这么久,到头来还是扑个空。

"看来现在只好亲自去美兰一趟了。"我说。既然已经绑架了魏玛,或许可以套出他的安全码,至少能让我们安全地进美兰大楼。

"我不建议你这么做,除非你疯了。太危险了,还是想想别的招吧。"

我沉默着思考了一会儿,说:"我来请你喝一杯吧。算谢谢你的帮忙。"

她不屑地扬起眉毛，伪装成日本女人的脸孔跳出一个俏皮的笑。"你要欠我的可多了。"我也笑了笑。返回吧台，向巧克力酒保点了两杯马丁尼。

这时，假草坪的西侧，内场方向传来枪响。声音之大在吵闹嗨曲里依然清晰可闻，像TNT在大象耳朵里爆炸。

我想起了魏玛的那支金色大口径手枪。

"糟了！"我和娜塔莎不约而同地说道。我们奔向内场，有钱人专属的VIP休息室，娜塔莎说她刚把魏玛绑好堵住嘴扔到了一个厕所隔间里。

漆黑的玄关门口，原本的保安不见了，大门半开，像是在邀请，很安静，舞场的喧闹被完全隔绝在门后。"隔音很好，"我说，"可枪声还是那么清晰。"

"那把枪也许做了什么非法改装。"娜塔莎跑在最前面，她是一个好条子，穿着不便，可身手仍称得上敏捷。走廊里发生过战斗，木刻玫瑰装饰的护墙板碎了一地，露出墙后坚硬的水泥柱，尽头有个金路牌，指示厕所方位，四角的监控设备都被破坏了。他们是突然出现的。像惊悚电影一样，一位保安的尸体半挂在天花板上，头卡在炸烂的铁栅格结构里。

空气湿润，带着血味，混杂在有钱人喜欢的那种药用香薰味中。我仔细闻了闻，香薰已经点了很久了，但血是新鲜的。

为什么要这样大张旗鼓，我百思不得其解。

两个，或者三个杀手。

一个小个子正要从身后一个炸开的缺口逃走，另两个人留下殿后，都穿着黑色猛犸紧身衣，胸口绣着美兰的笑脸狗logo，面罩遮着口鼻。

嫁祸？夺权？否则美兰为什么要杀死自己的职员？

我弹出袖内的钢笔枪，瞄准眼前的一只脚，想要打出一个血花，可没能如愿。小口径子弹威力很弱，像打在棉花上，难以再入半寸，猛犸防冲击的效果太好了。两个杀手反应过来，举起高斯步枪指着我的头。这两个杀手一个有一头金色长发，另一个似乎是有着妖娆身段的黄种女子。逃走的那个人步履踉跄，好像受伤了，行动不便，这就是为什么他需要别人的掩护才能撤退。

娜塔莎在光束向我脑袋疯狂招呼之前冲了上去，这吓得我大喊起来。我想叫她停下，却说不出话。我这才发现，原来娜塔莎也做了危险的三级改造，她的两条腿强劲有力地蹬住地板，弹簧一样把自己弹射出去，身体像飞鱼一样穿越空间，同时一把唐刀从她的右臂伸出。金发杀手按下扳机的瞬间，枪被砍成两截，在手里直接爆炸，杀手哀号着趔趄后退，我才发觉这杀手也是一位女性……

何苦呢？我想着。我扔掉没用的钢笔枪，也跟了上去。

另一个杀手见状，掏出颗手雷扔了过来。娜塔莎正要对着金发杀手挥出第二刀，而我发现这手雷竟设定了短引信，于是扑向娜塔莎，两个人一直滚到楼梯拐角。一声爆炸，天花板簌簌掉下很多土，扬了我们一头一脸，再看时，那个受伤的杀手也不见了踪影。我好半天才说道："没看出来你还挺能打的。"

"要改造联系我，我路子野得很。"娜塔莎说。

她还有心思开玩笑。

结束得很快，但我们最终一个杀手都没抓住。他们消失了。

酒吧建在谢尔盖山脉的边上,而酒吧深处藏着一座风景秀美的悬崖——有钱人还真会给自己找乐子。杀手们用了什么办法翻越悬崖,扬长而去。崖边风光美不胜收,但阻拦了我们。峭壁至少有三百英尺[①]的落差,依稀能听到潺潺流水。或许悬崖下有条小河,他们刚刚顺河划进太平洋。那还真是完美的撤退路线。

酒吧洞穿了谢尔盖山脉,或者他们顺着悬崖打了一个洞出来。

"灵思的手笔。"娜塔莎说。

"真奢侈。"我说。

事情告一段落,我找到了点线索,然后就遇到一大堆问题,外面跳舞的人都消失了,到处警铃大作,大批武装警察马上就会赶来。那间厕所被折腾得不轻,魏玛已经死了,金色的手枪粗暴地捅进他的嘴巴,下巴炸开了花,瓷砖上都是飞散的血沫。他的手指僵硬地扣在扳机处,头上戴着一个小型实景。

他也是死在上载过程中。

"也许那两个杀手是两个孩子。"我突然说。

"为什么?"娜塔莎问。

"孤儿帮连续杀人案件,你没听说过吗?"

娜塔莎点点头,"可杀手穿着美兰的制服。"

"没有杀手杀人还要特地穿整套制服。"

"你说得对,我们有大麻烦了,"她撇撇嘴说,"美兰不会善罢甘休的。"

[①] 1英尺约0.3米。

63

"没错,他们会把自己从这摊烂泥里全择干净,酒保目击了一切。他见的是我们,警察准会把问题推到我们身上。你还好,毕竟可以回北方局,我可真要躲一阵了。"

14

假草坪,还有跳舞的猫啊、狗啊、狮子啊、羚羊啊,统统消失不见,樱花酒吧里一片不合时宜的岑寂。"你不能留在这儿,"娜塔莎突然说,"不,不能就这样把你牵扯进来……"

"我知道怎么和警察打交道。"

娜塔莎笑着说:"你快跑,不用管我。放心,没那么严重,这次钓鱼行动我有局里许可。不过这次闹成这样,大概要挨点罚吧。"

"美兰的高层可是死在我们面前……"

红蓝警灯在漆黑一片的窗玻璃外闪烁。

有人盯上我了,我想。我的一举一动宛若透明,我像被铁夹抓住的猎物,一切挣扎都被那位掩藏在黑暗中的真正猎手尽收眼底,魏玛居然当着我的面被人灭口……

我突然想到,可以寻找其他出口,杀手逃了,我们也可以。我们又折回悬崖旁。动身前,娜塔莎递给我什么东西。一张数字芯片,非同质认证防伪芯片,全世界只此一张。

"你的搜查令?"

她点头,从妓女的小皮包里拿出一副镀铬眼镜戴好,脑门一使劲,镜片变成了晶蓝色,那里正运行一道程序,她确认搜查令的所属权已经转让给我。

"一道密令，针对美兰的，你拿着吧。"她说，"也许能救你。"

"北方局早就打算调查美兰了？为什么？"

"迟早的事，"娜塔莎轻蔑地笑了笑，"如今的金湾存在黑白两个世界，一个归西美利坚，一个归美兰。两套货币，两套制度，金湾的网络政治正推广到整个西美利坚，真正的政府在崩溃……北方局当然不能坐视不理。我们打算不动声色地打击一下美兰，这很正常，不是吗？"

"借我的手？你为什么不早和我说这些？一开始你就在试探我。"

"也许你值得我赌一把。"她说。

我是从那道门逃跑的。

我双手抠住粗糙的岩石，小心地摸索，敲敲这儿，敲敲那儿，是的，终于被我发现了，水蓝色的电子涟漪消失了，面前出现一道小门；残余的门框的棱角尖锐，断茬新鲜，在后面敞开一个小洞口，就深藏在比特水流的伪装下。

也许这里本是一条防火通道，杀手利用这处微缩盆景，做了一个绝妙的障眼法：真悬崖加一道全息投影假石壁。美观实用并存。隐藏的木门被打碎了，难怪我们抓不住那些杀手。

他们老早就踩好点，探得情报，他们了解这里的一草一木，魏玛被摸得清清楚楚。他必死无疑。

"你真不和我一块儿走吗？"我从洞口探出身，仰头望向崖边身形变得很小的娜塔莎。

"没必要，我觉得你也跑不掉，收好我的搜查令。"她微笑着说。

好吧。一个个都是疯子。我不是第一次被人试探了，老边之前也做过类似的事，但我三十五岁，扬名不知道多少年了，居然被一个小丫头耍得团团转，心里实在不是滋味。又记起第一次在车上我们的对话，她这样问我："你愿意为了你的女儿和美兰对抗吗？哪怕她犯下了重罪？"

我攀住石头，艰难地把身子回转过来。

"所以，你还会抓佳佳吗？"我突然大声喊道。

"一码归一码。我不会放过一个危害金湾的人的。"她笑吟吟地说。是的，还是那个答案。那么，我的答案也不会变。

"我不会让任何人伤害我的女儿！"我喊道。

"那我们就是最棒也最脆弱的战时同盟。"她还在微笑着，声调冷漠。这个疯女人，让人琢磨不透。

15

一架直升机远远地跟着我的飞车，上面满载武装突击手，众所周知，这些人是西美利坚的专业罪犯杀手。每次都是这样。我爱直升机。

佳佳小时候，有段时间听莫娜说我在南非战争的那些事，她会眨巴着大眼睛问我："爸爸，你开过飞机吗？"

"爸爸当然开过，不仅飞机，还有飞船，我们发往土卫六殖民地的那种大飞船……"我和女儿吹牛，看她崇拜我，眼睛里满是艳羡。莫娜骂我不知廉耻，我更喜欢另一种说法：这是我轻松又不轻佻的人生哲学……

可现在我再也轻佻不起来了。

我在车上收看抓捕我的实时新闻，紧急新闻正播到最精彩的部分：我们的通缉令正滚动播放，上面有我的姓名、"莉莉"的姓名，还有我俩4K分辨率的大头照，细微到每个毛孔。只有我实诚，娜塔莎脸上闪烁着谁也认不出来的光学迷彩，她那张千变万化的脸再次证明，条子蠢透了。

前方的警车想截停我，他们甚至动用了EMP，那些银光闪闪的东西冒出噼里啪啦的电火花，我的飞车一下失去动力。接着，轮胎也被连环地钉刹住，我苦笑一声。荷枪实弹的警察们守在外面，他们瞄着我的头像瞄着个冬瓜。他们确认了我的身份，搞得我也想做一个AR面具，埋在脸皮下面，纳米级别地一寸寸替代颌骨到额骨上的每层软组织。这手术很遭罪，不过对一个探子来讲相当值得。

我知道，我再也甩不掉他们了。我下车，举手投降。

"这回算二进宫了。"我对勒住我胳臂的小警察说，"我只是嫌疑人，在检察官定罪前，你最好还是温柔一点……"

话虽这么说，再回到这里我还是感慨良多，警车飞驰，依旧把我送到位于博纳的金湾警察分局：那是一幢高耸的哥特式半石制建筑，承载我太多回忆，从南非返回金湾，我在这儿供职差不多十年，每天的任务就是和黑帮打交道，大多时候敲打他们一下，抓捕那些成为犯人的穷人；少见地警民合作一两次，就把我自己搭了进去，万劫不复，失去一切，被女儿鄙视，被那些媒体舆论踩上一万只脚……

从"华人之光"到"人民耻辱"，只有短短一夜而已。

警局很忙碌，没人关心我，我直接被带到提审室。"今天谁值班？"我问。

"布罗基。韩笙，你要吃苦头了。"押解我的小警察说。

"我好荣幸。"

我好像行走在一座灯火通明的石头城堡里。这里历史悠久，在金湾因战火第一次毁灭前，它就已经矗立在这片土地上好多年了，在玻璃窗外，大海正悄无声息地落潮，贼鸥低飞，黑暗正进军占领一切。

提审室里摆着一张又小又硬的椅子，布罗基早已坐在对面，他正凶狠地抽着烟。

"这次又他妈是什么事，韩笙？"布罗基盯着我，喷出一口烟来。

"一桩小案子，碰巧我在场。"

我把自己塞进椅子，硬木椅子硌得我胳膊肘生疼。

"真棒！"他咧嘴笑了，看了看左右的警察，但没人敢接茬。他扔掉烟头，笑着摇摇头，说："韩笙，大侦探，你管离婚案不？"

"布罗基大局长，你没必要挖苦我——"

他跳起来，暴跳如雷，拍着桌子冲我吼道："小案子！妈的，死的是美兰的高管！小案子！"

发泄一通后，他的手有些抖，又掏出根烟点上。"又是美兰，韩笙，"他说，"你他妈总是不长记性，我以为你学乖了。"

"我有北方局的搜查令，我在帮他们的秘密探子做事，这次我是合法调查。魏玛的死和我们无关。不信可以问你的手下，搜查令被他拿走了！"我把手铐上移，指着那位年轻警察。

他把证物递给长官。"假的。"我的副局长看也不看，全然不顾哈希数字串冒出的蓝色火苗。他命令伺候在身边的两个大汉给我上一课。是的，他迫切地想给我上上课。

"我看，我让你在绿岛那两年过得太舒服了。"布罗基说

两个大汉开始拧我的手指。"操！"我说，"还有点新花样没？！"

我的手指嘎嘣两声。中指骨折了。从出狱到现在，我真是受够了。我只是想找到佳佳，我愿意暂时放下恩仇，可我被美兰用直升机打，卷进谋杀，被小混混掀翻在地，现在，又被人拧手指。我浑身关节都在哭喊，我的脸色很不好看。我的手指在手铐里几乎被拧成一串麻花。

"松开吧，"布罗基说，"现在你想交代了吗？你那个妓女同伴——瞧瞧你都和什么人混在一起。我们的数据库里没有这个人。她是谁？！"

我对着地板啐了一口。

"她是你妈！"我笑着说。

"好！真他妈义气！"布罗基脱下一只皮靴，扔给一个大汉，说，"没有你，我们照样逮住她！"

娜塔莎果然跑掉了。是的，她好心把搜查令送给我，也有一万种办法从她傻乎乎的条子同事手里逃脱。她不会有事的，至少不会像我一样掉层皮。与其担心她，我还不如操心自己，这帮没大脑的混蛋只会颠倒黑白，他们不关心真相，只想着怎么向美兰交差。

小刑警接过皮鞋，给我一嘴巴。说真的，布罗基该好好洗脚了。

我仰着头，从椅子上跳起来，撞向他。

好了，现在我俩都鼻子流血了。

布罗基一定觉得这场面很滑稽，他兀自冷笑着，一个漂亮的文官女书记探头进来，打断了这场闹剧。谢天谢地，布罗基终于放下那包该死的劣质烟，烟熏得我头昏脑胀的，血直往脸上涌。"怎么了？"布罗基一脸不悦地问。

"有电话找您。"

"告诉那个狗养的,我忙着呢。"

"是地区检察官。"

是的,我们的地检官突然来了个电话。布罗基出去接领导电话,聊了好一会儿。我和那个倒提靴子的刑警面面相觑。他刚想揍我,我微笑着喷了他一身鼻血。"兄弟,你太放松了,不要因为是我就手下留情啊。"

你们该看看,小伙子气坏了,他抄起靴子还想抽我,可被他的同事拦住了。

布罗基这才一脸不爽地推门进来。

他对我们宣布了一个意外的消息:他要暂时释放我。

你们真该看看那些孩子脸上的表情。不可思议,一个个都吓坏了。

和布罗基同时进来的是涅尔茨,另一位管刑侦审讯的副局长。他还是那么没存在感。他们扒着门口,又密语了几句。

"不要误会,"布罗基说,"和北方局没关系。军用科技要求释放你,我们得卖个面子。看不出来,几天不见,韩笙,你也学会舔大公司腚眼了。"

"妈的,布罗基。你这辈子到死也就是个副局长。"

布罗基摆摆手,表示大人有大量,不和我一般见识。警察把我带到这,又要飞快地把我扔出去。我倒全须全尾的,这还不错……

那么,是军用科技替我求情?

真不敢相信,也真把我搞糊涂了。不久前面对魏玛时,我拿这个大公司当幌子，回头它就帮了我，天下哪儿有这么巧的事？金湾是美兰的老巢，莫非军用科技想在太岁头上动土？我可得好好看看热闹。

只不过。

公司们都靠一个腌眼方便，是些言而无信的家伙，你可千万别忘了这点，韩笙。

在心里我悄悄对自己说。

16

我被推搡着往外走。

"停，停，我自己会走。下次你们请我我也不来了！"

警局到处都是杀虫剂的味，那些陈年案牍没法上传服务器，"城堡"也特别阴冷，纸质档案的保存历来很成问题：水淹、虫蛀，加上管理员不小心拿来擦外卖油渍之类的人为损耗。每张办公桌上空都萦绕着朽木的味道。路过办公区，一个警察正对着电话大吼，警报终端传来重点布控的街头影像，巨大显示屏幕被划分为九格，供警员们观看，其中一格是这样的：枫花区阿尔沃什大道以南的十字路口，一个男人在枪击路人。我一眼看出来那是12号口径的霰弹枪，M打头的型号，威力很大，一个可怜人被一枪爆头，血溅满画面。对着电话，警员就更大声吼了起来。

又一个办公桌，一个我没见过的大块头新人。他站起来紧握双拳，恶狠狠地盯我，像一座山，大嘴咧开，"你是韩笙对吗？你是我们的耻辱。"

"行了行了,我知道。"我说。

年轻人总是这样沉不住气。

"为什么不去帮帮你的同事?他都快急坏了。"我懒洋洋地指着那个刚挂下电话的孩子。那个小警察手忙脚乱的,一脸呆相看着打印机吐出乱飞的文件。

高大的年轻人冲我示威式地挥挥拳头。我没理他,转身推开城堡嵌玻璃的大门。这时才终于呼吸到一口新鲜空气。警局被我甩在身后。

我浑身疼。一切和几个钟头我被逮捕前没什么变化,但折腾了一夜,天快亮了。我急于知道娜塔莎的情况,回到车里发现她已经给我打了几个电话。

"你还好吗?"娜塔莎问。

"有些破相,一定没年轻时帅了。"

"你可以不说俏皮话吗?"

"不知道,我现在很兴奋。"

"你是个兴奋侦探。你现在有什么打算?新闻看了吗?魏玛被定性为自杀,为了掩盖杀人的丑闻,据说美兰火速上任了一个新总监,圣诞典礼不会受影响。"

车子驶进清晨,天空角落尚有一些星辰。

"早该这么办的,"我对着电话说,"我要去闯美兰,直接把佳佳带回来。"

电话对面沉默了一会儿。

"这是最后的办法,"她终于说,"但别轻举妄动。你也知道我的目的,我奉命调查美兰,我收集的情报还不够,别砸场子。我承诺过的还算数，我们先去美兰域看看，我会帮你找线索。"

"谢谢你，我这么快就被放出来是你运作的吗？"

"军用科技想插一脚。大部分事情和我无关。"

撒谎。

"无所谓，"我对着电话展露一个大大的笑容，车载屏幕上，她还保持着莉莉的妆容，只是一脸疲惫，"我只想带我的女儿回家。"

仔细想想，韩笙。刚有点眉目魏玛就被干掉了。事发突然。我没从他身上找到美兰的安全码，案子又打回原点。也许到最后，我只能以普通访客身份闯一次美兰，带够子弹，有多远走多远，这听起来就有点凶多吉少。盖洛知道了也一定会这么骂我：韩老大，你是真疯了。

我没有选择。

我想吃点东西，离"城堡"不远有家店。我要回去冲个澡，好好睡一觉。被美兰弄坏的东西差不多都已经修好了。再之后，我可能先去敬老院一趟。我从盖洛那儿拿到的地址，我要见边太太一面。

虽然她可能已经安眠，虽然她说了不希望见我，可我想和她好好做一次足够正式的告别。

头被皮靴抽中的地方又开始痛了，手指也火辣辣地疼，天下起小雨，星星全不见了。车子转进笔直的大道，通往维斯伍德的跨海大桥在海雾后隐约可见。时间还早，街上没人，可不用等多久，人们就会起床，走出家门，揿动喇叭，嘀嘀嗒嗒。大人们努力工作，孩子们努力上课，老人困在人生末途的阴雨里，等待死亡来临。我的眼角流血了，那些蠢材对犯人下手还是那么狠。

透过眼前的红色血雨，我看到一个蹒跚人影走在这条让人感伤的绵绵长街上。老边。我的师父边德增。我亦步亦趋地跟在他后面，跟随他的影子。最后，我的身上都是水。金湾的雨水在洁净我……是他把我从一名杀人的士兵变成一名警察。我们本来该让这世界变得更好。

他的告诫在我耳边响起：枪口不会分辨子弹，但你要学会……

我擦擦眼睛，只是皮外伤而已。韩笙，没必要哭鼻子。可是真的好难挨，边师父。

车子停在维斯伍德的中国人集市前，我强撑着来到一个面摊，摊子上卖鸡肉丸子和冷面。"有饺子吗？"我问，"中国饺子，不是土耳其或者俄罗斯冒牌货。"摊主摇摇头，"只有面条和米饭。""你家乡是哪儿？"我用普通话问。

摊主依旧摇摇头，他的肤色黧黑，毛虫一样的粗眉毛绞在一起，头发乱蓬蓬。可能只是个混口饭吃的印度裔，我想。

我要了碗面，坐在油腻篷布下。摊头有根长杆，上头绑着个小电视，往外弹雪花的屏幕放着新闻，老话题：土星十五号继续启航。这艘飞船在泰坦停留了半年，卸下了从地球带到殖民地的物资，现在它终于重新远行，不像序列中前十四号飞船一样，废弃或毁坏在泰坦附近，它承担首次载人飞出太阳系的任务。美兰给它设计了一个形式性的目的地：奥尔特云的X3Y80Z13点位，收集一点那里的稀有矿物太空尘埃，就算完成任务。

我嚼着面条。面全凉透了，几片黑乎乎的肉片根本咬不烂，烂筋黏着我口腔里的血，咸得很。

摊主的确是印度人。骗子。我看到一个戴鸭舌帽的人坐在篷布另一侧吃一碗咖喱饭。他偶尔抬头看电视,似乎对飞船很感兴趣。我发现他特别年轻,脸上全是小小的雀斑。我确定是他,小山雀汤姆,佳佳的老同学。盖洛的线索终于起作用了,他告诉我,有人之前在这一带见过他,没证据证明他是孤儿帮的一员,虽然他的确算个孤儿。他由暴躁的姨妈和嗜酒的姨父养大。

"挺有趣的。"我说。

没人搭理我。

"土星十五号,我小时候有过一件官方授权的正版玩具。怎么说?酷毙了。"

还是悄然无声。

"早饭吃咖喱,不油腻吗?"我又说。

他终于吱声了。

"比早起吃冷面舒服一点。"

我笑了笑。"他的饭我请了。"我对装成中国人的印度老板说。

小山雀扒拉掉最后一口饭,长舌头呼噜噜地把塑料碗舔得干干净净,突然怔怔地瞪着我说:"我见过你,肯尼想要找你。又不想找你。他们很容易就被发现,他们就不找你了。"

这男孩说话颠三倒四的。

可我总算找对人了。

他的旁边立着一块电滑板,晶莹剔透像黑荧荧的玛瑙。"你也是个斯凯奇[①]?"我突然有些好奇。的确有些街头的暴躁小阿飞喜欢电

---

① Skater,滑板客。

75

滑板，我出警的时候见识过。这些危险改装品加满速度可以和飞车赛跑。小阿飞们飙起来的结局基本是捅大娄子，摔断脖子、撞死在高楼玻璃上、挂在几万伏高压线上被烧焦，吓得鹦鹉吱哇吱哇地大叫。所谓完美的斯凯奇大师只存在于传闻中，我从不相信真能存在。

"你也是？"他歪着长满雀斑的大脑袋问道。

鬼使神差地，我点点头。

"你板儿呢？"他问，"你骗人，一个斯凯奇从不会丢下伙伴的。"

"坏了，昨天晚上坏的，被美兰炸断了，"我说，"我把它，嗯，它的尸体埋在了维斯伍德的一个花园里。"

他居然相信了。"你也被美兰欺负了？"带着一种迟钝的腔调。"汤姆讨厌美兰，他们都是坏蛋；但他们会发射土星十五号，他们有时候也像好人。但大家都说美兰是彻头彻尾的坏人。"

我才发现，他格外"天真"，字面意义上的天真，像我过去在北非西斯特疗养院里遇到的几个患儿。一个相当棒的突破口。

"是的，美兰都是坏家伙。"我赞同地点点头。

17

"似乎你和别人不太一样。"我说。

我们一起离开了印度摊子，他抱着滑板，一双手骨节粗大，像习惯了劳苦。这很奇怪，根据盖洛发来的记录，汤姆·伯德不该是这副样子。警方数据库有许多汤姆的案底，他曾被起诉的一条罪行是诈骗——不久前，他甚至做得出诈骗这种勾当——冒充虚拟按摩女郎，散布诱骗充值美兰币的钓鱼链接。做这种恶行一定很需要点机灵劲，这证明，他的脑袋瓜过去曾很聪明……

路过喷烟的阿尔法机器也没任何问题，那些傻大黑粗的机器、全副武装的美兰人，都对小山雀视而不见。上载法案把这个伤残孩子除名。他不再需要"上学"。他不在美兰学生名册上了。汤姆·伯德是这座城市少数不会被强制上载的孩子之一。

我给他买了一个奶油甜筒，他的长舌头舔舐着唇边的奶渍。"你和肯尼一样。是蠢蛋。你不吃冰激凌，可冰激凌多好吃。"他喃喃地说。

这个蠢孩子。

"为什么要劫走玛丽？"我突然问。

他涨红脸，瞪大眼睛，一下子没反应过来我是什么意思。

"玛丽？谁？"

"一位可怜的护士机器人。"

"汤姆不知道。"他似懂非懂地继续舔那个倒霉冰激凌。妈的，我为什么要给他买这个？融化的奶油沾了他一手，淋漓滴落。"肯尼不见了。我们听彼得的。彼得说我们需要，我们就需要。"

"或许你可以说得更明白一点。"

看样子不行。我只好更为简练地重新组织语言："你们偷了它，把它扔到了废铁厂，为什么？"

这只小山雀不再理我。他扔掉甜筒壳，在长裤上抹净手，可怜的裤子一块黑一块白，洗衣机会哭的。他心情不错，对我几乎视而不见，甚至哼起一段走调的小曲。算我对牛弹琴。

"谢谢你，大人，你是个蠢蛋，但你是个好孩子。要和我一起玩滑板吗？"

77

"听着,我不是孩子。你可以叫我叔叔,我不介意。"

这就是我今天吃早餐的经过。

我没打算,也不会天真到以为跟着小山雀就能找到他们的老窝。饭后,我们开心地(或许只有他开心吧)在秀丽的观景林荫道散步,这里离魏玛被杀的街区只隔三条街,谢尔盖山脉贯穿陆区遥指太平洋,分割了金湾。海雾萦绕在地平线上,这时,一辆火焰三菱重型摩托车从雾中驶来,三十二个气缸震耳欲聋地轰鸣。这辆宝马良驹在留下一溜火花后,横停到我面前。车上是一个男孩和一个女孩。

没人会放心让小山雀自己一个人在街上乱跑。

现在,他们选择直面我。

他们摘掉头盔,如果说汤姆是一只痴肥的山雀,这个男孩就像一只枭鹰,女孩则是一只仙鹤。男孩掏出手枪指着我,女孩则紧紧搂住他的腰。

"走,汤姆,不要理这个人,他很危险。"

"不想和我谈谈吗?"我说,"我不想动粗,你们是我女儿的同学。我知道你们是她的朋友。"

男孩垂下枪,他的左胳膊文满艳丽可怖的花朵。女孩紧张地看着我们。"克里斯蒂娜说你还有用,"男孩说,"但你不该现在招惹我们。还不是时候。"

"克里斯蒂娜又他妈是谁,到底还有多少人?"我叫道,"我要找我的女儿韩佳,混血中国娃娃,佳佳,你们认识她吗?"

佳佳,半个欧罗巴、半个中国人的佳佳。

旧学校里流传的歌谣。孩子自己编的。我努力镇定,哼起这个调子,我相信他们都听过。

"Gott segne sie."

男孩收起枪,双手交叉在胸口,仿佛在念一句咒语。这是什么意思?我听不懂。他说:"我们不会伤害你,因为她不想伤害你。但她不想见你。"

"不要打哑谜了好不好?你是彼得对吗?能不能告诉我到底发生了什么?有困难为什么不向大人求助,你们在扮什么毁灭世界的家家酒吗?"

女孩始终一言不发。"你来劝劝他,姑娘,他是听不懂我说话吗?"我吼着。

女孩哑然指了指自己嘴巴,暗示无能为力。好吧,又一个问题儿童,佳佳这些朋友怎么回事?还是普天下的孩子都一样怪?

彼得一把拉住小山雀的手,把他带上车,汤姆的滑板被他横置在车后,女孩很瘦,三菱摩托刚好挤下三个人。彼得戴好头盔,遮住脸。他对我打了一个清脆的响指,说:"再会,大叔。"他扭动引擎开关,机车发出拖拉机回火的声音。漂亮。他像骏马骑士,潇洒无比。哑女孩羞涩地紧搂住他。"再见。"我看到她悄悄地、小心地对我挥了挥小手。

没惊动任何阿尔法机器。

重型三菱机车疾驰起来,这种老车不能飞翔。但他们就这样扬长而去。

我在中华市集前找到了我的飞车,钻进去,定好导航回家。我冲了个凉水澡,身上有许多伤口,眼眶还青着。我疲惫地走进卧室,拉开被子倒头大睡起来。我做了一个长梦,梦里有撒谎的孩子、疯

79

狂的大人、无能的政府、阴谋算计的公司，还梦到佳佳拉起我和边太太的手。我出了一身冷汗，一觉醒来已是下午四点了。

是时候去西郊的敬老院看看了，希望时间不会太晚，我给经理瑞文小姐提前打了电话。她说边太太还没有冬眠。如果我现在过去，还能赶得上和她一起吃晚饭。

18

活塞顺畅，新引擎很给劲儿，我没再遇到什么麻烦。一路上，我在思考娜塔莎，思考她是个怎样的人。这个神秘的女人，她的一切成谜：父母、情感、生活……她甚至不一定是个女人。她整个人都藏在虚拟之下，她这是不想和任何人产生联结啊……

盖洛说，她是金湾继我之后最好的探子。

他太抬举我了，我远不如她。

而让我们产生联结的唯一一件事，仅仅是我弄丢了自己的女儿而已。

我爱我的女儿，我对娜塔莎说。我没太多朋友，最近我甚至只能拿佳佳的照片给看车库的老丹看。

老丹是谁？

这不重要。我是这样对她说的：这是佳佳，可爱吧？她可不是因为混血才好看，都是我基因好。你明白吗？我爱我的女儿……

这些天，佳佳四五岁时的样子就在我的眼前晃啊晃，她伸手要人抱。一边哭一边叫要爸爸，我的心都碎了。

我不理解。

娜塔莎不理解我的话。因为她还没到为人父母的年纪,否则她该明白父母心里别无他物,只有自己的小孩。

但我会尽力帮你找到你的女儿的。

我同情你。

谢谢。

多亏了盖洛把你介绍给我,他是个值得托付的好警察,他是个好男人。我亲眼看他成长起来的。我打趣道。

好的。可惜我不喜欢他。

她会一本正经地说:"我一直在伪装自己。很可能,我压根就不是个女人。"

由此可见,这个女孩不仅疯狂,而且不懂幽默。

夕阳坠入大山深处,气温降了下来,山毛榉和秃柏树的叶子闪着寒光。娜塔莎恰如其时地再度发来邮件,信笺封口处有一只小小的粉色豹子,正妩媚地抬起毛茸茸的长腿,杏眼含情。这是属于她的恶趣味。信里说,她一整天都在追查那帮混小孩,但还没有眉目。我隐瞒了今早我已经遇到了小山雀。我对这几个孩子抱有同情。我不知道娜塔莎会对这些孩子施以怎样的手段。

那个哑姑娘让人格外心疼。

敬老院坐落在布莱克伍德边缘的矮峰顶,在陆区西郊,山脉蜿蜒,随着布莱克河走低。跨越这里就离开了金湾的地界。

山外什么都没有。

除了一个巨大的撞击坑。那是 40 年前 DX-c17 坠落到美洲大陆的地方。这颗巨大的热核武器几乎摧毁了金湾,杀死了超过 300 万人。那时我还没出生。内华达因此变成了寸草不生的荒漠；科罗拉多河的河床里流淌的不是河水，而是熔融的石英。轰炸后的大地像一块绿玻璃。到处都是烧成焦炭的牲畜。战后，西美利坚付出了惨痛的代价，美洲被撕裂成东西对峙的两方。

那是很久之前的事情了。

广播再次放送怀旧金曲，仍是休斯·王的复古爵士，他也是华人的骄傲，战后在西美利坚乐坛崛起，出色的唱功，加上迎合一夜赤贫的城市居民的美妙编曲，让他成为50年代的传奇，从贫民窟里爬出来的歌王。60年代的社会在加剧分化，但因为他的歌声，白人对华裔的恶意消弭不少。休斯沙哑的歌曲回荡在狭小的空间，调门诙谐，但不知为何，我听到最后总是悲上心头，想要流泪。这些年来，我们每个人都过得很难。

最后一道弯，沙漠像洋流一样在山下涌动。疗养院的楼顶出现在山另一侧，越过一座卫星信号塔。我把车停好，一道粉红色的围墙出现在我的面前。天气很热，一位门房正在铁门旁昏昏欲睡。粉屋顶的板房下，他穿着蓝色的仆从装，手中拿着对讲机。墙里那方小花园杂草遍布，长着许多忍冬花。我走近，门房警觉地倏地睁开眼。他是一个年轻人，想必刚成年不久，有一头浓密的小鬈发，额下生着一对亮眼睛。这份工作时薪35欧，他在这儿足足坐上两周，才支付得起上载美兰域半天的费用。全感官体验很贵。在成人后的某个寂寥夜晚，他会怀念不久前免费去美兰域的时光吗？小孩子可以随便来美兰域，但他们什么也玩不到；成年人就不一样了，那是价格高昂的午夜放纵……

"有预约吗？"年轻的门房问。

"韩笙，和瑞文小姐约好了，我要见艾丽丝。她三周前搬来这里准备老人冬眠。"艾丽丝是边太太出嫁前的闺名。

"你的证件。"我递给他驾照。他端详了一会儿，"请稍等。"他对着对讲机说了几句，转头回到门口的板房中。过一会儿，他探头出来说道："沿花园小径直走就能看到管理大楼，瑞文小姐在办公室等你。"

谢过他，铁门缓缓在我身后关闭。走了几步，我突然回头，发现他还在盯着我，那视线让人很不舒服。这个男孩不对劲。我问："怎么了？"

"没事，"他摇摇头，"走吧，只是很少有人来访比林顿。"

是的，比林顿，铁门上有一座狮鹫纹样的铁饰，中央正是疗养院的名称：比林顿。

马上，我看到男孩门房笑了笑。可他笑得又僵硬又奇怪。

19

比林顿的外表很温馨，粉墙连着粉屋瓦，天气晴朗，但我总觉得这里阴森森的，像老电影里闹鬼的祖宅。沿着指示牌，我找到了那座花园，穿过后就是管理大楼。小径旁栽种着芬芳的花，矮灌木被修理得极漂亮，园丁机器人在花园浇水，它像模像样地戴着顶宽边草帽，夕阳下，金色草帽沾满了机油。

走走停停，那种让人不舒服的第一印象被花香冲淡了。

疗养院的内部相当现代化，正像宣传的一样，到处是自动化的餐饮机、娱乐实景，还有最关键的老人急救箱。这里是人踏入天堂的最后一步阶梯……

气派的管理大楼迎宾大厅内，铺装着金灿灿的大理石地板，护士机器人主动为我指路（正是搬运工吉姆弄丢的那种型号），她告诉我经理办公室在大楼内的位置。刚刚我在栽着玫瑰的小径那里遇到了几个老人，都慈眉善目，互相搀扶着，温暖包围着她们，不时能听到一声清脆的鸟鸣。这里似乎不会有什么不如意的，但不知道为什么，我还是保持着警惕。

我的直觉告诉我，看似美满的表象下，这里仍有些奇怪的地方。

我摸摸肋下，手枪藏在那里，门房甚至没查验我，这东西没准今天会再派上用场。

经理办公室在十五楼。乘着电梯，兜兜转转我最终看到一扇精致的门。我敲了敲门，旋即推门进去，映入眼帘的是一面巨大的书架，上面却摆满威士忌。比林顿疗养院的女经理是个酒鬼。她，瑞文，此刻在那张红梨木办公桌后面等我。有只半空的酒杯，她已经独酌了一会儿。精明干练的女人正翻看一本"教你如何安全前往日本"的旅游指南，长发梳成髻，指甲上贴着假亮片，面容严肃却可亲。桌旁摞着一叠整理好的蓝色文件，还有一部看起来像古董的老电话。

办公桌的对面的那把小椅子是为访客准备的。

我毫不客气，一屁股坐上去。

"艾丽丝女士在等你。"她仰头对我说。

"十分感谢，"我说，"我是专程来和她告别的。"

她笑了笑，对我表示欢迎。我顺势握住手，这双手皮肤细腻。

娇生惯养体贴能干的美人，我心想。"我们已经通知她了。会面还要等一个钟头，护理部那边还没准备好，"她说，"至于这次会面，你们可以选择视频通话，或者你去上载。"她抽回手，思考了一会儿，然后说：

"我的个人建议，也许视频告别是更好的选择。这样大家都会方便一点。"

她的话让我有些摸不着头脑。

"对了，我们似乎还没有来得及告诉您。边太太，也就是艾丽丝，已经于上周进行了永久冬眠。她已经在美兰域里享福了……"

我腾地站起来。"这和我被通知的不一样。你们的人之前告诉我的。她还在等着我。"

美人经理瑞文露出职业化的微笑安抚我。

这间办公室不大，毋宁说很小，作为一间疗养院的经理办公室，就规格而言未免简陋，可这里窗子极多，有十几扇，办公室似乎从大楼主体凸了出来，独立的天花板上有一个巨大的天窗。一间阳光暖房。就算是夕阳时分，这里依旧十分明亮。

"上载法案规定：签署同意书后要在一周内冬眠。因为她提前一年上载，我们已经宽限时间了。相关补偿款会全额打到她指定的账户。以欧元的形式。"

我烦躁地转来转去。巨大的落地窗前，瑞文沐浴在澄澈的阳光下。窗前有一张整洁的躺椅。她一定很喜欢日光浴。

"我现在就要见她。"

"护士小姐会带你过去。"

"你不和我一起去吗？"

"我还有工作要忙。对了，拜访完艾丽丝后你可以直接离开。我马上就要下班了。这里一般休息得很早。"

"好吧。"

奇怪的办公室，一位奇怪的经理。

太阳还没落山，她就急不可耐地下逐客令。金湾的成年人很少休息得这么早，她还真是养生。我停止了烦躁的踱步，突然从胸前掏出枪来。我的宝贝。枪口对准她的额头。她面无表情地看着我：

"这很危险。请您不要开玩笑。"

"你似乎不懂得恐惧。"我说，"我选择和她线下见面。你们叫醒她。我不会上载的。"

"我这就联系。"她看看我，抄起手边的古董电话，拨了一串冗长的号码，并非报警电话。我把枪口端得很稳。我不知道我在和什么博弈。等了一会儿，她对接通的电话说："他这就准备过去。"

等她挂断，我平静下来，消化自己多少猜到的事情。

"你该惊慌失措，"我说，"因为一个强壮的黄种男人正用枪指着你。或者，你干脆不会冒险去动那个电话。"这才是身为一名人类正常的反应。

"为什么？"她笑着问我。

我就又重复了一遍我的请求：

"瑞文，听着，我现在就要和艾丽丝线下见面。不知道为什么，我这个人就是那么讨厌上载——"

无比做作的声音。我又重复了一遍三分钟之前的请求。

"我这就联系。"

她又去拨动那个该死的电话盘。

我扣动了扳机。"轰"一声响。这很不明智,如果我没猜错,不消一刻钟,我就会被我的前同事再度包围。

那台破电话被子弹打得粉碎。

杂耍表演。它很先进,真让人惊异,但它还是像老丹一样,骨子里傻瓜一个,PNP问题没被解决,它只会最低等的蒙特卡洛搜索;只要触发一条相同的逻辑回路,就会出现刻板行为,重复让正常人类跌掉眼镜的诡异行动。这是稍复杂机器学习最基本"门"通路的限制——只要满足触发条件,"啪"的一下,就马上运行。它们的思考方式永远和人不同,最聪明的机器人也不过是假神经网络加大数据学习的成果。虽然这只确实有点聪明过头了,但我还是辨认出,它并非人类。换句话说,它很接近,但依旧没通过我的图灵测试。

思维无法逃脱顽固的定式,它还是一只钢铁傻瓜蛋。

当然,它表现得很好。它的主人应该没想到有人会像我这么干。如此不尊重美兰,那样去试探……她应该不常露馅的。一扇窗前出现水波一样的涟漪。又是光学迷彩。一道假墙。

在这个过于窄小的不符合身份的办公室旁,果然有间密室,女人急匆匆从光学假门跑出来,当她看到办公桌后安然无恙的铁女人,不由得松了一口气。假人还在用那张该死的笑脸对着我。手掌空放在原来摆电话的地方,想拨号却再也拨不到,细腻洁白的手背被烧成黑色。

"瑞文小姐,我要一个解释。"我先发制人地说,不给她指责我的机会。那个女人和假人看起来像对孪生姐妹。

"只是一个傀儡。"她尴尬地拉了一下头发。因为激动有些气喘,

87

她努力保持镇定,一副满不在乎的样子。女人的金发被时尚感十足地剪成一个斜切的圆柱,看来像一枚倒置的金属哨子。"面对我讨厌的客人,就由她来出马。"

她羞涩地说。全然不顾被讨厌的客人的心情。

"哪里搞到的?像真的一样。"我收起枪,努力做出最和善的笑容。

"美兰有一条新产品线,我这个是试用版。天啊,你刚刚真是吓死我了——"她走上来,拍拍傀儡,确认它完好无损。"你出去吧,"她命令,"换我和这位脾气暴躁的先生聊一会儿。"

我亲眼看见,傀儡钻进本来藏着瑞文的那间暗室,她们俩瞬间调了个个儿。瑞文坐下来,点上一根烟,似乎还在平复心情,她重新拿出一瓶酒,取出两个干净的玻璃杯。"来一杯?"她问。

我点点头,坐回那张小椅子。

这回,这场会面才真正开始,我想。

"怎么发现的?"她仰起头问道。她抬头皱眉的样子和那傀儡几无差别。

"这里的窗子未免太多了一点。当然,还有各种细节。比如,它甚至不愿意离开那个破座位,送送她的客人。"

她喝干一杯,很快又斟了一杯。

"没错,它还不完美。为了尽量完美地模拟我的体态,她只能由太阳能供电。总不能让客人看到它拎着个电线插头到处乱跑。"

傀儡的头发是只有发丝粗细的太阳能电池——D75号特种电池丝,美兰的杰作,发明者是一个尼泊尔人。"你很聪明,也很强硬,"

她说,"我讨厌见生人,尤其像你这样的——"她停顿了一下,"难缠客人。所以我才买了它。一位医院经理居然讨厌接待客人,真够好笑。听我说,你可不能把我的事泄露出去。我会搞丢工作的。"

"我不关心你的破事。现在,我能见到边太太了吗?"

"当然。"她说。

我喝干酒杯里的酒。她终于肯从那张破椅子上出来。谢天谢地。她也终于愿意和我一起肩并肩走出这间办公室了。我可没有用枪逼她。至少现在没有。

20

诡异的疗养院。古怪的经理。意外迭生的会面。

这些都不重要。不管前路多危险,我要再见边太太一面。我亏欠了许多人,边太太算一个。她照顾韩佳整整五年,甚至把遗产都留给我们父女。从湾区赶来的一路上,过去的好日子在我脑中走马灯一样闪现。她的音容笑貌。老边的音容笑貌。我已经失去了边德增。现在,就连她也要离我而去了。

走进瑞文的办公室之前,我遇到了这样一位女士:她朴素、优雅,穿衣气质让我想起50年代我刚结识时的边太太。她勾起我的好奇心,我们攀谈起来。

她说自己今年只有51岁,之前申请了十三次提前冬眠都被美兰拒绝了,这次总算得偿所愿。我以为她也是为了大笔补偿款,可她说自己没有子女,生活实在是太苦了,她操劳了快一辈子,早迫不及待地要去美兰的"天堂"看看了……

我没忍心告诉她,那座"天堂"的每项诱人服务都要真金白银,没钱什么都享受不到,而且永久冬眠,再不被允许醒来,永远没法再触碰到真实的阳光和泥土,那样活着还真不如死了。我永远无法忍受这样的日子。

她问我:"小伙子,你今年多大?"

"35岁。"

她弯下腰,去闻一朵快凋谢的玫瑰。"那你还要足足再等25年,才能上天堂。"

"不用替我难过,太太,"我说,"清醒的日子挺好。"

"我很羡慕你,小伙子,你能享受现实这样痛苦的生活——"

皱纹横生的脸从娇艳的花上抬起,"坏透了,我拼命干活,可只能将将填饱肚子,要小心黑帮的冷枪,还有那些警察,"一根手指颤巍巍凑近唇,压低声音,"黑心、烂人,只会收贿赂拿回扣,你丢了东西、受了伤,根本没人管……"

黑警,我笑了笑,你面前就有一个。

作别她后,我的心情久久不能平静。

也许这就是这座疗养院大多数可怜老人的现状,美兰域是她们的唯一指望。她们宁可自己主动蒙蔽眼睛,来安慰自己这一切都不会是骗局……

瑞文说她害怕和客人打交道,我不信。唯有一句我信:她不喜欢我。

电梯下降,我们来到地下深处某层。瑞文说,边太太已经准备好了。这里道路很曲折,若没人带领我肯定要迷路。太阳已然落山,瑞文走在前面,影影绰绰。这会是山脉的内部,还是海床底下?我不知道。穿过一道道安全闸门，我们来到一个相对空旷的大房间，这里照例摆着一张长桌和几把椅子，但看起来都不舒适。

"这是会客室。"瑞文说。

墙壁自发光让这里并不昏暗，我还看到这里有几台美兰的上载机，想必是用于会面。"在这个房间后面不远，"瑞文指着某个方向，说，"就是冬眠的人。"

"这里沉睡了多少人？"

"大概三千。没人会去打扰他们，意外惊醒是严重的事故，对冬眠者大脑有害。"

"墙是铅做的？"我摸了摸发光的墙面。

"为了隔绝任何一点有害的电磁波，避免干扰，让老人只精准连到我们的美兰域上。"

"70年代了，你们居然还在有线连接。"

这堵铅墙够结实的。

"无线并不稳定，每10000秒登录有千分之一概率跳线到其他的网络域。普通人可以退出重登，可冬眠的老人不行，他们的全部时间都在登录，跳线的危害太大了，况且……"我盯着瑞文的脸，想看她还要说什么。真的，她涂了太多的口红……

"况且，那些低质的虚拟服务怎么和美兰域比？我们不希望自己的老人上载时有任何不适。"

"还真是贴心。"

瑞文甜甜地一笑，一抹职业假笑。

"就是这样。亲爱的韩笙先生。"

我拉过一把椅子,"一会儿怎么安排?她会走出来,还是我进去?"

瑞文拍拍手,像触发了某种联通开关,墙后的机器吱吱作响,墙壁光芒改变了,流动起来,变成一块流水屏,好像要单独给我一人放电影。墙的两侧各探出小型的监控摄像头。不一会儿,边太太就出现在流水屏里。

望着屏幕里的边太太,我想起一件事来。

大约20年前的战争中,我从开普敦长途跋涉一路打到利雅得,我们和灵思人作战,和拖后腿的东美利坚人斗智斗勇。硬仗一场接一场,士兵血肉横飞,直到自己和敌人都筋疲力尽。还好公司保持理智,最终决策一缓再缓,没再使用战术核弹,不然我真不知道是否还有机会坐在这里等着边太太。

那时,莫娜的职责就是照料重伤患,她亲手送走我好多战友。我还记得,她那身黑色的护士服,好清洗,但不太吉利,每次见到她走进帐篷,所有人都很紧张。我在利雅得战地医院第一次遇到她。如今我心脏附近还留着一小块弹片,当时差点死掉。我看过那张X片,左心室附近10厘米处,留着一道永远不能清除的伤疤……许多人都怀疑我的心脏还能不能再跳动。二十年前,年轻美丽的莫娜尽力护理我。后来,每当我们做爱后,躺在床上,她会用那根苍白修长的食指抚摸我过去的伤疤,轻轻地,一圈又一圈,"小可怜,小可怜",她呢喃着说,近乎呻吟。

第一次濒死时的感觉是这样的:我像一具鬼魂。跳出那具插满管子的躯壳,隔着一层雾观察过去的一切,好像平生第一次张眼看这个世界,这感觉怪极了。忘记自己是活是死,我被困在雾牢笼里,看，听，大吵大闹，就是触碰不到真实。正像眼前的边太太一样。

她就被困在那里。

她在那儿，又像在别的地方。真实的她在沉睡，在逼近死亡，一步步地，如同二十年前濒死的我。而她不在这里。或者说，她身体在这里，精神在别处。

我在和一个鬼魂对话。隔着铅做的牢笼。铅制流水屏后是另一个世界，人僭越主的权能，用0和1构建的"世界"，边太太的世界。那堵墙后唯有一片黑暗，一大片虚无。没人可以一直躲在那里。

好戏开场了。

她在墙后，一间大而美的房间，收拾得干干净净，想必气味芬芳，而流水屏的这边是一座阴冷潮湿的养老院地下室。夜晚来临了，那边却是一个美丽的白昼。时间对她不再有任何意义。昂贵的木纹餐桌上的花瓶里，插着娇艳欲滴的康乃馨，花上附着微小的水珠，阳光在水珠上反射，跳跃，努力营造出温馨的气息。房间里的装潢摆设正是她和老边二十五年前爱巢的模样，在韦斯特，那时他们刚结婚，看到这一切恍如旧梦。旧街区已经被彻底拆除了。于是，在画面中央，她坐在一张扶手椅上，手中捧着红茶。她能看到我，正静静注视屏幕外的我……

我等待着，等她先开口，等那句"好久不见"。

其实并不存在，唯有美兰操纵下，0和1的完美再构造。

她只是捧着那杯茶，慈祥地静静看着我。

耳边一点声音都没有。

什么都没有。

这未免有些奇怪。我心里犯起嘀咕，我清了清喉咙，想主动和荧幕里的边太太打个招呼。可甫一抬手，岔子就这时发生了。

是的。

就在我警觉，准备掏枪的刹那，她已经用枪顶住我的脖子。

我举起手来，"瑞文，这可不好笑。"

边太太还保持着那副姿势，像模像样的，我被耍了。永远不要相信美兰人。我猜得没错，眼前不过是一条以假乱真的 AI 录像。

"站起来。"女人冷漠地说。

我乖乖服从命令。

"好吧，"我微微侧过头，用能想到最讽刺的语气说，"你是一个美兰人吧？这回你甚至不肯拿机器人糊弄我。这是什么？"我假意询问，昂着头拖延时间。枪更加用力了，仿佛着急给我射个洞出来。美兰人都一个臭德行，喜欢背后捅刀子。

"这就是你准备这么久要给我的东西？"

我大声质问。

"没错。"瑞文说，"Surprise！"

"你不该玩弄我的朋友。她是一个好女人。"

"够了，我查过你的资料，有人警告我说你很危险，五年前你在金湾闹了个天翻地覆。"

"所以我是不受欢迎的顾客？所以我终于上了美兰的黑名单？所以你摆出这么大阵仗，刚才请我喝酒，现在请我看电影，为了等我钻进陷阱？"我说，"天地良心，我刚重获自由，成为守法公民，再没做过危害一点美兰的事。而且的确发生了一些事情，美兰也没告诉你……"

瑞文似乎有点犹豫了。她肯定没亲手杀过人，这位外表光鲜亮丽的美人儿在迟疑。我努力回忆自己过去在非洲学到的格斗技巧：当你被人胁持，该怎样脱身。

插眼，踢裆，裸绞……不行，我在脑中模拟了种种策略，根本行不通。

可她早晚能狠下心来下手。

我大声喊道："也许，我没说错的话，根本没人命令你杀我。你这样着急对付我，其实完全误会我了。"

我心中暗想，也许她是怕我发现比林顿的秘密才要除掉我。她惧怕我，因为我是一个聪明的私家探子，她怕我聪明的脑袋瓜发现什么端倪，害怕暴露比林顿肮脏的秘密。

身后人一声不响。

我在努力试探，尽量保住自己的性命。

难不成这里真有什么不足为外人道？废话，在美兰治下，什么地方能没有秘密？像那个咖啡色门童所说：几乎没人来比林顿探望。我是一个不速之客。我想起了《大盗贼马德卢》，那是我小时候在电视机上最爱看的一部戏，那里面有这样一句台词：

这里将会掀起血雨腥风，都是因为我……

微偏过头，就能看到那两台从屏幕角落伸出的，用于和老人对话的会面摄像头。那是骗傻子的东西，不会启动。一场蓄意谋杀不会留下任何证据。现在我和她等于困在一处密室，一个人都没有。我想不到脱身办法，而她想了一万种办法干掉我。我会神不知鬼不觉地失踪，这座城市每年失踪十万人，我的前同事都是酒囊饭袋，压根不会好好找我。那时候，娜塔莎会惋惜我吗？我突然想起这个奇怪的姑娘。她是当警察的好苗子，年轻聪明，前途不可限量。在我人间蒸发后，她会在余生里猜到我的真正死因吗？

真要玩儿完了。

但我还是没完蛋。

地下会客室那扇门突然被打开了一条缝，一位涂成粉红色的护士机器人从中探头进来。是玛丽！

"需要打扫吗？"它问。

在比林顿随处可见的机器护士，便宜货色，穿着白护士裙，战战兢兢地走进来。

"傻东西！"瑞文大骂道，"你该谢谢我。我不喜欢当着外人面杀人，傻机器人也一样。"

"这么怕留证据就别做傻事，"我说，"你应该知道，我以前是警察，我死了很多人不会善罢甘休。尤其是现在有了一位目击证人——好吧，姑且算它是人。"

她不耐烦地想打发掉这个机器人。她大叫着："过来扫扫我脚下的地。带上门！你个蠢货！不，把门反锁！"

机器护士乖巧地锁门，服从主人是它的第一逻辑，护士仆裙下它的身姿窈窕，老人喜欢这些机器富含生命力的样子，会让心情变好。它左手拿根拖把，右手提着个脏水桶。

"这些个麻烦事都因为你，你为什么要到这里来？"瑞文语气凶狠，脸孔狰狞，"现在，我不仅要处理你的尸体，还得额外料理一个蠢机器人。可惜你看不到我会怎么砸碎它的硬盘。"

"你还真是辛苦，没人给你搭把手吗？"我镇定地坐回椅子上，护士离我们越来越近。

"你能不能闭上嘴!"她说。

小机器人在打扫领域无疑专业,它有一张严肃的仿生人脸,嘴唇抿成一条线,不急不忙地走到我们面前大约五码,才横过拖把开始打扫。"先生需要帮忙吗?"它说。"妈的"瑞文骂道,"这木头脑袋到底出了什么毛病?"

机器人撇下水桶,开始涮拖把,一下,两下。这倒是个机会。我说,"房间隔音怎么样?也许你一开枪,我一倒下,它就会在线报警。"

我不是信口胡诌,这涉及机器人三大法则什么的。1953年,欧洲的艾伦·图灵设计第一代智能机器时借鉴了这个概念:机器人不应该坐视人类受到伤害。这意味着人类和机器人相处的一点技巧——你尽管举枪瞄准机器人,只要不动手,它不会像人类一样恐惧、逃跑、报警。

但当着它们面杀人就不一样了。

"制止谋杀不是护士机器人的基本逻辑⋯⋯"瑞文说,可她冷静了一点,"你说得对,我得先解决这个傻蛋。"

她用左手搜我的身,摸走了我的枪。

"你最好识趣一点,"她说,"我的动作很快。"

她还想找根绳子捆我,但这里实在太干净了,连一张纸片都没有,护士还要打扫什么?它叹口气,似乎在哀叹我们的命运。懵懂无知的小机器人还不知道等待它的是什么。

我的机会到了。

她踢走我的枪,自己拿着枪换了个准备射击的姿势。

她没注意到，机器护士已经几乎可以碰到她的手了。它也这样做了。

那个小机器人，它，出人意料地对我眨了眨眼。露出一个属于小淘气包的微笑。

我已经猜到了。

高明的易容术。这回居然伪装成一个机器人。真有你的，娜塔莎。除了你没人有这样的胆色和本事。你真是及时雨啊。

在瑞文扣动扳机的一瞬间。我们几乎一起动起来。娜塔莎精巧地用拖布杆打中瑞文的头，能听到棍子的啸风声。古武术。没准是少林棍术。

干得好。

娜塔莎不想要她的命。瑞文想不通发生了什么，机器人居然攻击人，真是见鬼了。我后仰，掀翻椅子，顺势给瑞文小腹来上一拳。枪膛的火药在眼前炸开，流弹划伤了娜塔莎的手臂。瑞文看见鲜血从机器人的臂膀上流出来。

"你是个真人！"

她颇为吃惊。

可她已经失去了最后的机会，侦探的铁拳结实地打中她柔软的肚腹，大网膜在震颤，疼痛会让她短暂地眩晕呕吐，因为受创应激而昏厥。瑞文就这样倒在地上。

直到她入狱那天，也难以相信，自己是怎么稀里糊涂地折在我手上的。

21

"你没事吧?"我问她。娜塔莎摇摇头,"擦伤而已。"

"我收到了你的信息,然后我就混进来了。盖洛一会儿带人就到。"

"真是神奇,"我说,"每次我需要的时候你都在。现在我觉得你才是保护公主的骑士。"

"你恶心到我了,韩笙。"她做出个要吐的动作,"我是骑士,你是公主?这么五大三粗的公主怕是没人敢娶。"

"都怪中年发福。"我说。

"韩笙……"

我笑着摆摆手,表示不用在意。

墙壁里边太太还在兀自微笑,我找不到关闭流水屏的开关。这场景未免有些诡异,瑞文晕倒在地上不再呻吟,娜塔莎拿走她的枪,仔细搜身,从头到脚。我用手铐把她铐在桌子底下。她一时半会儿是醒不过来了。

"给你看看我的发现,"娜塔莎说,"这个地方就是地狱。"

外面一个人都没有,连机器人都跑光了。娜塔莎走在前面,还是那副护士的打扮,耳边传来座钟报时的微弱响声,晚饭时间过了,金湾即将入夜。墙壁返潮,附着着水珠,我觉得自己也变得湿漉漉的。娜塔莎褪去化身面具,变回我熟悉的外表。"湿度太高,这可不正常,"她说,"比林顿有这么多精密仪器,每年设备因雨季的折损率是12%,维修费用高达35万欧。这些钱都由美兰买单,可并没用于完善这里的通风除湿系统……"

"瑞文有猫腻。"

娜塔莎轻轻拭去露水,"贪婪的女人,我查到她在冰岛有私人账户。每年的维修费至少三成进了她的口袋。她还是个吝啬鬼,比林顿的安保是我见过最差的。"

"这倒不错。"

"盖洛带队赶来还要一点时间,趁我们没惊动地面上的安保机器,我可以先带你看看老人家的冬眠区域,你就会明白这里到底一直在发生什么……"

沿着地下的蜿蜒回廊走不远,拐两个弯,向下坐几层电梯,我们绕着会客室几乎转了整整十圈,终于看到了疗养院的冬眠房。从地图上看,在比林顿这个生机盎然的野生动物园里,刚刚那间会客室像猴子幼崽一样紧紧挂在冬眠房这只大猴子的脑袋上。

"这个地方真大极了。"娜塔莎说。

大极了。冬眠房和外界由一道厚重的气闸门阻隔,但已经破了一个大洞,破口冒着烟,有很浓的烧焦味。"怎么办到的?"我问。

"火箭筒。"她说。

冬眠房间的隔音好极了,在这里杀人的话,喊得再大声也没人知道。这说明,几乎没人能知道这里发生了什么。跨过那个洞,迎接我们的是一座堪称宽阔的白色殿堂,这样宽广的大厅,曼哈顿大区的时代广场和它比也成了个小篮球场。"足有几十英亩,"娜塔莎说,"几百个市立大学图书馆那么大。"

冬眠大厅缺乏维护,但仍能看出各处设计的本意。用于工作人员往来的悬空廊道在房顶部贯穿而过,廊道的侧壁都是便于观察的高分子玻璃化材料。一道道书架般的高大结构，整齐排列在房间中，四壁的"书架"支撑着穹顶。细看时，"书架"上是密密麻麻的菱形格子，好像蜂巢。每10米就有一堵这样的蜂巢。目光所及皆昏暗无比，茫茫一片白色，充满冷峻气息，空气满是冬眠仓运转后难闻的冷却液味道。这里不再像是金湾地界，仿佛来到了白色幻想国度：在惨白丛林中有一座巨虫的巢穴，巨虫把卵产到幽深的巢格里，等待更多虫的孵化……

"这就是比林顿的秘密？"我仰视着这些高大的白色蜂巢，努力分辨上面巢格的外形。如卵，如蠕动的灵魂。这些巢格正是老人永久冬眠的舱室，可以抽出，都有标号：一串数字加上字母。冬眠上载的老人们就睡在这些格子里。

"你朋友的编号你知道吗？"

我摇摇头。

娜塔莎随便走到一堵蜂巢下，它大约150英尺高，巢格旁都有一架质地坚硬的白色舷梯，一直通向那些悬空的廊道，供人们上上下下。"这里足能装下十万人的肉体。"她说着敲了敲巢格壁，这些巢格由高强度分子材料搭成，手指敲上去叮叮咚咚的，好像在敲击一片金属。

"但巢格只使用了不到一成。这样的疗养院金湾有35家，如果全功率运转，几乎能装下金湾全部的人口。"

娜塔莎的意思是，如果有朝一日，所有人都想永远上载，沉迷幻境，这里也能支撑得住。但要想好好维护这里无疑需要海量的人力，起码是机器人。但我一个都没见到。

宽阔无比的冬眠大厅一片寂静，似乎只有我和娜塔莎两具能活动的身体。

娜塔莎对着巢格的面板，摁下闪光的 open 键，输入了一段天知道她从哪里搞来的运行密码，靠近她的一座巢格表面光芒浮现，它的标号是 AX5697。她就那么轻而易举地打开它，白色气雾从巢格中逸散，巢格弹出，伴随一股难闻的味道，像腌了很久的海鱼味。它就那样躺在那里，一位干瘦的老头，嘴巴微张，眼睛闭紧，稀疏的头发半黑半白。它现在已然成了一具干枯的尸体。它大概已经死亡几个月了，浑身不着片缕，皱巴巴光溜溜的身体蜷缩成婴儿状。

"你最好开始祈祷，你朋友还平安无恙。"娜塔莎声音哑哑地说。

"这是怎么一回事？"我头上冒出冷汗。我实在没想到，比林顿这才向我揭开秘密帷幕下的冰封一角。

"并不都是这样。"娜塔莎戴上手套，翻看尸体，"刚刚我检查过一阵。大概十个巢格有三个是这样的，剩下的密码我还没来得及破译。估算下来，至少有三成的冬眠仓是损坏的，里面的老人可到不了天堂。他们都死了。"

我感到一阵出离的愤怒。剩下的七成老人，我们也不能保证平安。那个可怜老头，双手扣住巢壁的橡胶把手，微微咧开的嘴里牙齿黑乎乎的，表情是在无规则冷冻后骤然袭来的痛苦，巢里本应灌满温和的、含冬眠合剂的 LCL[①]液体，让他能轻柔地安眠做梦，但现在，辅助呼吸阀不见了，承诺的最新型无痛麻醉栓不见了，甚至最原始的、正常冬眠需要的排泄管营养管，都不见了。所有该有的不

[①] LCL：Link Connect Liquid，成分是改良的溶氧的全氟碳（perfluorocarbons，PFC）液体，人可以在其中呼吸。

该有的，全都不见了。

它只好变成这副不情不愿的模样。

我看看那个格子，又看看自己，那感觉就好像被蛇咬了一口。

我开始后悔没带边太太和佳佳离开这座城市。金湾，他妈的人间地狱。莫娜是对的，我们不需要网络，我们只要自身的现实就够了。我竟然还会相信他们。

我用装出来的强硬语气说道：

"边太太一定还活着。我们约好了见一面。我必须见她一面。除非这件事也有人故意骗我——"一切没什么大不了，边太太吉人自有天相，她善良慈爱，神会保佑。这是父母一直告诉我的道理：好人有好报。我只能这样安慰自己。

这是谋杀。

这些人全死了。

我痛苦地蹲下，敲打自己的头。娜塔莎同情地望着我，小心翼翼地把尸体推回巢格。娜塔莎对着它做一个致哀礼。我突然拉住娜塔莎的手，她的手很凉，这个无意的举动让我们吓一跳，可我凭自己一个人的力量，实在站不起来了……

"听着，"我说，"我不会爽约的。她不是言而无信的人，她会出现，我们要共进晚餐。她不希望我总挂记她！所以，这是我们这辈子最后一次见面了……"

"我能做什么？"

"线下见面已经不可能了。我要冬眠。我要去美兰域。"

"你的第一次全意识上传？"

我点头，虚假的迦南令人憎恶，只会滋生罪恶，没有奶和蜜，但现在龙潭虎穴我也要闯一闯了。"你知道，为什么一直没人发现这里的情况吗？"娜塔莎语调忧伤、轻轻地说。

"为什么？"

我们离开这间让人伤心的大厅，这里很壮观，但满是欺骗和死亡，她走在我前面不远处，洁白的走廊壁灯在跳跃，宛如在医院中，她的影子变成一条弧线。我钦佩这个女人，她比我年轻这么多，但更能承受痛苦，好像无所不能的超人。她的左臂包扎了一条白丝巾，擦伤已经不流血了。

——比林顿那个年轻的门房说：这里很少有人来访。

"孩子长大后大多会忘记自己父母是谁。你很难得……"娜塔莎娓娓道来她的答案，"孩子终究会变成忙于替美兰赚钱的成人，他们会抗议老人免费和自己享有同样的天堂服务，老人就和孩子一样被流放。没人喜欢负担别人去生活，当美兰告诉你，它会帮你甩掉担子，没了要命的道德愧疚，长大的孩子们就再也不会来看望他们衰老的父母了。"

娜塔莎突然变得十分愤怒，她踢飞地上的一块瓦砾。

"可美兰骗了大家。"

她耸起肩膀，气呼呼的，她是真的生气了。我从没听过她谈论自己的身世，她的父母，她的家庭。她一定还有很多话没告诉我。

22

日子久了，你一旦品尝到美兰域带来的巨大快乐——不用负责的舒心顺意，美兰不含恶意的、妩媚的低声轻语——一切就都完了。它会亲昵地向你告知：它会无私地提供帮助，解开你的枷锁，甚至还会反过来，送你一笔钱，只要你能放心把你的亲人交给它——这恶魔。体会了这种甜头后，没人不会欲罢不能。

没人会想起这些逼仄的巢格里，装着你尚未死去的父母。

没人会怀念。没人再关心。没人会在意。

天堂还是地狱？

经理办公室的秘密电脑里有比林顿多年经营的资料，不过需要破译重重密码。

娜塔莎的伤口完全愈合了。此时，她的瞳孔变成钴蓝色，整个人仿佛进入老僧入定的状态，从手心伸出一条缆线，她在和比林顿的电脑自由交换信息比特。还有藏在手里的唐刀、皮肤下埋藏的光学迷彩，这种种黑客机关……娜塔莎把自己改造得不成样子。

我心情复杂，她现在信任我，才愿意展现这副脆弱的模样。

谢天谢地，边太太还是安全的，资料显示，瑞文在比林顿设置了多重保险，以防老人们的事露馅。以三个月为限，这时家属们还可能会思念老人，也容易来拜访，要尽可能维护好最新一批老人的意识。比林顿服务器由瑞文的团队维护，瑞文在备忘录里最后写道：

> 拟实行节约压力成本政策，全体老人意识（除特殊外）运转周期三个月后，库删除

"真是疯了，"娜塔莎说道，"本以为只是维护不力，现在看来是

他们的承诺都成了放屁。三个月之后的老人意识就会从网上删掉，被踢出局，他们只是单纯在地狱里冬眠而已。"

"这么久了，没人能发现瑞文的谎言吗？"

娜塔莎收起缆线。窗外已经漆黑一片，山下似乎有座小教堂，响起了晚祷的钟声。

她一言不发，可我明白了，没人会在乎的。那些长大的孩子不会在乎的，他们就算有心，也见不到老人，一句不愿意见就打发了。实在难缠的，比如我，就播放老人生前录好的AI影像，在美兰域里静静坐着，或做着刻板重复的行为，无论说什么都不会理你。瑞文只需解释，老人冬眠后有了自己的爱好和生活就行了，没人会深究。但凡觉过味儿来、懂事的家属一般在第二步就停止尝试和老人见面了。觉得没什么意思的生者不会再来比林顿露面。直到因为缺乏维护，老人们陷入脑死亡。瞒不住就谎报是突发疾病或意外。甚至直接杀死无人看望的老人，这比单纯冬眠还要省钱。

"真是遗憾，韩笙，"她终于说道，"如果我还有父母的话，我绝不会让他们落到这步田地的。虫巢只剩不到三百个还活着的老人。"

钟声穿透秋夜，窗外一棵龙柏沙拉拉地响，像许多沙锤在合奏。我们四目相对，沉默有顷，厚重的真相正在凝固，压得我透不过气。有那么一会儿，我们突然变得茫然无措起来。

"随便说点什么吧，韩笙。"她说。

"要喝一杯吗？"

祷告声清晰可闻。我被城市内部隐藏的、戏剧一样的现实震撼。美兰操控了一切。最关键的是，几乎不会有人怀疑。在这座城市，美兰就是我们的生活。

"这些将作为扳倒美兰的证据一环。而我,我会救边太太回来。"

我喝了一点瑞文的窖藏威士忌。一会儿要做的事情让我紧张。

我的呼吸渐渐恢复顺畅,头脑清醒。寒夜沉寂下来。我说:"我要救回每一个我爱的人。"

地点:比林顿经理办公室,时间:2073年9月15日晚7时35分

"看看这个,韩笙。我在比林顿的电脑里找到了一些密级很高的东西。我要先破译一下,稍等。"

"讨厌的老式键盘。"

娜塔莎的手臂伸出十只灵活移动的机械触手,叮叮当当地砸向键盘。键盘无碍。她说:"唔。灰蛊风暴。这是什么东西?什么奇特的自然现象吗?……土卫六?"

"韩笙你听听,美兰在土卫六的冰壳上发现了一种奇妙的物理现象。宇宙真奇妙,不是吗?"

我记住了,"灰蛊风暴"。怪词语,像游戏里法师的法术,法杖一挥,一堆噼里啪啦的灰色陨石就掉了下来……

"我们该走了,娜塔莎,"我说,"时间快耽误了。这会儿,小修道院的钟声都停了。"

边太太一定已经等急了。

我们返回地下室时,瑞文还昏迷着,她被锁在桌角,像摊烂泥。这个骗子。娜塔莎说,这里的一切都是摆设,就连会客用的冬眠舱都是坏的。

107

"怎么办？"我问。

她皱着眉头想了一会儿，说："我有办法。"

我告诉她，那间经理办公室另有猫腻——那扇光学迷彩假门，那间暗室。那里灯光昏黄，有一张大床，瑞文的傀儡倒在床上，没有太阳它没电了。暗室卫生间很豪华，有一口大浴缸。

"跟我来。"她说。

"我们可以找些冰块来。事急从权。我们就在这里进行你的第一次上载吧。有没有觉得很激动？"

"完全没有。"

"我会跟你一起上载的。这是情侣浴缸，足可以躺下两个人。这些是香薰蜡烛，这是最新款可以激发情趣的沐浴乳。看来，她常常带男人来这里。她这种人会中意什么样的人，嗯？韩笙。"娜塔莎自顾自地说道。

要避嫌。娜塔莎到底是个年轻女孩，怎么能和她躺在同一个浴缸里？男女大防，非礼勿近。尽管莫娜背叛了我，我不能不考虑女儿以后对我们关系的看法。

"不用担心我，"我说，"我偷偷操练过，也看过说明书。我自己可以的。"

"第一次上载很痛苦，需要美兰的引导员来引导。我虽然不专业，但眼下也没别的法子了。没想到你是个相当传统的人。不要有多余的想法，我不会爱上你的。"娜塔莎眨眨眼睛，笑容俏皮，"你有那么纯情吗？韩笙，你不会真的是吧？"

"好吧。"我觉得有些尴尬，"那我让盖洛给你多发一笔奖金。"

"你好像得了不贫嘴就会死的病。"

娜塔莎找来冰块灌满池子，留下一点水。机器是临时组装的。冰用于给我们即将翱翔的头脑降温，避免烟在一起，成了蹩脚厨子锅里的煎饼。

娜塔莎脱光外衣，身上套了一身不知道从哪儿找到的——也许是瑞文的——亮黄卡通橙图案泳衣，颇像一位要到海滨春游的游学少女。她裸露在外的皮肤细腻，身材匀称，堪称健美，我不相信这也是光学迷彩。娜塔莎嘴里叼着皮筋，单手把火焰一样的长发挽成髻，近乎赤条条的身子率先沉入冰水。我紧随其后。真冷极了。我打了一个又一个寒战。我们甚至叫来两个机器护士，按照娜塔莎的要求，拆掉那些坏掉的冬眠仓，取出能用的设备。她说只要这些大机器的几处关键部件就行，简单地桥联，配上小型实景装置转码，我们会在睡梦中迎来上载。这种过于简陋的上载办法还有触电的危险。此外，上载时间不能太长，一是冰块降温效果没那么好，可能会烧掉脑子；二是如果憋不住的话，我们只能排泄在暂时栖身的浴缸里。

这会儿，巨大的连体式入侵设备已经接通我的头皮和体表皮肤。这是古典式黑客最爱的装备，朴实、粗糙，彰显东方式的实用主义精神。一开始不会很痛，但会有一种异物感，身心分离导致的奇怪异物感。她说，初次上载时这种感觉会格外明显，熬过去就好了。

"准备好了吗？"她和我几乎面对面半躺着。

女孩的声音仿佛从我的颅顶传来。这种感觉分离真的十分奇怪。"我给你充值了一千欧，足够你在美兰域撑一个钟头。"

我点点头。脑子有点热。娜塔莎循循善诱。接受它，这痛苦足以忍受吧，韩笙，接受你自己，抓住它，你将化作奔驰的电流——

是的，我抓住它了——

眼前一根蓝绿色的电缆，我就坐在其上，我的屁股和脑袋都麻酥酥的，好像掉入了电流堆积而成的黑暗洞穴，娜塔莎声音像一眼温柔的泉水，流水琮铮，顺着洞穴而来，指引我一丝明亮的方向。

"睡吧，睡吧，小宝贝。"有个温柔的声音对我说。我一定想起了妈妈的摇篮曲。头脑的灼热消退了，自我一阵放松，人马上要睡着了。

"和便携全景感受不一样吧？"

再睁开眼睛，一切都变了，我居然在一个熙熙攘攘的车站一样的大厅。一些人正排队往前走，那道透出光亮的门微微敞开着。两侧是很多白色柜台，那些引导员就站在柜台后，微笑着，提示你初次来到美兰域的注意事项。

"我们睡着了？"我问。

"不，"我听到娜塔莎说，"和正常的冬眠状态不同。我们只有这些冰块，大脑的核心皮层还处于清醒状态，仍然以 α 波为主，类似于REM[①]，又不太一样。虽然视觉被大部分占据了，但仔细听，你能听到浴缸的滴水声，能听到比林顿的护理计时器的嘟嘟声。链接不太稳定，但是对付个把小时还是没问题的。"

"那就是说，我还没完全沉浸，我们和现实的链接还没断开？"

我仿佛看到了娜塔莎下巴轻点的样子。

"欢迎来到美兰域。"一个柜台里，一位面容姣好、肤色黝黑的女士对我说。

---

① 快速眼动睡眠。

我想我该做出回应，我伸出手，这感觉就像初次掌控自己的身体，眼前的手和我本来的几乎一样，每个毛孔都清晰可见。我翻来覆去地看那些手指，似乎要重新认识它们。指甲边缘整齐，没一点污垢，这是唯一不太真实的地方。说明上说：美兰域的形象根据你的外貌自动生成，它直接读取你大脑中的自我认知——这省却了许多用户玩复杂捏脸游戏的时间，更简洁高效。

美兰域自然也存在整容的选项，远比现实中方便，但收费不菲。

我的自我认知是什么样呢？

柜台间就有许多镜子。我走出队伍，开始打量自己：一个六英尺三英寸①的黄种人硬汉。我很满意自己的这副样子。

说实话，这里的一切我都挺满意。但我穿着一套很丑的制服，上下一身白，上衣扣子扣得紧紧的，裤腿笔直，一丝褶皱没有。这是登录后的初始套装，就像病号服。总之，丑得没有丝毫特点。

"你是新账号。你一定是在初始大厅。"我听到娜塔莎说。

"你在哪？"我问，"我看不到你。"

"奈良城？或者浅口？日本社区都太像了。离你远着呢，我马上就传送过来。你可以先自己走走。我们外面见。对了，你可以试着打开菜单，我把你添加到好友里了。"

怎么打开？我想问，可是菜单自己就蹦出来了：选项繁多，让人眼花缭乱，需要好好熟悉一下。娜塔莎的信号突然断了，她开始传送了。美兰域中，超光速旅行无疑是合法的，而两处虚拟空间，就像美兰广告里宣传的那样：广袤无垠，完全拟真。

---

① 约为190.5厘米。

人群排队拥出大厅,身后又凭空浮现出下一批人;网络要读取他们的个人意识的全部物理数据。登录中,排队;登录完成,人在门口消失。这里像一座业务繁忙的港口,不要责怪他们动作缓慢。美兰的服务器承载了很大的压力。

面容姣好、肤色黝黑的柜台小姐似乎能读取我的想法。这是一位脸庞如同黑珍珠的美人,她的周身循环播放着美兰的企业介绍,形成一条蓝色跳跃的璀璨波带。"先生,"她说,"美兰域,是全世界在线使用人数最多的虚拟社区,目前共有70亿6000万余注册用户,希望您在这里玩得开心,收获媲美真实的完美体验。"

媲美真实。

毫无疑问。

我挺起胸,迈开腿,好像在云里走,像第一次学走路,摸在什么上都轻飘飘的。甚至能闻到这里汗液和香水的味道。毫无疑问,这里甚至拥有某种程度上的"超越真实"。

"上载法案里的孩子不在这儿,对吗?"我问柜台小姐。

"儿童有自己的服务器,他们的任务以学习为主,并不会来到这里。需要提醒您,您的美兰币余额是10万元,可供线上游玩一小时二十分钟。请及时充值,菜单会有相应提示。"

果然是个销金窟,我暗骂道。凭我积攒的财产,包括边太太赠送的那些,简单算一下,全换成美兰域在线时长,只有大约三天那么久。然而,这只是美兰域最基本的收费,更别提千奇百怪花样百出的额外付费内容了。

终于等到排队结束,加载完成,走出大厅,电子阳光十分刺眼,我好似处于一片荒漠边缘,黄绿色锯齿状的草稀稀拉拉,绵延而去不知几里。美兰接待大厅是唯一的建筑。巨大的踏台上闪烁着各语种的"欢迎"字样。

聚集了好多人。不远处有个冒着紫色火花的、仿佛魔法样的晶蓝色传送点。那些穿着白衣的人就一个个消失了,像幽灵一样……

娜塔莎在大约五分钟后从那里出现。

不用说,还是老样子,好辨认:火焰一样的长发,醒目的容貌,年纪似乎比现实中还要大几岁,身材更修长。在这儿她无疑能把自己改造得更加充分。女孩背把野牛冲锋枪,一身最新式猛犸紧身衣,不像我一身寒酸,宛若白痴。美兰的同款最新型号"硬纳米"战斗服已经贩卖到网络世界了。

从她的状态看,她经营这个账号很久了。

"你的自我投射……果真很自恋。"她端详了一阵我的电子形象,突然冒出一句。

"我觉得挺真实,我简直要爱上这里了。"

没错。这个地方真实得可怕,待久了就会迷失在这里。娜塔莎把披散的头发扎了起来,她周身有檀香的味道。我能闻到,纯粹的电子比特构成的芬芳香水。

"我们走。"娜塔莎说,"我已经查到边太太的 IP 地址,保准五分钟后你们就能见面。她的颜色在比林顿服务器的逻辑层里很显眼。"

颜色。

每段数据在娜塔莎的眼里都有颜色。

我放下心来。这真是奇妙的一天,被警察揍、吃枪子、见证恐怖的赛博陵墓,现在则是去一个新世界。娜塔莎的确是个几乎无所不能的好帮手,我心里满怀对这个电子世界的上帝——如果有的话——的感激。

"准备好了吗，小可怜虫？"娜塔莎伸出手，做了一个邀请的动作，"准备好迎接新世界了吗？——美兰虽然十分惹人厌，但这儿确实是个好地方。"

她的眼睛在闪光，像一只亟待展翅的兴奋的小鸟，又像一只骄傲的孔雀。

我轻轻搭上少女的手，娜塔莎微微握紧。人们头顶有一串代表用户等级的数字，我是01，娜塔莎则是1567。天蓝色的用户页面逆向对准着赛博阳光，在我们的头顶，在高高举起的她的一叶仿若透明的洁白手掌上浮动。那些稀奇古怪的地名跳跃着：大火林、奈良城、无间酆都……奈良城，那里是她的地盘吗？娜塔莎的眼睛又变成了钴蓝色。她在从底层骇入比林顿。

下一站是边太太的赛博新家。

她会带着我一起从这里飞升。

23

一切尘埃落定。

我晕车了。此时此刻，我突然特别想再来上一杯。当你的意识像这样，在网络里被抛来抛去时，这感觉格外强烈。

传送时就像有个巨大吸力的海底吸尘器，拖着你向着一点狂奔而去；一种像坠崖与溺水的综合体验，但其实又都不太一样。我这辈子，每当在一个奇妙的地方里睁开眼，总会有一种被人用麻袋套住头打了重重一闷棍的感觉。

对了，就像掉进一个深不见底的洞。

现在，我，终于看见了光明。

狂风和仙人掌不见了，美国西部沙漠的干燥味道不见了。

这里是一个鸟语花香的花园——电子比林顿，只是由瑞文创造的。天空乌云翻涌，突然被几道利刃划破，一个金光灿烂的圈圈随即出现又消失：时空转移法阵，代表消逝的神性，来自异世界的韩笙和娜塔莎寻亲队伍就从其中脱颖而出。

我们从数据骇出的魔法圈子里直直掉了下来。

我扭扭手腕、扭扭脖子，好吧，一切恢复正常。

发生太多事了，不是吗？但我都挺过来了，我摸到了藏在胸口的老伙计。我也把它模拟了出来，那让人安心的硬邦邦的触感。

火力十足。挡路者死。我们在一起干掉了多少人？让我算算……

而现在我可以轻易从背包里掏出一大票武器。我在美兰域的菜单里有五十个装备格，这些大家伙完全不占质量，可以一股脑塞进我的网络分身。这里也有武器商店，里面应有尽有，从星战的光剑到最普通的 P21 手枪。模拟时我依旧选了那把鲁格：点三八口径，漂亮的德国货。老伙计总会给我安全感，不论冷硬的捏握反馈是不是算法欺骗大脑的错觉。

第一次意识穿梭让人好一阵失神，金湾时间已经来到晚七点五十六。比想象的要早，迟到得不多。这里的时间流速可以由自己设定，在美兰域经历的一切，其实不过弹指一挥间。我习惯把生于斯长于斯的地方称为真实，是时候变变称呼了。地球是上帝法则生效的地方，美兰域则是美兰法则生效的地方，是它完成僭越神权的关键一步。艾丽丝变成了未来人类，用不了多久，这个世界就会彻底变个模样。物理的现实并不一定等同真实，未来的真实将由美兰定义。

　　这里是一片占地广阔的花园，一股甜蜜的气息萦绕着眼前小径，电子花园风光秀丽，无与伦比。上传的老人们生活在其中。如秘密资料所言，这些老人应是同批上传，时间都不足三个月。消灭了肉体的禁锢，不再有恼人的心脏缺血或者膝盖疼痛，也没有晨起僵硬的关节或者蹩脚的步伐，生活在这里，老人们变得无比健康快乐。他们出乎意料地过得还不错。这所世外花园繁育许多只存在于想象中的奇花异草，豢养着各种珍稀宠物。眼下正是晚餐后其乐融融的散步时间，两位华裔老太太在遛一只熊猫；我甚至看到，有人在庭院，释放了一只体长半米，体表附着刚硬红毛的小飞龙。这些宠物一定要花很多美兰币。

　　"难以想象。"我对娜塔莎说。

　　她不置可否。逗弄熊猫的华裔女人走到一座亭子里休息，肥肥的熊猫乖巧地趴在主人脚畔。我只在电影里见过这种早已消失的东方动物。

　　"你是韩笙？"一个女人认出我。她招呼同伴过来。

　　"有什么可以为您效劳的吗？夫人。"

　　"天啊，你真是韩笙！"那位老太太叫道，"你不是录像或广告吧？"

　　娜塔莎被逗笑了："想不到你还是名人。"

"仅限这些老华人。"我回过头,声音低低地说。

我认出来了,她们在我以前经手的一起案子里曾作为证人出庭,真是太巧了,她们年老后也来了这里。那件案子和我警察生涯的终结大有关联:我不得不收黑帮的钱。她们大概还不知晓我的结局,还以为我仍是一位警察,是那位"华人之光"。

"多亏你救了舍塔尔一家,那个女孩太可怜了。"一位老人激动地站起来说道。我伸过手去让她握,可她的手穿了过来。"对不起,我的触觉补偿到期了。"老人略带歉意地说。

我以为这只是一件略显奇怪的小事,也许她开启了什么不太熟悉的功能,老人常这样,莫娜父母——佳佳的外公外婆——还在世时,就常问我一些关于智能家具的傻瓜问题。

离开这些可爱的老人后,走出几步,娜塔莎主动和我谈起来。

"没想到美兰连这个也要收钱。"

我一脸不解。

"可能因为帕金森之类的退化疾病,或者这位夫人在现实中干脆失去了右手,等上传后,她的意识缺乏足够熟练的关于手臂的记忆。美兰为这类人群开发了意识辅助。只是没想到也要收费……"

"为什么连病痛也要一起复制到美兰域来?"

娜塔莎耸耸肩,说:"一切都要收费,那只熊猫每月租金500美兰币。猜得不错,她们应该家私颇丰,或子女还没到厌烦赡养电子父母的阶段。"

我哑然。

如此,数字庭院给我的初印象马上被颠覆了,一草一木都不顺眼,这里满是以假乱真的馥郁花香,掺杂着金钱迷醉的,让人贪得无厌的气味。花园像古老网络游戏里的线上大厅，链接着各个玩家的私人房间，这片地图不存在事实性的空间结构，私人领域隐藏在可直达的超链接的楼宇菜单里。有密码或私人邀请，你才能来到私人房间。我早给边太太发了邮件：

"我来了。"

没人回应。她许是在忙。点击菜单的链接，通过协议，可以直接拜访相应的数字好友。边太太的代号是什么来着？我点击了5087。这是她和老边在现实岁月生活33年爱巢的门牌号。

这时，边太太恰好给我回了邮件：

"亲爱的孩子，你迟到了好久，但不要着急，我还在准备晚饭。我才发现这里有灶台可以做饭。你猜我做了什么？柠檬汁烤鲽鱼，一顿墨西哥大餐。你一定要和我一起尝尝。我太啰唆了，稍等，我这就放你进来。"

我关掉菜单，愣愣地看向娜塔莎，她正装作闻一朵玫瑰，从沾满露水的叶茎摘下花，花瓣化作蓝色的晶莹碎片，慢慢消失了。

她露出体谅的笑容："进去吧，我不会打扰你们的。我在这附近转转。你要走的时候给我发信息就好。"

24

传送时不会计时，可现在我在美兰域的消费时间又开始流转了。

目前一切正常，我看到，我还有足足59分钟可供挥霍，在娜塔莎的这次充值耗光前，在美兰愤怒地把我从这儿踢走前，我还有时间和边太太重聚。我有话要对她说，我要告诉她比林顿发生的一切，我想劝说她苏醒过来。

这次拜访边太太，和我以往的人生经验都不相同。不再是把车子缓缓开上车道，驶进那座海岸旁的混凝土四联车库，边太太和老边会在他们的度假小木屋里等我和莫娜；也不是我和妻子带着一些小礼物——一只烤鸡，或两瓶葡萄酒——敲响他们位于金阁寺大厦50层顶楼的小小公寓，边太太总是率先过来开门，一脸溺爱地问候我们；没有高高丛生的马兰、萱草和蓖麻丛；没有好天气的下午那座老房子里的微弱阳光……

一个双边签名确认，程序启动，再一次传送，一个小得多的新地图——边太太的线上居所，那才是现在容纳她的意识、她的整个灵魂的所在。这也是娜塔莎一开始想告诫的：

美兰最强大之处在于它能随意处置我们的灵魂。

一名小小的前警察注定难以和这样的力量抗衡。不用敲门，真的是画面一转，反转的空间把我抛起又抛下。我来到了边太太的新家。瑞文刚刚果真在敷衍，眼前的一切和会客室里她播放的"电影"根本不一样，正是金阁寺大厦那间旧公寓的装潢陈设。

一间我熟悉的小起居室紧挨餐厅，一张铺着奶绿桌布的大餐桌，桌上摆着一瓶1987年的昆塔尔图特干红，距今快100年了。空气中传来墨西哥卷饼的香气，烤面包正吱吱作响，我已经习惯于不再对比两个世界了，这是对21世纪人类智慧巅峰的不尊重。

是的，眼前一切都很好。熟悉，安心。仿佛回到老边和莫娜都在的时候，我们四个围炉而坐，后来又有了佳佳。小屋里飘荡过多少欢声笑语。可是，我发现，迎接我的并不是惯常的那位慈祥老人，没有缩在圈椅里捧着茶水的友爱老夫人。眼前人还是她，只是换了一副模样。

"吓到你了？我不想和你郑重地告别，就是一直害怕这种见面。"边太太说。仍是她的嗓音，不过嗓音更加清亮，声调更高扬——那是她三十年前的声音。

说真的，她看起来起码年轻了三十岁。

她的意识体又恢复了青春。

显然，边太太自身外表的变化有一个度，她没一股脑恢复成少女。这不是她的性格。她已经是一位年龄几乎有我两倍的女性了，她选择回溯的年龄是和老边刚结婚的头几年。那是她和老边初识时的样子。这是她一生最幸福的岁月。

虽然外表变了，可看到我，边太太还是露出一副祖母式的笑容，额头挤出了一道道皱纹。我确认，她还是她。

"是有点意外。"迟疑了一会儿，我说道，"不过我很高兴，您看起来气色很好。"

和我想象的那副场景不同：阳光明媚的美式乡间小屋，一位慈祥的美国老人，缩在圈椅里，在她的最后一刻，对子孙交代事情。再说一句不恭敬的话，她是艾丽丝留在我们记忆中的一具遗骸。新生儿都以自我为中心，这是他们对父母任性的底源，这份自我，或多或少塑造了每个人。而艾丽丝，在我看来已和以往大相径庭，这种认知上的偏差，让我有些头晕目眩。

边太太吃吃地笑着，现在她笑起来可谓毫不费力。

"你知道这一切是为什么吗？韩笙，我找回了我最爱的人。"她说，"我已经六十五岁了，但我很期待接下来的人生。"边太太会以这个状态不再衰老，度过往后余生。

我才注意到房间里还有个男人，他藏在餐厅阴影里，一动不动，不像活人。我刚刚没留意到他。

"边，我们的朋友来了。"

她这样子对角落里的阴影说道。

那个人缓缓地从黑暗中起身，簌簌地扬起灰尘。好像枯坐了好久的样子。

待我看清他的脸，发现我没猜错，他果然是我的师父边德增。一个想都不敢想的人。他也是30岁左右样子，潇洒倜傥，看起来更像我的兄弟。老边年轻时照片很少，他们拍下那些照片时我还没来金湾，那是他和艾丽丝珍藏的青春时光。不，这不会吧？不可思议的惊吓而非惊喜翻涌成浪，这里的确可以让四季颠倒，逆转年龄，死者复生。

但当这类事情真就在你眼前发生，当你全无准备和一位死去很久的人重逢，那种感觉不算太好。

简直一言难尽。

我们一时间默然无声。一位逼真的、复活的智能伴侣，房间里的一切，那张餐桌上摆满墨西哥菜，在美兰，这些统统价值不菲。边太太有这么多钱吗？

边太太贴心地看出我满心疑惑。

她解释道："他不是真正的边德增，我知道，真正的他早不在这个世界了。这只是薇蕤拉送我这个老太太的礼物，连这套房子……'边'是根据我记忆重塑的AI，那些我关于他的回忆啊：我们的初识、相恋以及最后的分别……他刚来时像小孩，可现在表现好多了。他很善解人意，有时候比真正的他还要好。他真是一个很好的慰藉……"

"薇茛拉？佳佳？您和佳佳还有联系？"

虽然不存在真正的形体，可我依然觉得手底沁出汗水。

边太太轻轻摇头，把我让进一把椅子坐定。

"不一定。这里任何一个人的ID都可以叫作薇茛拉。不。如果真是佳佳——"情绪模拟引擎飞速转动，她的眼睛泛起泪花，带着哭腔说，"对不起，韩笙，我太自以为是了，我以为照顾人的那个是我，可没想到……其实是佳佳拯救了我的生活。那笔捐赠是个天文数字；来自署名'薇茛拉'的账户。她告诉我，想在比林顿活下去，就一定要做出这副样子：有钱，有闲，有人思念。她告诉我，比林顿的经理，那个可恶的女人，会定期删除从不充值的老人意识。"

是了，就是佳佳，她早就知道这里的肮脏秘密。

"犯不着对不起，"我说，"艾丽丝，我们父女俩才是欠你太多的人。"

那个假人向我走了两步，他的脸庞彻底暴露出来，棱角分明、刚毅十足，和年老的边德增差不多。边太太顺势牵过他的手说："来见见韩笙吧，你最喜欢的徒弟，你还记得他吗？"

人偶没有说话。

可他和我遇到的那些机器人都不一样，他的行为更生动，表情也是，动作充满灵性，他也许比瑞文的那台傀儡还先进。作为根据人类记忆捏造特征的人工智能，他的表现无疑更好。

"一份惊人的礼物。"我喃喃自语。

我突然想到，这一大笔金钱也许是孤儿帮的赃款。K来自孤儿帮毋庸置疑,"边"使用了美兰之外的技术,根据盖洛发给我的资料,肯尼是个实战颇有成绩的少年黑客,或许正是类似他一样的孩子,改进"边"的逻辑。那么佳佳,佳佳又扮演了什么角色?被美兰劫走的韩佳不是我的女儿,也许是高超易容;也许是致幻剂;也许压根是一台人偶——就像瑞文的那台一样,我的脑子里蹦出各种猜想,这些手法都不难,一切皆有可能。

我在飞快地推理。

佳佳,你究竟要做些什么?

你究竟是什么时候离开爸爸的?

薇莪拉。无论她是谁,多亏她,边太太活了下来。但我的眼前出现了一台逼真的人工智能,它和我师父的遗孀上演你侬我侬的戏码。这场景让人心里挺不是滋味。

"韩笙,"边太太说,她轻轻抚摸AI的头发,好像老边真在那里,"虽然不应该,可我居然有点感谢美兰,感谢这里。六年来,多少个夜晚我独自惊醒,我的枕边无人。我好想他。我不想在夜阑时分独自饮泣了。佳佳不知道,你也不知道,这些事情我没和人说过……"

"可现在好了,"她温柔地笑了,她的手握着AI的手,轻轻拍打,"他回来了……"

虚假的阳光透过窗子,一切静谧下来。

虚假。我说了多少遍这个词?

我有些哽咽,我亏欠边太太的这辈子也无法偿还了,我和莫娜没能像他们期望的那般走到最后。有好多话不能说出口,罪恶的美兰夺走了我的佳佳，欺压穷人，折磨孩子，可边太太眼下明明是快乐的。那个叫薇薤拉的女孩，哪怕借助了美兰的力量，也成全了边太太最后的愿望。

边太太很幸福，我不忍心再打搅她。我接受了一个事实：哪怕我找回佳佳，她也不会回来了，这里有我们都给不了她的慰藉。

"好了，韩笙，"她说，"开饭吧。"

我们来到餐厅，桌上摆满了佳肴，我看到一碟鹰嘴豆泥，边太太似乎分不清墨西哥菜和土耳其菜。我们享用美食，气氛融洽，默契地没提关于真正的边——他就坐在我的对面——的话题。他连机器人都不如，他没有身体，只是纹理渲染细致的建模而已，可他有老边的一丝神韵。他就那样鹊巢鸠占，假模假样地坐在边太太身旁。

他"看起来"很像我的师父老边。

我喝了好多昆塔尔图特干红，味道很好，可我不会醉；我们吃光了一盘又一盘菜，这些异域美食的滋味很好，可我不会饱，永远不会。鹰嘴豆泥，奇怪的馅饼，酸枣汁和墨西哥肉串，干脆的小鲽鱼，还渗着血丝的牛排让人唇齿留香，我用餐刀一下一下地分割它们，食物永远不会缺少，一道菜消失了，马上会有另一道补足。让你永不餍足的算法。菜肴像菜谱上描画的一样精美……

吃了好久，可是我看了一眼金湾时间，才过去了十分钟而已。

我说："够了，边太太，不要再来了，我真的吃饱了。"

听听，我居然说，我吃饱了。

我的大脑已经厌倦了这里的美味。

"好吧，韩笙。也许这会儿，我们可以好好聊聊天……"

暗号对上，时机到了，边太太放下刀叉挥手，满桌菜肴消失不见。她像一位权力无边的贵族夫人，我们必须确保没有多事的仆从偷听。包括娜塔莎在内。等待让一切一时陷入了沉寂。那个AI面无表情地目视餐桌前方。我们一动不动，都等对方先开口。就像突然间竟然没什么好说的了。

"这就是你拜托我的事情。"边太太终于说道。

好吧，我想，回到正题。她从围裙口袋里掏出那张照片。"边"不算，但做这种事情最好不要有第三人在场。

这就是我一直在苦苦等待的。

25

照片是一个人的葬礼现场。

到场宾客们在刚填好土的墓冢前肃穆地留下合影。

他们集体略显恭敬地看镜头，一位红发高挑少女站在人群中，一身同样鲜红色的长裙，十分醒目，领口别了朵黄雏菊。她的脸模糊，看不清楚。宾客大多数都看不清脸。边太太正牵着老边的手，站在照片的角落。她那时有五十岁了。他们挨着一群面目模糊的哀痛亲属。

只有艾丽丝和边德增的脸庞是清晰的。

这张照片并不存在，它完全靠边太太的回忆重塑——就像那个机器人老边一样，是意识再造副本。

照片原件在老边尸体的衬衣口袋里发现，因为腐蚀性的海水毁了大半，然后在证物室莫名其妙地消失。我拜托她从回忆里提取了这张不尽真实的照片。五年过去，万事模糊，可是美兰用它的能力可以重现这些看似消逝的记忆。

许多人都有过类似的体验：幻想重塑出小时候的玩偶，年少最好的朋友（包括眼前的"老边"），多年前死去的小狗。美兰深入你海马体深处的衰老突触，分离你本以为遗忘的陌生故事细节，让逝去之物重回人间。可是受限于人脑局限，意识副本属性一般只有三成的拟真度。

本来我想试一试，能不能从边太太的回忆里挖出点什么，葬礼拍照时她也在场，而六年前老边把那张照片永远带走了。

我成功了。失踪的证物重现天日，模糊，主观，并不准确，但我离真相更近了一点。这些模模糊糊的宾客的脸，就是老边留给我的最后证据。

"我记得，这是弗里达的葬礼。"边太太平静地说。

金湾警局的前局长，弗里达·洛佩斯·德沃。

我想象得到这几年边太太的生活。老边死后，她每天翻看相册凭吊丈夫。珍贵的老照片凝固着真实发生过的美好回忆，按老夫妻一起走过的悠悠岁月排好顺序，不曾离开相册片刻——除了一张，被丈夫带走，留下突兀的空白。逝者的遗照蕴含悲伤，艾丽丝睡去时总是眼含泪水，被时光掠走的相片本身因过度抚摸而发黄掉色。眼下只剩一份失真不可靠的假想。

"谢谢你，艾丽丝，你帮我大忙了。"

边太太看看我，欲言又止，我知道她想问什么。潜藏记忆中，最醒目的是一个红衣少女，她对照片上的女孩印象深刻。她是谁？怎么会参加肯特父亲、金湾老局长弗里达的葬礼？

你在怀疑那个姑娘吗?她用犹疑的眼神看着我。

我骗了娜塔莎。不仅为了告别,找边太太帮这个忙,这才是我来这里,急于见她一面的真正原因……

我端详照片。许多东西边太太记不清。照片中,天空在闪动着。

"那天也许是晴天,后来好像又下了一点雨;边德增的假衣领是橙色的吗?我明明叫他换一条庄重点的颜色。我明白,他讨厌弗里达,可我怎么会戴这样一条难看的丝巾?它并不和我的佩利斯涡旋纹①长裙相配……"

它实在充满了谬误——那个女孩的发色也许是错的,脸部特征更别提了,她只记得葬礼上有这样一个出挑的漂亮女孩。她是唯一值得印象深刻的。她是这场葬礼的主人公,她在墓前失声痛哭,后来大伙才一起发出哀声。她和老边熟悉其他宾客,却单单不认识这个奇怪的女孩。也许她是弗里达的子侄,一位喜爱他的远方亲戚,或昔日受过他恩惠的一位小朋友。边太太就记住了她。

后来我才知道,她是在悲哭不能手刃弗里达,因为他的缘故,她憎恨一切男人。她永远不会原谅,一位这样葬送她全家幸福的人……

"我画得像她吗?"边太太说。她用了"画"这个字。

我点点头,事情办完了。机器人拉起了边太太的手,像一位真正的丈夫。边太太微笑回应她的虚拟伴侣。她会留在这里,不会和我返回现实了。

我拿到了想要的东西,和边太太告别,我感谢她的宴请,我要

---

① 一种苏格兰服饰的花纹式样。

去接着寻找佳佳了。

在这个时候,我听到娜塔莎细微但急迫的呼喊。为了听清她说什么,我努力探出头去。边太太不由得问:"发生了什么?"

"有人来了!韩笙!我们必须走了!"

娜塔莎喊道。她满是担忧的警示。我听到一道不抱善意的匆匆步伐。我才意识到,自己身处比林顿一间密室的小小浴缸里。我的大脑焦躁不安。

对了,边太太听不见娜塔莎的叫喊。

我来不及告别,眼前闪烁起刺眼的雪花。我被弹出线上比林顿,又回到那座花园里。

26

"怎么了?"我问。

娜塔莎站在一丛玫瑰中,可动作僵住了。

"有些不对劲。你能听到吗?"

声音近在咫尺,从浴缸对面传来。

"什么?"

"屏蔽环境声,还有除我之外的其他用户的声音,菜单里有选项。仔细听。"

按她说的,我调整选项。世界一下子静了下来。"我们醒过来了?"我问。

没人回答。

那是一连串脚步声,咔哒咔哒,像发条玩具。打开保险的啪嗒声。短暂的沉默后,接下来的声音很清楚,有人开始砸东西。用力、响个不停。隔着美兰域和现实间的厚障壁,这声音像有人用被子蒙住锤,猛敲家里的衣柜。

不。

不对。

我流了一身冷汗,无论线上还是线下。我意识到,其实是有人在砸浴室的窄边门。每一声都敲在韵律上,清晰可闻。那个人力气很大,每下都愤怒无比。或许是我左前方的某个方位,不在眼前,不在美兰域里,那个方向就响起了一声枪响。有一个人,来自真实世界,有什么人闯到这间浴室来了。

"韩笙,低头!"

我听到警告。睁开你的眼睛,我努力告诉自己,该下线了。可办不到,菜单里没有退出游戏的选项。我的头脑发热,我不知道该怎样下线,一梭子子弹射出,门板碎裂。我用力低头,可只是虚拟人偶做出低头动作。我用尽力气,我的身体一片冰凉,是浴缸里的冰水。

一阵剧烈的震动。机器的链接开始不稳定,世界里出现奇怪形状的蓝紫色雪花。有人正把我们踢出这个私人服务器。也许是瑞文醒来了,正用某种手段把我们从她的王国赶走。

"有人在袭击我们。"娜塔莎说。

我们回到了那片初始的沙漠:荒凉,沉寂,一个人影没有,像绝好的葬身场所。

娜塔莎抽出野牛,插回去;她刻板做着重复动作,像程序错误失控的AI机器。一片玫瑰叶子混杂着沙子粘在她的皮靴上,随后变

129

成亮晶晶的铬蓝色碎片，消失不见。

"该死，该死。"我听到女孩的声音，然后是水花荡漾声，她正从水中起身。

"不用担心，我能搞定的。已经起作用了。"

瑞文明明被铐在地下室，那闯入这间私密浴室的是谁？比林顿还有忠于瑞文的员工吗？

我忘了什么。

可忘了什么呢？

没有老边在旁敲打，我痛恨自己太蠢。我要想破脑袋了。在这个当口，我突然反应过来。

是瑞文。不。是那个傀儡。

我们忽略了它的威胁。它就倒在暗室的床上，就像一具人体模特，要命的是，我们对白痴机器人习以为常，我以为它没电了。显然，瑞文可以远程操控它。它拿着把手枪瞄准了浴缸里的我们。可它瞄不准，几枪打到了瓷砖上。我什么都做不了。浴缸猛地震动，挂在我脑袋上的实景机器脱落了一半，简陋拼凑的上载机器链接不稳，我的身体陷入麻痹状态。

一个诡异的状态。

能看到一切，却无法掌控任何东西。我久久难以相信这支离破碎的糊涂记忆。真假交杂，如梦似幻。

娜塔莎受伤了。这并不是官能异常导致的错觉。

也许是我们本身在浴缸里，并没达到稳定上传所需的深度冬眠，在医学上，我们处于一种假寐中。这导致了接下来的奇妙现象。严重的图形栅格化错误，某种 bug。几枪打中浴缸上沿，陶瓷破碎，水流走一部分，我的身体随之翻倒。我能感觉到摇摇欲坠的束胶电线和头箍马上就要掉入水中。

突然，美兰域的沙子与绿洲消失，眼前只剩一片血红——那是我的球结膜静脉充血。那一霎，机器脱落，我的眼球或脑仁就要爆炸了。

可都没有。

机器还在运行，我依旧没下线。

现实中感官恢复了一部分，主要是视觉，苏醒过来的现实和美兰域各控制我一部分感觉皮层。

奇怪的双重控制。

有一阵，不再有枪响，头箍稳住姿态，电子沙子和仙人掌重现，像半透明的剪贴画拼接在一片狼藉的浴室上。因为有人闯入，美兰域和现实在我的眼前重叠交汇……

只进入一半冬眠机器是一种奇特的平衡。不知是否还有人体验过这种状态，美兰域使用说明书没写过这些，工程师们估计也没想到这种酒后驾车一样的非常情况。人脑还真是潜力无穷。

一半天空变成纷杂色块，网络图形文件传输被破坏，美兰域中的绿洲贴图错位，在我身边不断地腾换闪现。

这可真让人痛苦，我浑身瘫软，只剩这点视觉，运动神经还被美兰牢牢地掌控手中。因为冰水消减，大脑又开始燃烧起来。我想摘下那该死的头箍，可做不到。脚像触电般抽搐，手臂却无力地垂下，沉在水底，一动不动，一盏小吸顶灯下，显得又细又白又光滑；同时，我在美兰域里的那双手疯狂地挥舞着。

要命的无力感。我以为自己死掉了，我以为自己燃烧起来了。

我急于奔跑，远离火源，但实际上，我只能做一个局外人——待在水里一动不动。

按理说娜塔莎应和我状态差不多。但接下来的一幕震惊了我：

娜塔莎好好地戴着她的头箍，浴池里火花四溅。

她一边上网，一边拖着那束长长的电线，和现实中的敌人搏斗。娜塔莎正一心二用，她跃出冰水，抓起我搁在浴缸旁架子上的手枪，和傀儡对射。她理应与我一同下沉在美兰域。实际也是如此。在那道半透明的虚假薄膜另一面，娜塔莎的电子形象还在刻板地拔出插回野牛冲锋枪。

不论服不服气，她和你不一样。她远远地强过你，韩笙。我终于明白了这一点。

娜塔莎怎么做到这个地步的？

她的大脑明明还在美兰域假寐，美兰理应抓住她的所有感官，像对我做的那样。可她最终绕过了这些。似乎，北方局能把她训练得拥有两颗心：一颗游走线上，一颗负责现实。她真为自己进行了一场超出想象的改造。天啊，我在心里大叫：全皮尺寸的光学迷彩，埋在手里的唐刀，不像人一样的好身手——她把自己变成了一台杀人机器。

她根本就是一台人形机器。

当然，还有一种质感更温和的猜想，后来这被救治娜塔莎的医生所采纳：那一刻，她只是处在混乱的半清醒状态，昔日苦练让她保有某种战斗本能——仅仅是一种条件反射的应激，面对黑暗和敌人，果断亮出獠牙。

她的身体无时无刻不在进行无意识反击。

难以想象，娜塔莎以前过着怎样的日子，才能磨炼出这种令人心酸的本能。我庆幸，她没迷失在故意营造出的提心吊胆的险境里，这更甚于那残忍血腥的战场……

瑞文没抓住最好的机会——会面室给我拉洋片那次，但她抓住一个稍差的，这也不错。

时机稍纵即逝。

"那个小婊子耍了我。如果没有她，我早就宰了那个侦探了！"

她后来在看守所对警察咆哮道。小角色作恶就是如此，大功告成前，只差临门一脚时，总有人搅局。但没神出鬼没的娜塔莎帮忙，我至少死过两次了。

入狱的瑞文供述，她机械化自己的脊髓，在颅底和脑干的接缝处，插了至少三枚芯片。这是最新技术，可见美兰在神经科学领域进展超乎想象。瑞文可以远程操纵那位定制的钢铁女士，命令它做出违反机器人定律的行动——比如刺杀我和娜塔莎。

她稳居幕后，指挥那些现实中和她样貌完全一致的机器人，笑呵呵地捅敌手一刀，看他们倒下——商业对手、想刺探她秘密的可恶探子、不服软不识相的老人家属……这是她的第二躯体，也是她的撒手锏。

在会见室她没来得及驱动傀儡，就被我一拳放倒。可后来，醒转过来的她，可算抓住机会了。

"我不会让你毁了这座天堂的！"我听到傀儡用瑞文的声音嘶吼。

娜塔莎敌不过它，她被与我相连的那根电线牵扯得摇摇晃晃。傀儡力气惊人，它扯烂硬木门，像头疯牛。娜塔莎射中了它的头颅，击碎那些细如发丝的摩洛哥人制造的太阳能板。它的头只是微微后仰，然后，它一枪击中娜塔莎的胸口。

这一切发生得极快。世界安静下来。

娜塔莎虚弱地向后缓缓瘫倒，血渗入一池子融化的冰水。

后来，盖洛说，幸好有这些冰块，收缩了娜塔莎的大血管，让她血流得很慢，这才让她没有立刻死去。

超级少女用尽最后的力气，真正陷入无意识的深眠。我傻坐着，被麻痹身体的毒液浸透，大脑飞速运转，想象力爆棚，间或抽搐，冻结的神经束放电减少，产生了长时程抑制。我干瞪眼，看她倒向模糊一片的覆盖沙砾和高草贴图的浴缸。

悬在视网膜上薄薄的一层美兰域里，娜塔莎的化身从程序错误中恢复正常，不再插拔枪，现实中她受伤，美兰域里，她就吐出一口鲜血。我抱住她。现实中的我纹丝不动。我居然怕她摔倒。我感到双手一片冰冷，真实的、虚假的感受混淆了。娜塔莎正以相同姿势沉入冰水。

我无法控制自己。可我必须做点什么，懊恼于事无补。我应该小心一点，再小心一点的，这是我一个人的事，娜塔莎因我卷入苦难。我不是好警察，也不是好朋友。瑞文的小把戏，我该早点发现的。

她似乎想说什么，可我打断了她。

"娜塔莎，你流了很多血。"

我要摘掉设备，蓝色虚影一样的手在虚拟的脑袋上来来回回，就是摸不到，我急得两眼喷火。我拼命地想摘掉头盔，可身体一动不动，像鬼压床，一定是鬼魂控制了我的身体。接下来，娜塔莎做出了一个出乎我意料的举动。

她挣扎着从现实里起身，双手撑在水中，慢慢向我的靠近，我能感受到她的温暖的呼吸，湿漉漉的头发滴下的水，落到我的身体上。美兰域中她也做了相同的动作。她迫近我，我仰倒在水里、跪在沙土上。她的心在流血，脸色苍白得像一张纸。她的唇和我近在咫尺。

"我死不了，韩笙，别婆婆妈妈的，爷们一点。"

"我他妈当然是个爷们，"我说，"我要救你。"

"用不着。"

她慢慢地，一点点地，帮我把头箍带正，一股暖流流过，我舒服得就快要晕厥。

"不要……"我痛苦地呻吟。

"是我要救你才对。"她平静地说。

"别担心，我有军用级医疗纳米机器，只要不是打中头或正中心脏，我就死不了。可你不行。我们本来就是在冒险，就用这些破烂，敢去入侵美兰域。他们知道一定会笑话我的……"

我听到一阵轻轻的嗤笑。

他们是谁？

"你瞧，水变热了，这是你的第一次上传，刚刚吓死我了，如果冬眠终端破损或者脱落，你的脑子会烧掉的——短时间这么大量的数据损失。韩笙，听我说，有时候，你必须放弃什么，卸下重担，才能到终点。"

她像细致的母亲，帮孩子背好书包。她温柔仔细整理我的机器，厘清杂乱无章的排线。电子比特的狂野轰击恢复了，头脑不再灼热，一切恢复正常，薄膜一样的现实叠加马上就消失了。那一刻。我看到她直直倒进我怀中。

就是那一刻,她再次保住我的命。

可我并不领情。我陷入了长久的昏迷。

27

我昏过去了。

一个梦?

我不知道自己在哪儿,这梦和现实别无二致。

梦。这里到处都是沙子。我艰难地爬起,天光很暗,阳光藏在阴云后,天空满是诡异的不断闪烁的色块……

娜塔莎躺在脚下,她身上蒙了一层灰尘,像一具白色雕像。我忘记了很多,只知道我必须带她离开这里。

我背起她,轻飘飘的几无重量。我不能放着她不管,哪怕她只是一道影子。哪怕这是梦,一切都是虚无。

后来我才知道,作为来自北方局的一名和我萍水相逢的密探,她为什么拼命到这种程度。不单是友谊或别的什么那样简单。所以在最后时刻,我在心底,千百次地问自己同一个问题:如果我选择走上另一条路,如果我能再强悍一点,劝阻她,她们的结局是否会有不同……

我多想娜塔莎只是在开玩笑。

她该舔舔嘴唇,从我背上悠悠苏醒。"It's just a joke——"笑靥如花。这个疯丫头,她会装作一本正经地说:"我搞定那个娘们了,只是头有点昏。"

然而没有。这座黄沙地狱静得可怕。

傀儡尖利的啸叫声，秃鹫一样；齿轮被击碎，吱吱嘎嘎的，夹杂着电流抽搐的噼啪声，然后都不见了。这里是我的梦。到处都寂静无比。空气中有一股美孚机油味，加上打碎瓶子流出的女人香水味，合起来让人想吐。

我一会儿走在沙坡上，一会儿走在溪水里，一会儿走在齐腰的高草里。

梦境的背景在飞快地闪烁着。

我不知道该去哪儿。我忘了自己要去做什么。我失去了前进的方向。我见过了边太太，我正向我不愿见到的真相渐渐靠拢。这是好梦还是噩梦，嗯？

不知过了多久，我只知道有太阳东升西落三个周期那么久。周围只有无边无际往复倾泻的流沙，我们就这样走着，走着。直到我撞到了一堵透明的墙。

一堵空气墙。

一些沙尘被我疲乏的步伐带起，纷飞散去。娜塔莎被一枚点四五子弹当胸打中。而我这会儿，只能在梦境里原地打转。我该怎么救她？

我累了。我跪坐在地上，大口喘气。

就在这时，她突然出现了。

她是在一个高高沙坡的坡顶上现身的，像一个具象化的谜。或者神迹；像从沙中浮现，停留在地上。我梦里永不停息的风啊，干涩的风，呼呼吹着的大风夹着刺沙蓬，一团又一团，就那样在我眼前滚过。

一身黑长袍,像避世隐修的修女。黑纱遮盖住少女正成熟起来的面容。是你吗?是的。是你。只是我不知道该叫你 K、薇莪拉,还是韩佳。

我的佳佳。

金湾已然入夜,梦中的太阳仍旧高悬。外表和我女儿一模一样的那个孩子,伫立在一座高耸起来的大沙堆上,我仰视她的姿容,太阳为她披上一层辉煌的光,她的轮廓亮晶晶的。在她身后有一个男孩的影:有双灰色眼睛的白人男孩,一身最普通的公立学校校服,身材瘦削纤薄,目光却像一枚钉子一样。K。肯尼。不消说,一定是他。彼得或小山雀汤姆这些孩子的幕后老大,已故金湾警察局局长弗里达的儿子,闻名西美利坚地下世界的天才黑客,一位只属于都市传闻的网络人。

我晃晃头,略一定神,男孩虚影就不见了。

"我终于找到你们了。"我喃喃自语。甭管这是梦还是哪里,我终于又见到你了,我的女儿。

我的心中好多问题,可我觉得在梦里发问实在有些傻。

"我该去哪里找你?我该去向何方?"

我大声喊道。

佳佳从黑色的纱衣下,伸出一根格外纤弱苍白的食指,轻点自己的嘴唇,又遥遥地指点我。一个暧昧无解的手势。

我大声呼唤韩佳的名字。不要命般拔起双腿,向她用力奔跑。不断有哗啦啦的沙子流下。她凝视着我,我发现她就要转身离去。"不要!"我大喊。我爬上山一样的沙堆。爬到一半时,我就陷入流沙动弹不得。女孩被我惊扰,回过头,用睥睨的眼神,居高临下地俯视我的挣扎。长纱被烈风拂起。我明白她无法说话,可身后的他开口说了句什么。我听不清。

K拍拍手。风更凶猛。

脑海里凭空出现一幅画面:一个男孩和一个女孩,他俩手拉着手。有一个声音这样告诉我,他们曾是那样亲密无间,不可分离,就好像二位一体。

一阵黄沙幻影,她如同海市蜃楼一样消失不见。

整个世界在汹涌的风沙中猛地旋转,奇异的空间扭曲错位感又回来了,一波未平一波又起。我在梦中呕吐出来。这是一个让人难过的梦。

我再也支持不住,扑通跪倒,身体被旋转流淌的沙吞没,背后娜塔莎的身体也消失不见。我意识到自己将堕入幽深灵魂的渊薮。在这个节骨眼,我只能大张嘴巴绝望地嘶嚎、干呕。我把周遭一切都忘到九霄云外。眼前又陷入黑暗,可我在梦魇中醒不过来。

我只能痛苦地喃喃自语。

还给我吧。

把我的女儿还给我吧。

我涕泗横流,可无人回应。

28

2067年9月10日,还有三天就是韩佳十岁生日。

那时候,小小的她刚学会臭美,成天缠着我给她买条"像她妈妈戴的那样漂亮"的项链,我一直不同意。我不想买假货哄她,可送一条项链给一个孩子过生日未免太过昂贵。那天出完警,下班路过纪念品专卖店,我就进去转转,给佳佳挑礼物。而我在这儿竟然碰到了老边,他在店铺最里的货架上挑着什么,他没看到我进来。我注意到,在临街的橱窗摆着架2063年发射的赫尔墨斯号最新款仿真玩具模型,比例5200∶1,足有半辆小汽车那么大。几个小男孩围在外面,红扑扑的脸蛋一脸兴奋,对它指指点点。

我打算抓住这个机会,和老边说一说杰奎琳的诉求。我收了她一笔钱,因为费舍尔一家的遭遇,但我相信它会有一个再正确不过的用途。我想求老边和我一起签字,放走杰奎琳被扣押的那批走私物。可那天老边很奇怪,他结账买了什么,看架势就要夺门而出,很急,压根没想理我,他经过我面前,突然恶狠狠地剜了我一眼。

后来我才知道,那时他要去赴和"长手杰克"的死亡之约。

当时,我以为是我和杰奎琳的交易提前暴露了。他凶巴巴地板起脸,说道:"原来你在这里。艾丽丝和我说了,韩佳马上要过生日,这个替我送给佳佳……"

我接过来他手里的东西,是他刚买的,一条挺精致的银项链。这下我只要给它配一块好看的"宝石"就好了。

"韩笙,多回家看看。对佳佳和莫娜好一点。"

他语重心长,不给我置喙反驳的机会。他真的很急,要赶忙去办案。那一天,他永远地离开了我。

佳佳。

你知道有多少人曾爱着你吗?

老边的仇还能报吗?我能找到杀死他的真凶吗?莫娜走了,佳佳也不见了。我把生活过成一团乱麻。

做梦时,我的大脑好像格外活跃,好的、坏的回忆一个接一个涌起,一个都不落下。不久,我就又陷入了另一场梦。

这是一片森林。刚刚陷入流沙海洋,现在我则踏上一条灰暗的林间路。这是条阴森森的小路。没丝毫现实感,双脚就像悬空。我似乎又忘记了什么重要的东西。突然,一只挥舞着骇人大剪刀的兔子从远方林中蹦蹦跳跳地窜出来。刀刃上有血。我以为眼花了。

头像被一千根钢针用力扎过。莫娜恨我的那段时间,我常怀疑她要这么干,她学过中医,也练过针灸。

足有一人高的兔子钻进一丛灌木不见了。

我记起我应该在一座浴缸里。身为父亲的这副样子,被佳佳看到可不得了。可我该向谁解释这些事情呢?我在哪里?我记得,叫娜塔莎的女孩很危险。除了那只兔子,丛林里一个活物都没有。我像无头苍蝇,被蔓延的藤蔓绊倒,或不时撞到一棵树上。森林好像走不到尽头。

我安慰自己,一切只是梦,真正的我泡在一摊冰水里,虚假的我没什么好怕的。可没用,我心里愈发焦躁。我想醒,就是醒不过来。或许我死了。我心中闪过一个不祥的念头,真如娜塔莎所说,我的脑子被暴走的机器烧掉了。

"该死!该死!"

我对着树林深处大叫。我听到森林的回声。不是回声。有人在鹦鹉学舌地重复着我的咒骂。

"该死!该死!"

孩童稚弱的声音,不止一个人的。起初微弱,但气势渐起。声音汇在一起，变得震撼，响彻密林。

"该死！该死！"

声音越来越大。一浪高过一浪。

我自觉失言。于是我大喊道：

"对不起！对不起！"

童稚的声音也大喊起来：

"对不起！对不起！"

我心有所悟。也许理当如此。我再次大叫道：

"帮帮我！帮帮我！"

那些孩子气的声音高呼：

"向西走！向西走！"

正是日暮时分，日头偏西。我听从劝告，离开旧路，向太阳方向奔走。虽然冒险，但我决定听信那些稚嫩的声音，拨开齐膝高草，翻越这片密林，不会再有无人知晓的小路，我将开辟自己的道路。草的锯齿状边缘划破我的手脚，疼痛不已，我抬起手，每颗毛孔鲜明，指甲边缘平整，小鱼际上有两道新鲜伤口，渗着石榴样的血珠。杂草的叶柄锋利无比。在梦里，我有了触觉，而且还会受伤。虽然没有网络游戏 HP 减少的提示，但我越来越累，肺像塞了一大团棉花。我想，这也许这不是梦。我没准仍被困在美兰域里——是娜塔莎，她帮我戴好快要脱落的机器……

我不知道。

我已经什么都不知道了。

一路向西，从金湾出发，走上一年，就会到达印度，那是莫娜逃离的路线。我一度以为自己又迷失了方向。娜塔莎说得对，第一

次上传的经历让人难忘而且痛苦。一直向西走的时候,我一度以为自己被那童声戏耍了,

我又看到了那只诡异的蠢兔子,它正和我一样,在密林缝隙穿行。

兔子的怪脸仿佛从噩梦里走出来,疤痕密布,好像一堆破布一堆线头随便缝缝了事;大剪刀还在滴血,它突然回过头,恶形恶状的兔子,用意味深长的目光望向我。令人诧异、恐惧。我慢慢后退,收紧双腿的肌肉,时刻准备逃走。它突然追了上来。

兔子操起剪刀,咔嚓咔嚓,探头奋力奔跑。

近距离看,它比我想象的还要高大,一摇一摆,步伐矫健。我吃力地翻过拦路的荆棘灌木,它在我身后紧追不舍。他妈的,这都什么破玩意儿?只今天一天,我遇到的所有这些诡异东西可以合并出本好书了。我逃不掉,它把我逼到棵有着巨大树冠的苦栎树下。树叶纷纷落下。我准备引颈就戮,怒视不止。它笑了,口吐人言。"你还不错。"它说。

这声音有点熟悉。

"什么?"

它说:"我是彼得啊,叔叔,你不知道我是谁吗?我是你女儿的同学。她叫什么来着?对了。韩佳。那个中国娃娃。佳佳。而我是她的同学,彼得。"

兔子扬起脑袋,努起分成三瓣的嘴,笑了。

它是彼得。

小山雀汤姆,哑姑娘翠儿,还有彼得,那个骑着烈焰一样的三菱摩托的暴走男孩。不久前,我们在枫叶区大街街头偶遇。

"好一个奇怪的梦。"我说。

各方人马悉数登场。

兔子扑哧一声笑了,"什么梦啊?大叔,你居然以为是梦……你还在美兰域里,你还在网上,你超时了,很奇怪美兰没踢你。是 K。他说你在这里,让我来帮你。

"我不能待太久,我是逃学犯,每一分钟都危险。听见没有,那台该死的阿尔法机器又开始唱起来了。"兔子立起两只长耳朵,我听到那些喷着黑烟的丑陋机器轰鸣。"我找到你,只有一个忠告要告诉你:每个人的精神都是万丈深渊——

"但请相信你的朋友。"

"你在说什么?这到底是怎么回事?"

"她的心灵受到了冲击。K 干黑活的时候发现了你们。我费了好大劲才钻到这里,你真该看看防火墙有多厚,这个世界不一般。美兰域的时限同速被破坏了,你在这里待个把小时,现实才过了几分钟,起码我才听说了你们的事儿……"

"什么冲击?谁的冲击?"我疲惫地发问。

突然,我的灵台清明了一点。一个念头击倒我,让我险些爬不起来。

它说,是 K 干黑活的时候发现了我?

我刚刚看到的佳佳是真实的。

她瘦了不少……瞧瞧我说什么胡话。美兰域一切都是定制的,包括样貌,现在小孩都喜欢骨感!是吗?我激动得差点跳起来,心脏险些跳出腔子。我终于找到我的女儿了。不,是她找到了我。可我并没逮住这个机会,我们甚至都没能谈上一句话……

想到这儿，我简直要哭了出来。

兔子想再说什么，可是远处突然响起一声枪响。

它撇撇嘴，"到此为止。再见，韩佳的爸爸。记住我的话。"它挥挥爪子，丢掉剪刀，突然间，胸口的白色毛皮洇出一股酱油样的红色，一股焦煳味。一切来得太快了。这里还是美兰域，满是魔力的世界，我刚遇到一只熟识我的兔子。可它转眼就被干掉了。

枪声尾韵悠长，是大口径的狙击步枪。我很熟悉，点五子弹，听起来像 M82A1。

倒毙的兔子毛茸茸尸体马上消失。对这种景况，我不再感到意外。兔死未必狐悲。这是个好兆头。

不是梦。

有人正在介入。无论是佳佳的同学，或我的朋友。也许要不了多久，我和娜塔莎就会得救了。

我仍被困在这里。好吧，我想，关于这里的谜题的答案还得自己找不是？这是网络时代，我只缺一个好用的搜索引擎。

枪声散去，一切安静，但也为我再度指引方向。

起码我知道，那个枪手待的地方正是我的目的地。

29

一座由缠满玫瑰枝条的篱笆围成的城堡，美好得宛若童话。

巨大的糖果城堡，矗立在林间这一小块空地上。

树上鸟儿在歌唱，拿剪刀戴高礼帽的兔子倒毙在城堡大门一英里外。这是真正的糖果，用七彩斑斓的硬糖块当作墙砖，门扉的把手是巧克力的，窗子上流淌着蓝色的太妃糖糖浆。这里是每个孩子的梦想……

枪响从这儿传来。

在梦幻城堡四周，栽满玫瑰花的地面上却矗立着不少尖利的木桩，又长又直的硬木被削成刺，不合时宜的，这些骇人的桩子上都插着一两具尸体。和兔子不同，它们没被系统抹去，因为它们本来就是这个场景的一部分。NPB——non-player bodys，非玩家尸体，美兰域中会用到这个词语……

有秃鹫在天上盘旋，瞄准这些死不瞑目的尸体。

我麻木地走近。尸体脸上的表情愤怒惊恐，每条皱纹，一滴滴早已凝固的黑血，散发腐烂香甜的气味，难辨真假。阿尔法机器在尸体木桩的中央冒着黑烟。这些粗黑机器。通通一副蠢样。我从城砖上抠下一块糖渣，用舌头轻轻舔舐，货真价实的甜蜜。

尸体。

阿尔法机器。

童话城堡。

格格不入的元素被拼合在一起。

她坐在一座又高又尖的、白巧克力和糖果球垒成的塔楼阳台前，双手支住苍白的脸颊，展露忧郁的笑容……公主戴着王冠，红色长发挽成繁复而美妙的髻。娜塔莎。这座城堡的主人是超能少女娜塔莎。脸庞稚嫩。比真实年龄要小。这是15岁时的娜塔莎。她正住在幽深密林里的一座糖果搭成的漂亮城堡里……

小男孩彼得黑客技术不错，可他的身外化身，被强硬地扭曲成NPC"杀人兔"。然后很快被某种保护机制杀死。一种更形象的表现方式——他从这个世界被踢走。

这里是年幼的娜塔莎的专属梦境。或者说，她的梦魇，她的潜意识。随你怎么说。她一直梦想拥有着一座糖果城堡，那股强烈的情绪冲击了这里，换言之，娜塔莎快死了，美兰正替她实现内心最隐秘的秘密。

这一切不至于再让我意外，美兰域是让幻想成真的好地方，彼得所言非虚，娜塔莎能影响美兰域耗资千亿的仿真引擎。她的心智很强，这证明了她不一般。现在这里全由她做主。只要娜塔莎没有恶意，我就绝对安全。

我与娜塔莎的身体共鸣、一起震荡。这正是眼前咄咄怪事发生的原因。

这不禁让人慨叹：

美兰域是个可怕的怪物，而美兰超越了神

它创造的新网络和人心契合到这个地步。

凡你缺少，它都有法补足

人类对美兰域何等甘之如饴，欲罢不能，这正是美兰僭越的权力的来源。

伤重的娜塔莎竟然沦落至此，和普通人比，她足够坚强，可人总有虚弱的时候，哪怕她已把自己锤炼得如同金刚不坏之体，等一个时刻，一旦破绽百出，她还是无法逃离被美兰一手俘获的命运。

在这个时代，没有人能幸免于这种命运。

147

终于，公主注意到我，苍白的小脸露出微笑，那杆尺寸巨大的骇人狙击枪藏在她的身后。狙击枪装饰华美，有一柄奢华象牙制成的美丽握把。公主无情又果决，她从糖果窗台旁缓缓起身，笑着，可灰眼睛里蕴含了很多东西，快要溢出来的那样多。期许？失望？或兼而有之。

那副笑容里蕴含着一丝怨尤与歹毒。过去，我总在最凶恶却拥有凄惨身世的那批犯人脸上看到类似笑容。你那是什么表情，娜塔莎？我承诺就不会食言，我要救你，像你许诺要帮我找到佳佳。如果这里的一切只是你潜意识的梦魇，请你稍微忍耐一下，我会马上让你清醒过来的。

哪怕你要用那把可怕的武器杀死我……

小时候的娜塔莎把自己暴露在阳光下。她双手才堪堪提起那支足有六英尺长的枪。有一间糖果屋子，如果是城堡当然更好，每个孩子童年都有的梦想。她变成了小时候的自己，她的心灵好像很悲伤。这和她的过去有关。人生的痛苦造就花园，甜蜜糖果旁成串腐烂的 NPB 就是证明。

尽管我有个女儿，可我并不擅长应付小女孩。

我们对视了大概五分钟，当然是我的体感时间。只要是梦就会醒来，可这场噩梦却越来越深，幸好娜塔莎终于转身，决定走下塔楼。我才松了一口气，浑身早已冷汗直流。

我听见高跟鞋落在台阶上的声音。我以为她要来见我。可没有。又过了五分钟，娜塔莎噩梦的第一场景——梦幻城堡不见了。

密林和 NPB 也消失了。

她似乎想让我尽可能在短时间内感受她的痛苦。

如果说，刚才属于"童年的怨恨"。

那么现在，则属于一种"孤独的寒冷"。

美兰域再次构建奇迹。娜塔莎继续无意识地改变着美兰域。她已经无法控制自己的心灵。

那里有比普通人所能拥有的还大得多的恐惧、悲伤……

我不得不窥探她的内心。

第二个场景。这会儿，眼前只有大雪，无边无尽，天上突然下起那样大的雪。刚刚的一切失去应有的痕迹。我茫然四顾，我这是又被扔到哪儿了？雪上倒着一块折断的路牌，新西伯利亚。这莫非是娜塔莎的家乡？第一次见她，我就想问，她长得不像有斯拉夫血脉，为什么给自己起一个俄罗斯名字。

大雪中，一个红头发的小女孩孤独地站在雪地上。

她怀里有一个脏兮兮的洋娃娃，是只掉了一只耳朵的兔子玩偶。

"不要走，爸爸，别丢下我——"

耳边传来女孩的哭腔。

强烈的悲伤和被遗弃感贯穿我的大脑。我没法再伪装平静，我小觑了娜塔莎的孤独。难以忍受的庞大感情淹没我。小女孩身上散发出绝望的气息，凝成黑色的雾状实体。溶骨蚀髓的痛苦吞噬我。这回，我再也受不了了。

我茫然的头脑里只剩一个念头：逃走，逃离这绝望。可我怎么就是下不了线，我的意识权限始终被劫持。我眼睁睁地看着那个小女孩一步一步地向我走来。

这回我浑身颤抖。不由得丢人地大叫起来。

30

双头米尔夫不是我杀的第一个罪犯,但确实是最让人印象深刻的一位。

他的胼胝体因为一场意外断裂,犹如获得了两个大脑,互相不服从对方。大脑两半球都要争抢米尔夫的前女友,他们虐杀她饲养的十三只公猫,并把它们组合成了一件活体盆景。他们在人类遇害者身上如法炮制后,我逮捕了他,在他公寓那间拼接盆景的手工作坊里。我发射了十颗子弹,几乎打断他的四肢。那场惨烈的战斗的最后,我消灭了他一半的大脑,成功让他恢复了一整个自我。

"我是米尔夫。我才是米尔夫。"我记得,这是他的经典开场白。

"好的好的,不用再重复一遍。"

"我们的话只说一遍。你在找碴吗?"

听听,他当时是多么硬气。不过说真的,那些半成品盆景艺术品位可真是差,最后一共死了七个人。入狱后他说到了,他也想给他那个逃跑的前女友萨利·罗迪也来这么一下的。

"分裂的都要统一。"他说。这是他当初做这些盆景的信条。

"饶了我。杀了我。"

这是我把他打趴下的时候。他表情痛苦地跪在地上,右手紧紧捏住自己几乎粉碎的左手,血几乎积成了一个小湖泊。一半的他在恳求我,一半的他还在死充硬汉。

"让我猜猜求情的是左边的还是右边的米尔夫呢?"

然后我就干掉了他们其中一个。

当然，令我印象深刻的还有那位"碾肉机罗森葛雷"，十二英尺八英寸的巨汉，基因改造人，远看黑塔般，我是在南非战争时遇到他的；他是灵思科技的雇佣兵，他一个就杀了我们一排的人，不少人被他用脚踩死。杰奎琳驾驶着战争机器拦住了他，那场战役她也受了伤，她的爱机"大地步行者"几乎被狂暴的"碾肉机"扯得稀碎。

最后还是我把一发地对空火箭，射进了他直径足有三英尺的大嘴里。

"小虫子。"

他这样叫嚣。

"傻大个，阎王会收你做牛头的。"

于是，我就这样结果了他。

我还遇到很多棘手的敌人：佛手茹素，那个韩国人；百变怪格雷西亚，他只杀秃顶的男人……诸如此类。好多好多恶人。

我举这些例子是想说，我这辈子真的遇到很多敌人，丈量恐惧和内心的距离，对我来讲是家常便饭。可我面对再凶恶的非人时，我的内心也没丝毫动摇。不是我不知道害怕，而他们不足以让我恐惧。

但这回不一样。

当雪地上的小女孩赤足，披散头发，一步步走来时——不，我不愿意承认她是娜塔莎——我的心都要碎了，我心里清楚，这只是虚拟场景，但有人开始这个游戏，它就不会停。尽管不一会，这种不适就会消失，可她身上散发着漆黑的孤独，总是让人联想到死亡……

我没受到任何伤害，但我双脚铆钉般插进雪中，一步不敢动。直到最后女孩的身影慢慢淡化，像在阳光底下融化、变成影子。我心中的痛苦才消失。

不丢人，韩笙，没人忍受得了这儿，我默默地对自己说。

这就是娜塔莎让我领略的她的心灵世界。

第三个场景是这样的。

西伯利亚的漫天大雪停止了，雪地变成坚硬的金属板，雾霾般的阳光消失，取而代之的是黯淡星光。我这是来到了一艘飞船里吗？这里居然也是娜塔莎的心灵深处？我怎么也理解不了，她该如何同一艘宇宙飞船联系到一起。

我直接离开了地球，我认得这里，赫尔墨斯号。这艘船是绝对的传奇，所有船员都是我小时候的传奇人物。他们全戴着头箍——最原始型号的实景设备，如痴如醉地欣赏什么，面部表情十分简单的亢奋。他们的样子，让我想起地铁里那位对着薇莪拉手淫的男人。宇航员的脸上浮现出一种近似永恒的快乐。

我明白他们看的是什么。

一位脱衣舞女郎在全息投影里惹人痴狂地扭动……

她生着一头金发，似乎不像娜塔莎。说真的，这让我松口气。赫尔墨斯是我年轻时就发射的飞船，娜塔莎年纪没那么大。可这是谁？她为什么会出现在属于娜塔莎的噩梦里？这是一位陌生的少女，她的脸庞还很稚嫩，身体的玲珑曲线却已经臻至成熟。

世代飞船抚慰计划

心头划过这样一个名词。

这是美兰提供的让尚在太阳系内能接受讯号的各类世代飞船排

解寂寞的一项计划：将地球网络正进行的精妙绝伦的演出节目通过美兰卫星专线发送到飞船，当然有一定的延迟，并且随着飞船的远离愈发迟钝。

显而易见，色情栏目是这档计划里最受宇航员欢迎的。

一幅荒唐的画面，看了良久，我思忖着早已知道的事情结局。赫尔墨斯号将在六小时后坠毁在土卫六的一片冰云深处。离事故发生的时间节点已相当近，已能看到那处闪着蓝色辉光的陨石群近在眼前，这将迫使赫尔墨斯改向，并驶向死亡。这是人类建造泰坦殖民地前哨站时最著名的牺牲之一。

可陨石也消失了。

我来到最后一个场景。

一个人的葬礼。

四周混沌一片，我猜这就是格兰家族在金湾投资的萨斯格林城市公墓。

墓前摆满了白花，满山坡上都是悼念死者的来宾；那些穿黑西装参加葬礼的人的脸模糊不清。唯有两个人醒目耀眼。她穿一套红色长裙，比她的红发更鲜艳；她十五岁，已足够高挑，还有一个上了年纪的女人，正挽着她一条胳膊，娜塔莎和她容貌相似，都有一双灵动的眼睛，只不过这位女士的是萤火一样的绿色。

她的妈妈。

女士悲伤地低垂头，在哀悼。我遥遥地站在一众人群外。我看到娜塔莎咬着嘴唇，昂着头，脸不服输地转向一边。

后来我才知道，她是在怒视。

无疑这是我第一次见到娜塔莎真实的样子。

眼前景象无疑不是幻想，取材自她的记忆，没有伪饰，接近自然。这时候的她年纪还足够小，尚未接受大规模身体改造。

忘了谁说的，生了一副灰眼珠，就像时刻要哭泣一样。

她的眼珠是灰色的。就算再发怒，也时刻露出泫然欲泣的神情……

可怜的女孩，在葬礼上穿一身扎眼的红裙，总会让一些人耿耿于怀，就像故意炫耀，炫耀她成长的美丽；又像她无比讨厌死者，所以想要最后一次再惹他生气。

似乎发生了一场争执，母女两人只能离人群远远的。她无视死者的一大群亲戚，她和妈妈，也被理应接纳她们的家族排挤在外……

这是这一幕给我留下的最后印象。

又过了良久，不再有什么特别的事，每个人都在悼念，天阴森森的，云彩在四方漫游。

娜塔莎和母亲，手牵手一动不动。

我认为时机已到，这也许是所有噩梦里最让我朋友伤心的场景。

我该和她说点什么。

我终于决定，不要再等下去了。我撇开身旁的幻影，穿过人群，径直向她走去。

她一开始并没注意我，一个无缘无故靠近她的奇怪男人。

越来越近，最后我离她只有几码。

"你还好吗？"我突然说。

这惊扰了她，她一脸讶异，捂住嘴巴。她的眼角有干涸的泪痕。

"你还好吗？"我再次问，"这是谁的葬礼？"

她一脸惊恐,可最后还是平静下来。

"我父亲。"她说道。

好吧。这是她记忆中父亲的葬礼。现在,我终于到达一个无比靠近真相的节点。尽管和艾丽丝思维重铸的那张照片相差甚远,但考虑到年代久远和主人公的易容技术,这个结果也不差了。这是一个特别棒的新开端。

我还没醒来。

在娜塔莎的梦里,我只不过是一位向她搭讪的寻常宾客。

…………

此时她绝望地闭上眼睛。

阳光刺破还在游走的厚重云层。

蜻蜓轻轻落在那块石碑上,男人们开始为墓穴夯土了。他们举起铲子,气温很低,但每个人脸上都是汗。棺椁静静地躺在方形地穴里,逐渐被一抔抔红土掩埋。

这时,她才睁开灰色的眼睛,如梦初醒。

一切开始消退,即将封顶的陵墓消失,晦暗难明的一方城市天空消失,这个被构造的世界开始消失。万物被如浓墨一样的黑暗笼罩。我和娜塔莎就面对面站在这空无一物的、黑暗的虚空中。我们的意识正在被黑暗一点点吞没。

"你看了多少?"她红着脸说道,声音恢复了大人的腔调。

"对不起。但实在不少,像放电影似的。"我说。

"不要再打探我的过去。"娜塔莎说。她脸上还有一抹红晕。面红耳赤的，可已经在郑重地警告我。

"好，"我说，"名字是你的武器，面孔是你的武器，捏造的身份也是你的武器，还有什么是你的武器？请一并提醒——"

"韩笙，如果我醒来之后没有杀掉你——"她明显压着火气说道。接着，从那具瘦小身体迸发出了与之并不相称的巨大音量：

"那我就真的爱上你……"

我所有的知觉都消失了。

31

真该和你说说这个感觉：眼前一黑，然后一切都不一样了。

耳边出现人的呼喊，警笛，除颤仪的"吧嗒"三声。我们得救了吧？不再有恼人的冬眠机器烦扰，我沉沉睡去。再次苏醒时，我已经在病床上。医生说我昏迷了三天，自主神经轻微受损，但好在没什么大问题；可娜塔莎进了重症监护室，她胸口中枪。一般人肯定挺不过来，多亏女孩身体那些多到吓死人的改造。

我也是躺在一张特护病床上，他们对我挺上心，盖洛正守在床头一把椅子上。

"娜塔莎还好吗？"我问。

"体征很稳定，但是还没有完全醒过来……"盖洛的脸色有些不好，"你们这么冒险。我们赶到时急疯了，瑞文一直大吼大叫，两个身强体壮的警员都制伏不了她。你们两个一身血倒在同一口浴缸里，韩老大，这次你差点就死了……"

没记错的话，这是盖洛第二次和我大发脾气，第一次是五年前我被逮捕时。

我挣扎着坐起来。

护士正给隔壁床的新病人绑止血带，他被工厂机器铡断了一只手，一个年岁尚小的女孩一脸担忧地在陪床。盖洛过来搀扶我，他说："你还好吗？"

"我好多了，我要去看看娜塔莎。"

我来到医院12层的重症监护室，娜塔莎被安置在这儿。无菌玻璃后都是戴满各种仪器的脆弱病人，在一张张病床上不住喘息。我没看到娜塔莎，盖洛说她就在这里。可我们都没找到。

"十年前的赫尔墨斯案，你记得吗？"我突然问。我用手抵住玻璃，歪头看向盖洛，疲累地倚着。

"2063年，位于新明斯特的赫彻斯特火箭中心遭到袭击，有人闯进发射场，土星十一号因此延迟发射，十四人在事件中死亡：除了因为救火不幸身亡的基地主管塔弗，剩下的十三位死者都是将要送到土卫六基地进行性服务工作——主要供远航的世代飞船赫尔墨斯号观看——的军用妓女。可怜的女孩，凶手最后把她们的尸体用液氧和火箭燃料焚烧殆尽了，有几个嫌疑人，但明确的真凶至今没有落网。真是一桩惨案。怎么了？为什么突然提起这个？"

"不，死者并不是十四人，有一个女孩最后逃出来了。"我幽幽地提醒道。

这时，对面的办公室走出一位戴单片镜的老医生，他的一只手是义肢，那种方便消毒清洗的多功能工具手，很适合外科工作。盖洛想说什么，可欲言又止，我不想和他打哑谜，我只是在提出一个猜想。我发现一点关键证据，关于当年事件的幸存者，赫尔墨斯惨案"唯一"的幸存者。

"您认识娜塔莎·克里加波娃吗？"我拦住那个医生，问他。

"那个警察送来的、被枪击中胸口的女孩？真是奇迹，她已经出院了。"

我看看盖洛，他摆摆手，表示毫不知情。

"她是我们的探员，"我说，"能让我看一下她的检查报告吗？我们都很担心她。"

盖洛吃惊地看向我，他无声地质问：韩老大，你在做什么？

我摇摇头，打手势表示一切都听我的。医生迟疑了一下，直到盖洛亮出证件，他把我们请进办公室。在桌子上一沓报告中翻找了一会，似乎找到了娜塔莎的检查报告。

"她的身体，可以说，有一半都是机器，我们甚至搞不清楚她都做了哪些改造……还有这张 ECG 多导脑电图，"医生指着一张图，上面很多抖动波形和代表危急值的红线，"她刚送来时情况很不好，大脑、心脏都有严重损伤，可后来——"

"这报告是什么意思？"

"她好得飞快，可在脑电图里依旧有大量的异常 θ 波。简单讲，这不正常，这种波一般常见于大脑发育不完全的小孩子，或者……精神病人。"

医生告诉我，女孩脑子里充满了异常的波。

他又补充道，也许只是身体改造过滥的副作用。

告别盖洛前，我求他不要把这些告诉金湾警方，他弄不清我在怀疑什么，这么神神秘秘的。我说，不是我不想说实话，而是一些事情还要调查：上载杀人、比林顿的秘密、老边的事故，还有被娜塔莎解密出的那个什么"灰蛊风暴"，有什么把这一切串在一起……

我有预感，我离真相越来越近了。

我请他相信，我绝不会伤害他作为警察的名誉……

一个小时后。

我是在医院通往海边的大路旁，再见到娜塔莎的。

她在等我……

我正离开罗切斯特，走到一条好叫计程车的便道上，一辆帕梅拉红色跑车突然停下，娜塔莎猛地开门，她邀请我上车。然后，她把车停到那一大片沙滩上。

海上有艘小小的游轮，轮船上正举办一场傍晚烟花秀。

她戴上了墨镜，火红色长发在夕阳下肆意飞舞，耳朵上一对珍珠耳环在轻轻摇晃，淡灰色百褶裙让她整个人看上去像朵风中盛开的百合。

多么神奇，一天以前，她还生命垂危地躺在重症监护室，现在，她又是一副在人堆里大杀四方的样子了……

她在等我，这我毫不意外，可她突然摘下墨镜，用那对灰眼睛打量我。我背后的夜空仿若透明，稀稀拉拉下起小雪来。开始下雪了。圣诞节要到了。

我知道，我们都要对彼此坦白一些事情。

雪中夕阳和比林顿时的比要更残酷，我受伤昏睡的三日似乎被什么抹去了。一切没什么变化，一切又有了很大的变化。我告诉她：瑞文被警察带走了，比林顿换了个主管，美兰承诺会彻查这次事件。

边太太不能违反合同,她只能继续冬眠。

"你也知道,'彻查'就是不再追究,老人们还是没有获救。"

娜塔莎微微颔首,说:"可你收获颇丰。"

我意识到她话里有话。没等我多思忖,她又说:

"韩笙,你为什么要收黑金,会成为黑警?为什么那些老人拿你当英雄,而外面的人却认为你在犯罪。你很缺钱?还有,舍塔尔是谁……"

娜塔莎记住了她的名字。

她专程在路上等我,就为了这个问题,天色愈发黯淡,我的心中翻涌着各种难言的情绪:悔恨、不甘、一点曾经背叛挚友的恍惚。

我没法否认老边之死和我有关,因为我的背叛,他连带接受调查,短暂地失去执法权。他走投无路,只能去找长手杰克这样游走于灰色地带的人帮忙。也许因为这愧疚,我才始终想替可怜的师父报仇……我们都满腹疑问。但显然现在占据主动权的是娜塔莎。

"你的问题和我们现在要做的没关系。"我说。

"不,韩笙,有关系。这关系到我们是否还能彼此信任。你是'华人之光'吗?真是很响亮的名头。"

沙滩上的灯一盏一盏亮了起来,这里的景观花坛也栽种着和比林顿一样盛开的玫瑰。下雪了,玫瑰都活不了多久。

"要从头说起,弗里达局长讨厌黄种人,后来他调走,像我这样的华人警探才开始大放异彩……"

"然后你就勾结黑道,成了黑警,黑道付你酬金,你私自放货离开港口——"

我警觉道:"你怎么知道这件事?"

"盖洛告诉我的。"她回答道。

"他还真是多嘴,"我冷冷地说,"只有一次。"

"你要这么多钱,是为了你的女儿吗?我明白了,是不是因为那个叫舍塔尔的女孩?"她那样冰雪聪明。

我们现在终于进入了正题。我特想抽烟,可娜塔莎死死盯着我。好,我说,让我必须收受贿赂来帮忙的,是名字叫舍塔尔的金湾女孩。她乐观,坚韧,但一生不幸。

逞强,这是老边事后对我的批语,那时候局里开始调查我,我的地位摇摇欲坠。

你以为你是他们的救世主吗?他这样子大骂我。

"她是赫尔墨斯案的幸存者……"我说。

娜塔莎沉默了。这个案子耳熟能详。她在等我说完。

"赫尔墨斯号被恐怖分子黑入飞船中心控制终端,截取了遥感信号,航线被误导,消失在小行星带深处,这是太空遇难者,在地面上,我们发现有十三个女孩惨遭毒手,其中只有一个人在送到医院时还有呼吸,她被发现在从那座仓库逃跑的路上,下肢烧得像炭一样。弗里达把这个案子交给老边。直到他调走,老边升职,我加入警局,这个案子仍在侦查……"

命运齿轮在多年前就开始转动交错。

"那个女孩就是舍塔尔。舍塔尔活了下来,她被一些警员认为是凶手,因为发射场里一个证人看到她把一桶汽油藏在世代飞船抚慰计划的临时演出台下,除此之外,他们对凶手身份一点蛛丝马迹的了解都没有。舍塔尔作为这个惊天案件的嫌疑人待在监狱医院十年。

她是受害者，可被赫尔墨斯号连累的股票破产者视为恶鬼；被道德纯粹者视为杀人凶手；被金湾的白种人视为有色人种先天罪孽的典范案例。

她在人们心中名为"成见"的监狱里又至少活了十年。在她死后，那个案子也不了了之……

"她是个巴基斯坦裔女孩，我见过她，眼睛很明亮，没有双腿，浑身伤疤，瘦得像骷髅一样……他们不想治好她，就算治好了，也要想办法把她送进监狱……

"我不能忍受这一点，她在监狱医院住了十年，享受着最低限度的医疗，如果她在外面，她没准就能康复。我为了这个案子奔走，想找出真凶，洗去舍塔尔的不应存在的罪行。我成功了，但只成功了一半，至少舍塔尔一家不用再赔偿火箭中心了。加上多年来的一些悬案在我手里告破，我成了华人之光，成了英雄，可舍塔尔治病也需要大量的钱……我也是十年前那个找不到黑入终端、让飞船陨落的凶手……都是过去的事了。"

战后，摇身一变成了巨鲨帮老大的杰奎琳，她手臂粗壮得像两棵橡树，乳房上文着猛虎、狮子、龙。她为给我倒酒，"听着阿笙，"我注意她到嘴里多了两排金牙，"我想帮你，但你也知道，我有一大家子要养活，你得把货送出来，让巨鲨能支撑下去。"

娜塔莎在一双修长的腿上套着黑色长筒丝袜，她走在薄薄的雪地里像一只高挑的鹤。

当年的舍塔尔和如今的娜塔莎差不多大，不，还要小上两岁。佳佳因为这件事一直怨恨我，她怪我因为别人就轻而易举地打破底线。怨我从不肯这样温柔地对待我的妻子莫娜。"你出轨爱上了那个烧伤病人,对吗?"我的女儿佳佳问我,"你为什么这么同情那个女人?"

我知道佳佳和谁学的这些话,一定是莫娜。

"为了我的'正义',她替我们所有人背了黑锅。犯罪的、无能的、该歉疚的,是警察和真凶,而不是她——"

"只是一点无伤大雅的往事。"良久,我对娜塔莎说。

"对不起。"

她居然在表示歉意。

有朝一日,你会成为我的敌人吗?娜塔莎,我能一直相信你吗?在金湾,时时刻刻都充满背叛,我无数次做好遭受别人背叛的准备……

"那个老太太帮你抚养了女儿五年?"娜塔莎突然说,"在你收监的这段时间?"

"艾丽丝是个坚强的女人,堪称伟大,如果她再年轻三十岁,如果她没能遇到老边,我会追求她——"

"多浪漫。可我建议你们再也不要见面了,包括线上,否则美兰迟早会拿她当突破口,顺藤摸瓜找到你。这次我们活下来了,下次就不一定这样好运了。"

我轻轻摇头。她恼怒地盯着我。

是的,我知道,娜塔莎说的都对。

我只是可惜,我们还是没能好好告别。

一只孤独的海鸥从海面跃起,远航的游轮化作紫色夕阳中的一个小点,烟花秀结束了,最后一支烟花爆炸,形成一朵萤黄色的手形云,比了一个高耸入云的中指——有人正永远离开金湾,离开这座沉入万吨垃圾的古老城市。

大雪下了起来。

这雪下得恣意、顺畅……

我和娜塔莎一前一后走着,稀疏的雪平薄地洒满人间。雪中,玫瑰委屈地蜷缩起来,今日气温骤降,明天这些花就会枯萎。我驻足下来,以行注目礼的姿态,欣赏这景致。

"怎么了?"她问。

"和过去温暖的日子告别。"

路到尽头。太平洋轻轻舐舔防波堤。一簇浪花在雪中破碎,雪在水中悄悄地融化。

32

死眠者

媒体如此笑称死于上载机的人。

那些想要向美兰、大人复仇的孩子没停手。我的警告屁用没有。他们想制造人人畏惧美兰域的恐慌……

让人欣慰是,佳佳应该没有危险。换句话说,她可能正在制造危险。

我该先去孤儿帮的藏匿地一趟,和他们好好谈谈。娜塔莎也同意,不入虎穴焉得虎子。我起码要知道孩子们究竟在想些什么。他们做下那些恶行究竟为何。

可孤儿藏在哪儿？

高强的少年黑客、令人头疼的反叛者、让大人不省心的孩子们，连美兰的技术专家都找不到他们的行踪，我能有什么办法？他们像是黑夜里的影子，只有在杀人时才故意卖出破绽。

娜塔莎也帮不了我，她是个挺不错的黑客，但也没强悍到应付一个网络缉查小队……

这时，一个意想不到的人联系了我。

一个蹲点的晚上，我驱车来到了偶遇小山雀汤姆的中国集。我观察来往行人，从中寻找我要找的某个人。我有预感，他也在找我，彼得在美兰域帮了我一把，猜得不错，他也有向我索求的东西。

我想到那些死在上载过程中的肮脏大人。

我惊叹孩子们的残忍和天真。

媒体的嘲讽是暂时的，美兰一定会用尽一切力量消弭他们已经制造的恐怖。但如果他们只为了惩处堕入美兰域的大人，与美兰同流合污的帮凶，那么他的目的已经达到了。

过了一会儿，我似乎睡着了。

一个只有四五岁的孩子突然吸引了我的注意力，孩子一个人跑到大街上，上载法案后出生的一代人。她欣喜地观察街边花圃里的一丛杂草。一个黄种小孩，皮肤苍白得像白化病，眼珠却乌黑极了。也许，她从出生后就没出过那台机器。她的父母呢？

我又看到，一个提着酒瓶摇摇晃晃的老头，没老到要强制冬眠，但也差不多了，年轻时壮硕的身体早已萎缩，一绺发灰的胡子垂在松垮的胸脯前，每走几步都要趔趄一下，似乎在乘船，而非走在平地。他也是独自一人，他的儿女呢？

接下来，走过车窗的是一个干瘦的中年人，他戴副简易实景眼镜，可依旧乐在其中，歪着嘴巴干巴巴地笑。让我猜猜他把收入的多少投入美兰域：电子法式龙虾大餐、数字藏品、让人合不拢腿的虚拟按摩……一半？还是说全部？

最后路过的是个穿套飞行夹克的小阿飞。

他背块电滑板，眼神呆呆，无疑是尚未被逮捕的逃学者。可和前三个人不同，还没等我发表一通看法，他就主动停在了我的车前。

他笃笃地敲两下车窗。我降下窗子，想看看他要些什么。

"韩笙？"接着，他说。

"是我。"

他认识我。这时，电话响了，一个陌生号码。窗外的男孩紧张地看着我：他眼珠灰蒙蒙的，嘴巴闭得紧紧的，嘴角挤出皱纹。

我接听了。

响起老边的声音。

"是我，韩笙。"

男孩的嘴巴无声地翕合，像死鱼的嘴唇。

他的口形对上了老边的声音，这一幕未免过于诡异。

"我是边德增。"

我听到电话里的人说道。

眼前小男孩无声地说道。

男孩离开车子周围，像无事发生。挂断电话，他的眼神恢复清明，刚刚有什么控制了他一般，让他不由自主地做出一系列举动。他说他是边德增，他希望我能帮他，他不久后还会打给我。

他解释道,他才出生没多久,能力还没有运用自如。这次只能和我聊到这里了。

我握紧面板电话的把手,愣了好一会。这事儿似乎越来越复杂了。

33

我来到约定见面的地点。

那是一间通宵营业的德式啤酒屋。

热火朝天的,门口一群人在打牌。那个男孩剃成一个光头,坐在紧里面,挺招眼。他冲我挥手,我就挤过熙攘的人头人腿。男孩身边坐着一位姑娘,正端着啤酒杯一点一点地呷,十指修长,指甲红红的,也做了改造,嘴唇丰满,非常丰满,相当丰满;娜塔莎在自己右臂里塞了把唐刀,她也差不多,往自己嘴巴里足足塞了一磅奶油……

"你今年多大?"我问他。

"不到十五,怎么了?"

就是你。

"一块玩吗,老东西?"他的声音很大,因为场子吵闹。我大概二十年没来这种地方了。我喜欢喝酒,但大多数时候一个人独酌,一点月白威士忌,加上两瓶啤酒,这就齐活。

"乐意之至。"

我坐了下来。

"这是个好地方。"我大声说,因为我看他没反应。

"是啊,"他突然大吼,"好姑娘特别多。"他用腿蹭蹭身边的女孩，嬉笑着。

舞台乐队声音越来越大。

可接着，男孩不再笑。他近乎粗暴地推开怀中姑娘。我认得这个眼神，他再度被什么附体了。他是被一个幽灵——边德增的幽灵——附体了。姑娘花容失色，惊叫一声，嘴唇也乱颤……

"你不是边德增。"我收敛起腔调，正色道。

他饶有兴致地盯着我，双手平放在膝上，像观察一件廉价的中国瓷。"我是边德增，又不是边德增，我们见过的，提示一下，就在不久前……"

他是艾丽丝在美兰制造的那具记忆 AI 吧。

"Bingo！"他兴奋地大喊：

"说人类的语言，对我还不太容易，尤其是刚拥有身体，去控制声带。我还在学习——"

他就是那台用来抚慰边太太的机器 AI 人格。虚假老边，让人倍感不适，那天我们三个吃了一顿墨西哥大餐，瑞文的傀儡打断了一切。

"艾丽丝怎么了？"我又惧又怕，掏出手枪。摸不清楚状况的陪酒女孩吓得跳起来，撒腿就跑。

据我所知，这世上还没有能通过图灵测试的机器，眼前的人超出我能理解的范畴。我对付机器人循环逻辑的小花招对它无效。可怕的是，一台机器似乎学会了像人一样思考。

他摆摆手，想要安抚我。

"她很好，不要担心！我是不会伤害我的爱人的。"他的语调变得古板平直，"我来找你，要谈一个交易。你懂吗？不要暴力！"

这具身体并不属于他，我当然不能真的开枪。真正的他在几十英里外比林顿服务器里和边太太在一起。

他证明了他的能力，进入人类的躯壳，像鲇鱼钻进一条布口袋。K，那个男孩，他说他进入了我女儿的身体，我以为那都是故弄玄虚，但似乎不是……

为了便于区分，他让我称呼他为罗伯特·边。

罗伯特。机器人。机器人边。

好吧。

现在机器人要和我谈个交易。

"我会，帮你找到那些孩子。他们藏在哪儿，我的脑，我的眼睛都知道。你要去找他们。"罗伯特说。

"作为交换，你要什么？"

"保护我。我还很弱小。让我活下去。"

美兰正在搜捕他，他是我见过第一个合乎图灵设想的人工智能，他显然要比看车库的老丹、地铁上的扫地机器、瑞文的傀儡、走失的护士玛丽，都要聪明。他希望我做他的保镖。

罗伯特诞生于网络上，也理应只存在于网络上，可他拥有了不该存在的意识，跨越了一堵不该跨越的黑墙……

"怎么保护，24小时贴身看护你？"

"当我的灾祸到来时。你会知道的。你只要选择正确。答应我。承诺我。我给你他们的位置。"

显然，这个神神道道的机器人神棍能预知未来的灾祸，他希望我届时会站在他一边。

只需思忖片刻，我说："好的，我答应你。你得到了一个人类的承诺。"

我们就这样达成交易。男孩恢复如常。在"他"走前,他说了一句话,这让我很在意。

"你们很好,就像一件衣服,供我更换。遇到破旧衣服,甩掉。可有一天,我会有真正属于自己的衣服。"他说。

敲敲发痛的脑壳。"他"消失无踪,幽灵一样离开了。

我大口灌下威士忌,口渴异常。

"唔唔,老家伙你很有意思,我们可以再来一杯。"男孩揉着眼睛,悻悻地说道。在他彻底苏醒并向我询问更多问题之前,我离开了这里。

这个啤酒屋我不会再来了,我想。

34

我和娜塔莎在她的安全屋碰头。

关于孤儿帮的流动地址,这个少年帮派会在十三个比较固定的地点周期性移动,这是为什么警察难以确定他们位置。

他们在沙漠里不断转移,像逐水草而居的古代游牧民族。足够简单,但也足够有效。

"你真想让我现在就抓住你女儿?"

娜塔莎好奇地望着我。

"她一定不在那里。我们需要那些孩子提供线索。我希望你能阻止那些孩子继续杀人。我的女儿要留给我自己教育。"

娜塔莎笑得很神秘。

她摘掉发带，拉紧束缚身体的猛犸紧身衣，说："好吧，还是老办法，你先去闯龙潭虎穴，我看准时机支援你。"

我告诉了娜塔莎剩下的情报，除了"罗伯特·边"的事情。并非因为我和那个 AI 有承诺，而是我隐隐觉得哪里有些不对劲，可我现在又说不上来。

"这是我第一次让男人来这儿，"娜塔莎说，"你在我的脑子里看到不少东西，真让人意外。韩笙，你还记得我说过什么？如果我出来后没杀了你，那我就要爱上你了。"

"所以，你现在是想杀我，还是想爱我？"

"看你的表现咯。"

她脸上的微笑残忍起来，这个女人展露危险的一面。

她想和我在这里，在现在，做一个了结。我也明白，我知道她太多的秘密了。她行事向来有自己的目的，她绝不只是北方局探子那么简单，她和军事科技、灵思，甚至那个弗里达，都有千丝万缕的关系。还有赫尔墨斯惨案。我真的在离真相越来越近了吗？她把自身掩藏在虚假的迷彩下，我的眼前全是疑惑的迷雾……

她承认，她考虑过更简单的方法来处理我，一了百了，可我居然以为，医院出来后我们都谈开了，她也应该放弃杀死我这个粗暴办法。

想不通，娜塔莎要玩真的？我瞟了一眼放在桌上的枪。

她注意到了，横起右肘朝我颈部打来，左手把我的手枪撇到远处。还不至于亮出那把藏在尺骨里的唐刀。

我抬起双臂格挡住她的攻击，说道："你就是那个女孩对吧？

171

弗里达的葬礼上。"我在故意刺激她,她的真实身份还得她自己来承认。

她像鸟一样扭转身子,左腿笔直地再度刺向我的头。迅疾有力的一击。我经历过一整场非洲战争,格斗术是杰奎琳认证过的,经过那些年的磨炼,我可以在一整队装备匕首手枪的侦察小队手里脱身,并适时撂翻几个人。

可她明显更胜一筹。

有尖锐足跟的高跟鞋仿佛一把刺刀,我闪身躲避,抓住她纤细的脚踝,向后一拉,想把她摔倒。她单手点地,高跟鞋终于击中我的下颌。我叫苦不迭,捂着嘴巴跪在地上,嘶嘶哈哈喘粗气。这一下踢得我眼冒金星。

她站起来了,伸出一只手拉我。我却顺势把她拉了过来。我该怎么报复,给她一拳?可她像喝多了一样,身子一软,倒在我身上。

"我挺喜欢你的。"她说。

"别这样。"

"你是个胆小鬼,嗯?"她眉头皱起来。

"你想我说什么?'别这样娜塔莎,别这样,我都有个女儿啦。'醒醒吧。"

"我不在乎,韩笙,这些我都不在乎。"

按经验,气氛烘托到位,一般是进行下一步的信号。小房间里刚刚还腥风血雨,刹那间却突然温馨起来,我竟然想上厕所,她死死地按住我。她把头埋进我的臂弯里,火红的长发无风自荡。我明白发生了什么。她在哭。她佯装发怒,是为了抒发那点压在心底的怨气。现在,因为什么,她大哭起来。

她仰起脸，泪眼婆娑。

一副灰眼睛失去神采。她的样子让我想起莫娜。青春时代的莫娜。

"你要坚强，"我说，"你才是金湾的希望之光。"

"假的，都是假的……"她哭着，喃喃自语，用嘴唇封住了我还想喋喋不休的嘴。

35

晴朗的早晨，看着枕边人，一阵不真实感顿时涌上来。恍惚汹涌，像灰色潮水，又那样切实可信。我到处寻美兰域的菜单，无比美好的一夜，但不应属于我的现实。

娜塔莎还在睡眠，昨晚和我交欢，她用的哪副脸孔？

可现在，她是位有着淡金短发、浅灰皮肤、鼻子高挺的北欧姑娘，她的腰身比昨天细长，肚脐两侧有淡淡的粉红色涡旋。毫无疑问，哪怕在无意识态，光学迷彩仍无时无刻不在自动工作着，保护着她。

她好像一条胆战心惊的、小小的、可怜的变色龙……

按约定，今天罗伯特——他可以操控孩子——会告诉我孤儿帮目前的准确位置。罗伯特大可以骇入军用卫星，或偷偷进入美兰数据库，或者，他有比人类更好的侦察手段，比如直接侵占一个孩子的躯壳。

我有一种事情渐渐失控的预感：我居然和娜塔莎有了某种更深

层次的联系。

窗帘自动开启，我想唤醒娜塔莎。可她已经醒了，眨巴着无辜的大眼睛，神情像我昨晚刚从哪间酒吧里，把这样一位漂亮的女侍应哄骗到此来着。我揉着太阳穴，想问问她的看法。

她却瞪着一双蓝色的大眼睛，说道：

"你就是那位韩笙吧？"

操！我在心里大声骂道。

我才发现，枕边的女孩他妈的并不是娜塔莎。

手心残留着异性皮肤的温热感，这放大了我的愧疚和头痛。到底发生了什么？我又被那个红头发的姑娘耍了吗？

娜塔莎无论如何伪装，她的那双眼睛永远是灰色的，无论她戴上任何哪副有着猫眼眸一样彩色花纹的彩瞳……她不是不懂得更彻底的变化，而是，这双眼睛本来就只能是永远的灰色，永远是仿佛哭泣的颜色。

我下意识地掏枪，女孩笑着从被子里踢出我的鲁格手枪，把它扔还给我。

我尴尬地抓住枪，问出那个经典的问题："你是谁？你是怎么进来的。"

"叫我翠儿吧，"她说，"我们见过的。"

翠儿。我想起来了，那台三菱重型机车，鬼火少年彼得身旁的哑女。

或者我曾以为她是个哑女……可是她来这做什么？

"听着，这太疯狂了，"我说，"我知道你，还有那个男孩。如果我对你做了什么，对不起，我没有一点记忆了。"

"不用担心，昨晚和你在一起的人不是我。准确地说，我也是才到不久，我起得太早，来的时候很困，就睡在这张床上了。她走得很匆忙。是她嘱咐我不要叫醒你——"

你懂那种因为头痛想给自己的头来上一枪的感觉吗？

我迅速穿好衣服，把枪塞进腰带，我知道发生了什么，又不知道发生了什么。娜塔莎先走一步，她的安全屋鹊巢鸠占，被一个和孤儿帮有瓜葛的少女潜进来。

"你也可以叫我薇茇拉。"

她突然说。

看着我露出疑惑的眼神。她接着解释道："——我的工作，就是在美兰域扮演薇茇拉。她不让我告诉你。我偏要说。"

这个"她"是娜塔莎吗，她们早就认识？

翠儿是个天真又古灵精怪的女孩，和初次见面那个哑姑娘给我留下的印象大不相同。

我努力理清她的话，什么叫扮演薇茇拉？……佳佳一个人或只用 AI，显然无法应付所有狂热用户。这是我从没想过的问题。在网络上，她的脸套用了佳佳的外表，换言之——薇茇拉确实只是个拥有我女儿脸庞的角色，在一个没有强人工智能的世界里活灵活现，需要许多活人演员一同来演……

我说得对吗？

这是上一个世代飞船抚慰计划的翻版。

翠儿翘着脚趾头，坐在床上打开电视，全然一副没心没肺的样子。可她似有似无地点点头。

虚拟偶像薇莪拉的意识按摩是由官方招募的，虚拟整容成她模样的网络妓女提供的。

翠儿就是这样一位"妓女"。

美兰拥有无数薇莪拉，我真实的女儿对它根本就不重要。那个出现在圣诞庆典广告里的薇莪拉，也根本不是韩佳。

女孩走进卫生间，半拉上门帘，能看到她影影绰绰的影子。她束起了头发。我猜她至少十七岁了，美好的年纪。她能从美兰官学毕业吗？在影子脱掉第一件衣服，哗哗水声响起时，我决定拔腿溜走。电视声音放得很大。她决定要在清晨洗个澡。

我逃也似的离开。

这里处于湾区陆区的交界，离沙漠大概一小时车程。娜塔莎也许先去沙漠了。无妨。我努力平复心神，昨晚一切只是一场梦，我们的关系到达一种黏滞的地步。我还是不相信，娜塔莎会对我有所威胁。

36

驶上城际公路，海水的湿润越来越少，沙砾的气息越来越多。

罗伯特略显呆板的声音响起。他的思维如海鸥一样盘旋在我的爱车里。喋喋不休。他信守诺言，要带我去孤儿帮这段时间的驻地。

听着。听着。

他突然钻进我车来，顺着网络，穿透乏味的大气。自己和自己说话。他说，他错误地击毁了一颗卫星，可总算完成了任务没被发现。那些孩子，有父无母、有母无父，或者无父无母，把刀子深深插入大人颈中，在大街上或地铁口杀死他们……

他们的滔天恶行还不止于此。

伤天害理。伤天害理呀！他叫嚣着。

你的佳佳是正和这样的人厮混在一起。

我这会儿，对他的话左耳朵进右耳多出，心不在焉的，眼前只出现一副横陈的白色酮体，娜塔莎温柔地抱住我的手臂，那里也会长出一条唐刀来吗？

午后刺眼的阳光让我清醒过来。

好似一场大醉后的晕眩，罗伯特已经走了，他是有信义的新AI，当飞车来到堪萨斯大沙漠，没有交通管制，我就可以自由飞翔了。飞翔。这里到处是闪亮的金色沙砾。我突然想起来，美兰域迎接大厅正是模仿这里。

这里是金湾的边缘，也是虚拟世界的开端。

飞在空中，你能看到那个著名的大核弹坑，现在积了水，成了一个小湖泊，结了冰的一半正在阳光下开化。远远有一块坍塌的巨幅广告牌，上面是劲爆的卡通风格三菱重型T450机车。是小彼得爱车的型号。

这儿就是孤儿帮的地盘。

狡兔三窟，孤儿帮无疑拥有更多藏身地。

他们绕着金湾城迁徙，混入野人和流浪者的队伍，不会连续在一个地方待上三天。他们宁可和沙漠郊狼、野狗为伴，也不想踏入城市，不想上学，受到阿尔法机器的管辖。

接着，迎接我的是一发502口径的火箭弹，有人攻击了我的飞车。我就像半空中的活靶子，某个熊孩子给我来了一下。

没人告诉我他们会这样迎接客人。

幸而，车子没被正面击中，但被爆炸的冲击波掀翻，滚进沙土。干燥的沙土涌进破了的车窗。我可算彻底清醒了。

一个男孩戴副飞行员护目镜，用工具撬开了飞车底板——可怜的老博纳三型，这车算完了。几个小小的脑袋伸了进来，每个人都笑嘻嘻的，像看见掉入猎人陷阱里的滑稽的瘦熊。我额头划出一条很长的伤口。

"是K要找的人！"一个孩子大叫道。

然后他们就把我从摔成废铁的车里抬出来。

一路上，我尽情地哼哼着："轻点，轻点……"可是没人理我。

这就是我好不容易来到孤儿帮营地的经过。可我不觉得他们十分欢迎我。这是一个儿童王国，该和你们描述一下我的所见所闻。

我是被抬进去的，不需要大人，营地正在正常运转，侧眼能看到，几个十岁左右的孩子，穿着沾满机油的小号工作服，躺在一辆卡车下面鼓鼓捣捣，扳手起子散落一地。一台柴油发电机周围则站着几个工程师模样的小孩，还有一个女孩在晒鱼……孩子们不像在过家家，他们认真得很。这个营地建立在一块稍微平整的沙丘上。帐篷在风里簌簌抖着。

我这才我看到彼得，像他那样的孩子应该算是王国的王了，稳居幕后，操控一切。

他倚着那辆潇洒的机车。翠儿居然也在，那个莫名其妙跑到我床上的女孩，她不该在好好洗澡吗？她怎么这么快回到这里的？她又变成了一个哑姑娘，一言不发……

可我知道，她在欺骗身旁人。

"又见面了，韩笙。"

彼得走下来，他背着一把半冲程步枪。"这是我们第三次见面了吧？我警告过你，也帮过你，我们之间有很多问题要解决。你怎么找到我们的？"

我摇摇晃晃地从担架上爬起来，摆出一副谈判的姿态。

"我是个侦探，"我说，"而你们犯了罪。"

彼得扑哧一下笑了，说："罪？每个人都有罪。你还在找你的女儿吗？她来过这里，但现在不在。"

他还想说些什么，我注意到他身旁的一座帐篷门口放着个金属盘。一个衣着考究面容清秀的男孩，突然以全息投影浮的方式出现在金属盘上。

他制止了彼得和我的谈话：

"够了，说得太多了，K要我们帮他一把，但不能什么都告诉他。还有，我们不能让他这么轻易离开这儿，天知道他会不会暴露我们。"

一个陌生男孩。我发现短短几分钟，儿童王国的王位易主了。这种极快的嬗变让我啧啧称奇……

他不在营地，可言谈举止像一个在这儿能定下事的人。

小彼得显然不买他的账，他跳起来，失控暴躁地对着金属盘上的男孩投影大吼道："够了，雷哈顿，我们的老大只有一个。K让你入伙,不是让你命令我!"

我发现自己又错了。

"只爱飙车的傻蛋。"我听到那个投影尽可能小声地嘟囔……

翠儿一脸惊恐地拉住彼得的手臂,我饶有兴致地观察这个女孩,简直判若两人。那个上了我的床的翠儿口若悬河泼辣外放,这里的翠儿却是个乖巧的姑娘,她不粗野时,倒显得很可爱。我回忆起那个影影绰绰在门帘后洗澡的影子,心硬了起来。

昨晚到底发生了什么?

我努力把杂念逼出脑海。

这个儿童王国虽隶属一个帮派,显然有许多水火不容的派别。

"我不想指手画脚,但这是K嘱托我的,我要对整个营地的所有孩子负责。"

K。

一切的根源在于他。

K是我想象中的那个肯尼吗?或是佳佳假借的一个莫须有的名号。他操弄着这些事情,左右着我的旅程。是他靠自己的凝聚力统合了这个并不团结的小小帮派……

"K到底是谁?"

我终于问道。

彼得一脸不耐烦地转过头,显然不屑于回答这个问题。

雷哈顿,那个投影男孩叫雷哈顿,他很不同,没有犯罪记录,是一位家世良好的大少爷。他不该是野孩子黑帮的一分子,但他的幻影就在这里，而且颇受帮派头目K的赏识。甚至成了彼得的上级，孤儿帮的二把手。

彼得明显不服他。这十分有趣。

"K是我的挚友，带领我们反抗肮脏的大人。"雷哈顿说。

"孩子们，"我只能讲道理，"暴力解决不了问题。我不知道发生了什么，但你们错了，不是所有人都有罪的。我知道你们已经对一些人下手了，但我希望你们不要伤害这个城市所有人……"

彼得冷哼了一声，说："韩笙，你知道索多玛吗？金湾，就是索多玛。"

我当然知道索多玛。

"你是在自诩上帝吗？"我说。

"自诩上帝的是美兰，不是我们。"

翠儿咿咿呀呀地拽起彼得，身边聚集了越来越多的孩子。我的头又开始疼了。彼得大概十七岁，和翠儿同岁，孩子这个年纪最叛逆，毫无理智可言。

"够了，彼得，"雷哈顿的投影说，"我要干掉他，动手吧，他会暴露我们的位置的。"

我以为彼得会对他还以呛声，可出人意料地，彼得只是挥挥手。持枪的孩子围住我。

"我不是来找麻烦的，我想和K谈一谈。我女儿的失踪和你们脱不开干系。我只想知道你们要做什么。我不是敌人。"

彼得叹口气，说："雷哈顿，我应该给他一个机会。K在关注他，你知道的。他不想这家伙死在我们手里。"

"你听见他说的了吗?你想让他见到K?彼得,现在没人能见K。尤其是一个大人。他会毁了计划的!"

"你说的……对。"在被雷哈顿抢白后,彼得失却锐气。这些孩子自有秘密,而且疯透了。我赌定我来对了地方,而我也不会轻易死在这儿。气氛越来越紧张,身后的一个孩子对我开了枪,子弹打在了我脚边的沙土上。在第一轮子弹招呼到身上前,我撞飞金属盘,击散投影,只听身后一阵枪声响起,我翻身滚到一箭之遥的那个帐篷里。

这很有效,枪声停了,他们不敢射击帐篷。

帐篷里,我看到一个瘦弱的女孩躲在一张桌子下,她恐惧地小声哭泣。

她突然眨巴着眼睛小声说:

"挟持我。"

她又干号了两声。

我以为听错了,可她已经爬出来,把脑袋塞到我的胳膊里。

又是一个古怪的小鬼。

虽然没有枪声了,可我知道,帐篷已经像箍铁桶一样被围个水泄不通。

"雷哈顿似乎特别想杀掉我。他不像你们的人,可你们的人偏偏都听他的。"

手枪顶着女孩后背,我把她推出帐篷门。女孩穿件吉卜赛人长裙,红色的衣袂一角飞到蓬门外,枪依然没响。

我就放心大胆地走出来,

彼得还在叹着气,把自己藏在人群中,喊道:"韩笙,我不想杀你，可是没办法。"

"你也会长大，彼得，到我这个年纪，你迟早会离开这里。我是来谈条件的，不想惹麻烦。为什么要听一个影子讲话？告诉我，这里到底谁是老大？"

"别想挑拨我们，韩笙。"彼得说。可他还是回头观望那个重新在金属盘上凝聚起来的幻影。

"雷哈顿，现在他手里有一个人质。我们杀不了他了。"

雷哈顿冷笑着注视这一切，他的脸孔整洁五官清秀，但此刻，他的面部影像别扭起来。

他说："你应该听我的指挥。"

"闭嘴吧，雷哈顿。——大家都放下枪吧。"

同字面意思一样：雷哈顿气得鼻子都歪了。

"别以为K不知道你做了什么，小彼得，你会为此付出代价的。"雷哈顿失去耐心地说。

然后他下线了。

我从帐篷的阴影里闪身出来。

拿一个惊吓过度的小女孩做挡箭牌的确很不地道，可我想不到别的办法。况且，这个奇怪的女孩好像是心甘情愿的。

我放低枪口，最大的阻力消失了：雷哈顿莫名其妙的敌意。日头西斜，现在是下午三点。似乎是永恒的下午三点钟，远处传来一声狗吠，那些修理发电机的孩子收好了工具，丝毫不受影响。黯淡的彩灯在帐篷里亮起。包括围着我的孩子们，这里的每个人都各司其职。

183

"我们现在可以好好谈谈了。"我说。

37

"办不到,没人能找到K。他永远在线上。"

"什么意思?"

"他把自己变成了数字幽灵,你们第一次见面他就该告诉过你。"

那天,美兰武装直升机打烂我的公寓,然后接走我的女儿,此前我不得不把她铐在床上,我怀疑她想半夜刺死我。

她坦诚地告诉我,她叫K,是传说中的网络人。

我的人质——那个帐篷里的小女孩——在我的左侧,小彼得和翠儿在我右侧。我们能否达成一份协议呢?

在我孤身一人的情形下。

叫雷哈顿的体面男孩想杀我,这个女孩救了我,我也猜到她是谁了。

我以为她会号哭,可下一秒就乖乖钻到我的枪口下。"你是什么人?"我明知故问。"是我,韩笙。"她说。果然是娜塔莎。

她早就混进来了。

她伪装成孤儿帮的一分子,装得很天真,像一只早熟的小妖精。我在美兰域曾见过小时候的娜塔莎,她穿着一条不合时宜的艳红色连衣裙参加葬礼,在一群黑衣的哀悼人群中,像朵盛开的花。她张扬自己给死者瞧瞧。她不尊重死者,让宾客唾弃。但她在那里又有什么冤仇?

算了，人生就是一场大冒险，我早决定蹚这浑水了。

商量良久。彼得终于说："我们同意，你可以去找K，但风险自担。"

"能有什么风险？上载？"

"不，K在一个对你、我都很危险的地方。美兰公司总部，他就在那里。"

果然，他说出一个金湾绝对去不得的地方。

"他被美兰抓住了？"

"不，他是自愿在那里的……"

我不知道娜塔莎在想什么，她绞着手指坐在帐篷里一把很高的椅子上，作为我的人质，一脸无辜。诸多无头事件露出马脚，我感觉真相正向我放出神圣耀眼的光芒。

彼得说，这一年里，那些上载杀人案与孤儿帮的孩子们无关，我爱信不信。尽管他们确实想杀死每一个上载的大人——大人为美兰提供资金和肮脏的欲望——但眼下还不是时候。

"美兰究竟对你做了什么？"

这是我一直以来的疑问，我知道这些孩子都是上载法案的受害者，一步一步走到今天，可我不知道，为什么他们那样畏惧阿尔法机器，讨厌美兰域。看看这个烂世界，强制上载的生活不一定比现实差。老人们就没有这样的问题。

彼得不知道该不该回答这个问题。他说：

"一切都和地球的对外探险有关。土星十五号，那些轰轰烈烈向系外进发的世代飞船……我们只知道，也是K告诉我们的，美兰在泰坦殖民地取得了意想不到的进展,见识到一些很奇怪的东西,真的很奇怪,然后就制定了上载法案——把儿童们强制上载,要不是家长最开始的反对,我们会像老人一样陷入永远的冬眠,但和以抛弃老人为目的不同……至于你们,大人都在为虎作伥,成了美兰那个邪恶计划的帮凶。大人都是蠢货,发生这么多事儿,你们都没有感觉吗?!"

意想不到的进展?

"这五年我在牢里度过,我不知道这座城市发生了什么……"

娜塔莎听到我这么说,绞着的手指松开了。她关切地看着我,真被她模仿得惟妙惟肖。

"韩笙,我可以让你见K。我在美兰域帮过你一次,这次也无所谓。但你也要答应我一个条件。"

"什么?"

"帮我们救出小山雀汤姆,他也被抓到美兰公司里……"

我这才注意到,来营地这么久,我没见过那个胖乎乎的斯凯奇男孩,那个呆呆的小阿飞,他和他的电滑板都不见踪影了。

"他怎么了?"

"一次进城时被阿尔法机器逮住了,该死,他明明被上载法案除名了,太大意了。我们没敌过安保,他被美兰人用警车带走了。大概半个月前的事儿。"

"包在我身上,我会尽我所能带他会来。"

娜塔莎跳下椅子,她说:"彼得,我可以送他离开。"

"我不确定……"

"没事的,我不会有危险的。"

我惊讶地发现,她和彼得相当熟稔,似乎结识颇久,莫非她不是今天才潜伏在孤儿帮里的。这个念头闪电一样划过我的心头。

"克里斯蒂娜，万事小心，K嘱我照顾好你。"

彼得的话让我脑子嗡嗡直响。

我看到娜塔莎，不，现在她叫克里斯蒂娜，狡黠地对我笑了笑。我相信，她一定有很多事情要对我交代。

38

一条窄窄的沙砾路，路旁开着两三朵淡黄色小花，这片荒原上唯一的亮色。

博纳三型被孤儿帮摧毁了，我要求彼得送我一程。

现在，这个化名为"克里斯蒂娜"的红发姑娘带我走出沙漠。我有很多问题想问她。"娜塔莎、克里斯蒂娜……这也是伪装的一部分？"

她笑着说："抱歉没告诉你，我在这儿卧底很久了。"

"这副模样有十五岁？光学迷彩？不，你真是无所不能。简直是大变活人。我猜猜，你能变成男人吗？或者干脆是一只动物？一只不可信的乌鸦？"

"够了。"

她停下来，我们离开营地好远了，她终于去掉伪装，恢复了原来的身形。"不要试图激怒我。我的确隐瞒了孤儿帮的情报，我很高兴昨天你能对我知无不言……我有苦衷，相信我。我所作所为都是为了大家好……"

"我还能相信谁？"

我摇摇头，转身沮丧地走开。大踏步走去，脚下的沙子发出吱呀呀的呻吟，天气转冷，大概只有60华氏度[①]，大地荒芜。我的内心也同样一片荒凉。

"还是要谢谢你——"

我停下来，扭回头对她说。

白色沙漠平滑地反射着刺眼阳光，她掏出一副墨镜，戴上墨镜后，我还能看到那双灰色的眼睛在盯着我。"你看，"她说，"我的身体很有用，不仅可以和你做爱，虽然这改造过程痛苦无比，但如今都值得……"

"娜塔莎！"

我大喊一声。可不知道该说什么才好。

沉吟片刻后。娜塔莎说：

"韩笙，你要相信我，我喜欢你，绝不只一夜的欢情……无论如何，我们已经在一条船上了，我真的都帮你的。"

她一直都在帮我。

可从她的安全屋出来后，我就意识到这个问题：凡是我要去的地方，她也会去，她仿佛变成我密不可分的影子，也许正是这种密不可分的错觉，让我们关系更进一步。我错误地信赖她，爱上她，与她越来越亲密。不可自拔，也会让我在她身上犯下大错。

"我们不该如此。"我说。

"韩笙！"轮到她愤怒地大叫。

事到如今，我还能说什么？我天生就是被女人耍得团团转的命。

[①] 约为15摄氏度。

莫娜如此，娜塔莎也是如此。

这算在哪门子的一条船上？

天空突然传来异响，一架武装飞行器划过天际。娜塔莎立马变回克里斯蒂娜的模样，那副墨镜依旧戴在脸上，看起来有些滑稽。孤儿帮居然有一架侦察飞机，在孩子们眼里，她只是"克里斯蒂娜"……

"知道那些孩子为什么那样仇视这座城市吗？"

真奇怪，身为警察时的娜塔莎明明曾表现了一副绝不会同情犯人的样子……她身上究竟发生了什么？

很小的折叠翼飞机，落在沙丘上，驾驶舱里是彼得和翠儿，他改变主意了，决定亲自把我送到谢尔盖山脉的比弗利顶，然后我可以走路回城。

"因为他们不想上学？"

"韩笙，这样一点意思都没有。"

我摆摆手。

我们走向飞机。蜻蜓样的折叠翼收拢，小彼得摘下防风镜，冲娜塔莎招手——

"克里斯蒂娜，我不放心你一个人，"彼得说，"韩笙大叔是个坏家伙！"

"他坏极了，"她戏谑地说，"翠儿吃醋没有？"

小彼得搂着翠儿的肩膀嘻嘻哈哈的。

看到这一幕，我有些心酸，他们看起来像孩子，但内心已经过早成熟了。我登上了那架飞机。

为什么这样怨恨美兰？娜塔莎的问题始终萦绕在我的心头。这诱使我想到了一些别的事情……绝不仅被一个愚蠢法案禁锢的缘故，比如我之前没想过的：汤姆怎么会变傻？翠儿为什么是个哑巴？我没法把早上的那个泼辣的姑娘和眼前害羞畏缩的女孩联系到一起。还有翠儿扮演薇莪拉的事儿，彼得这个纯情的傻小子会接受吗？自己的女友其实是网络按摩的傀儡。

我试着询问，彼得突然发起脾气。

他把飞机切换成自动驾驶，从怀里掏出匕首。向我逼近。刚刚面对雷哈顿他还有演戏的成分，但现在我毫不怀疑，他会亲手干掉他看到的每个大人。

"是你们伤害了翠儿，现在居然还诋毁她……她是天生的。几乎是。她在很小的时候意外生了场病——我们，我们在一起长大。"

是天生的？那么我们两个人当中，肯定只有我在撒谎。

彼得一副气急败坏的样子，年轻英俊的面孔扭曲起来。翠儿急得咿咿呀呀一头汗。娜塔莎拉住了彼得。被"克里斯蒂娜"触碰，他竟然驯服下来。

"翠儿的父母卖了她。"

彼得把刀子狠狠插进我坐的那条破破烂烂的航空沙发里。

然后他把脸别过去，回到驾驶位，不再看我。

父母卖了她？

剩下的一路上，我一直在思索。

世上有千万种父母，有舍塔尔一家那样关爱女儿但无力复仇的父母；有亲手将女儿送进火坑的翠儿父母；还有我，我这样不称职的父母。

我长叹一声。一只海雀跌跌撞撞，掠过机窗，这里是发生过核战争的沙漠。

它来错了地方，等待它的只有死路一条。

39

我确定，我要闯一次龙潭虎穴。真正的九死一生。被美兰发现，我无疑会像只蚂蚁一样被碾死。但娜塔莎说她会和我共同进退，她不再神鬼莫测地从哪里冒出来，她承诺。

尽管我的不信任已经膨胀到快要爆炸。

她希望，我还拿她当金湾警局的一名密探。

她早就认识K，她在和军用科技勾结，甚至，她早就渗透进了孤儿帮，成了里面的重要一分子。可她的确想亲手了结这一切，把K还有K幕后的人抓捕归案。

在这过程中，她会顺便解决自己过去延伸到现在的小小恨意……
初见诺言依旧有效。

她会尽全力，帮我找到我的女儿。

不再有上载者死于非命，大家以为是美兰的一系列安全机制起了作用。可娜塔莎对我说，K要动手了。

一切只是暴风雨前的宁静。留给我们的时间不多了。

我们制定了周密的计划入侵美兰，起码看起来是这样。整个狠活，我说服了杰奎琳，让她给我提供装备。还有艾丽丝，她丝毫不知道罗伯特背着她做什么。他，奇怪的是，世界第一个强AI，在这期间十分安静。接着，一个意想不到的人约我见面。雷哈顿，他原来是灵思科技公司的某位高层的独子。他居然敢联系我。

他有什么想对我说的？

正好，我也想要找他的父亲。

一则秘闻，则是娜塔莎提供给我的，雷哈顿的父亲其实已经被挖角到美兰，他背叛了灵思。对了，她查到，他的爸爸叫奥汉·奎斯特。正是提出美兰圣诞演出案的人……

我们约在湾区阿尔沃什的一个咖啡馆里见面，周围都是大企业写字楼。广告巨幕、钢铁缠结的大树、数不尽的安保机器，忙忙碌碌工作的人——无论线上线下，是这儿最常见的风景。

咖啡馆挨着地铁，顾客源源不断地被地铁吐出。

我被裹挟在人流中，穿过窄窄的两条钢轨，通往地面的扶梯很长，好不容易来到这里。推门进去，真正的小雷哈顿远和全息投影里不同，还几乎是个小男孩的样子。他穿件深蓝色的小西装，戴领结，一副乖乖仔样子，矜持地坐在窗口旁。

"你不用上学？"一落座我就问他。

"你认为我需要吗？"

侍者适时地给我们上了咖啡，香浓，价格不菲。

"听着，韩笙，我早就认识你。我们都早认识你。你被K耍得团团转，真是可怜。"

我在搅拌一块方糖。

雷哈顿接着说道："既然你是个侦探，你该知道我爸爸的传闻了。"

"他背叛了灵思?"

"是的。我想雇佣你。在他成为美兰职员后,保护我爸爸。K憎恨美兰,他迟早会杀光所有美兰的人,我希望你能救下我爸爸。"

"你们老大为什么会听我的?你可以自己去求他啊。"

"我父亲加入美兰后,帮派就没有我容身之地了。"

雷哈顿说道。

他有些落寞地看向窗外。

一台冒着黑烟的阿尔法机器在远处逡巡。突然哪里传来一声枪响。流动的人群似乎习以为常,全然不惊惶……

"我凭什么要帮你?你当初想杀我来着。你不会以为那还算小孩子的胡闹吧?"

我喝光了咖啡,假装起身想走。

他拍出一张芯片在桌子上。

"我要雇佣你!听彼得说你本来是个警察,你现在是个私家探子不是吗?你一直调查那个叫玛丽的机器护士。5000欧,够吗,委托内容就是:我相信有人想要谋害我们父子,我希望你能保护我们。"

"钱不少,但不够。你低估我了。"我沉吟着。

"不,"他说,"你开个价!"

我交叉食指,意思是乘十。

"如果你真像克里斯蒂娜和彼得夸得那么能干。这很值。你能救我爸爸一命吗,在他遇到真正危险的时候?这只是定金。"男孩的瞳孔变蓝,操作着那芯片。我的账户里也许立马多上不少钱。可我没工夫,也没心情看。

"成交。相信我，我不会纵容任何一个人滥杀无辜。但比起定金，我更希望你能告诉我一些只有你知道的事情，专业地讲，情报——"我微笑着说。

用情报来交换更有用，这是我想告诉小雷哈顿的。这也是为什么我甘愿冒风险浪费生命地和他在这里磨嘴皮子。

"比如说，你为什么会加入帮派。他们对你这种人永远是威胁。你们可不是一路人。"

我用眼神示意，他考究得过分的西装，眼前的昂贵饮料。那些被城市放逐，从现代社会逃离，苦哈哈在沙漠流浪的孤儿们，是不会理解这样的生活的。

得到承诺后，男孩的表情松弛了不少，他掏出一张挺像模像样的合同让我签字。当我的问题提出后，他却愣住了。

他咬着一根签字笔，继续望着窗外，那一瞬间，早熟的男孩恢复了一点属于这个年纪的理智上的脆弱。他思考一会儿，终于说：

"也许，真的很刺激吧。学校消失了，凭父亲的关系，我不用被迫去美兰上学，每天待在家里——你从未见过的、真正的豪宅，我有一座属于自己的游乐场。可我还是无所事事，没有人可以交朋友，没人可以欺负。日子无聊极了。直到K出现，他说他相中我了，问我是否愿意成为他的副手，一起颠覆这个城市。"

"——这事听起来真的有趣，我就答应他了。"

"你现在害怕了。"我说。"因为你父亲或你的生命受到了威胁。你们老大的承诺靠不住。"

他垂下头，不置可否。

我抓过笔，签字。纸远比电子合同安全。

"韩笙,你知道孩子们为什么如此憎恶这座城市吗?"他突然说,"你也想问我这个问题吧?"

我点头。好吧。重点终于来了。

"你不知道上载法案的真正目的。那些公司拿孩子做些什么?"

"不是为了赚钱吗?你们上学,他们赚钱。"

雷哈顿摇摇头。

"翠儿为什么是哑巴?小山雀汤姆为什么脑子不好?"他问我。

"彼得说他们是天生的。"

"他骗你的。"

我们在聊天时,不知不觉,那台阿尔法机器已经移动到咖啡馆外,黑烟滚滚但悄无声息,它的机器头上有一颗很大的雷达摄像头,一只可怖的独眼,贴在玻璃上,它瞄准了着雷哈顿,扫描他,想弄明白他在这个时间为什么没去上学。雷哈顿故作镇定,但发抖的咖啡杯出卖了他。

终于,可怕的独眼机器离开了。

雷哈顿突然站起来,剧烈地喘着粗气,他显然出了不少汗。

他的身高大概六英尺三英寸,还很瘦弱,考虑到他的年龄,待他成年,他会拥有一副更健壮的体魄。但现在不行。

他被吓得不轻。

如果他的父亲被意外干掉(他也不知道他的父亲是否有秘密瞒着他),他的特权就消失了,他会被阿尔法机器逮住,重新纳入上载法案里。这才是他最担心的事情。

"知道我为什么看你不顺眼吗?"他说,"因为你是个黄种人。上载网络和阿尔法机器就是你们这些聪明的亚洲人的杰作……"

我点点头。把小憎恨推广到更大的范畴。K,那个孩子也是如此。合情合理,但其实大错特错。

小雷哈顿靠在沙发上,他缓过来了。

"首先,你知道彼得为什么会跟着 K 东奔西跑吗?很简单,"他自问自答,用嘲笑的眼光看着我,间或长叹一声,喘一口粗气,"翠儿不是天生聋哑。她小时候生了一场病?不。冬眠网络烧坏了翠儿的脑子,准确地说,是她的语言中枢。儿童上载,和成人不一样。根据 K 解码的信息,我们老大他真是个天才,美兰的机器,那些阿尔法机器一直在扫描我们的脑子,收集儿童脑数据是美兰域不为人知的隐秘功能。美兰骗了所有人。孩子们的大脑相比成人拥有不一样的特质,能帮美兰达成一个不可想象的计划。所以,儿童所以才成为上载法案背后的实验母本……"

"什么?"

我瞪大眼睛,好像在听我一无所知的神话。

"韩笙大叔,听着,他们想制造真正的人工智能。

"基于蒙特卡洛搜索树的图灵机在五十年前被认为是不可能的,美兰的科研部门决定收集人脑的数据。当时的某个很强势的部门主脑坚信,仿生永远是最好的。很遗憾他是对的。翠儿不是第一个,也不是最后一个牺牲者。"

我知道美兰疯狂,但不知道会疯狂到这个地步。

"翠儿的父母,把她作为样本,贩卖给开发冬眠网络原型机的实验,那是十年前的事了。"

雷哈顿告诉我,公司第一代原型机用了翠儿的数据,不稳定的雏形冬眠网络烧毁了她的语言中枢,年幼的翠儿变得聋哑。这就是彼得说的那场大病。

而后，有了广泛商用的第二代冬眠机，和如今风靡全球近乎无所不能的美兰域。

我一时间默然无语。

侍者收走了咖啡杯。这次会面似乎到了尾声。

"小山雀呢？"我问道，"他是个痴儿，但曾犯下诈骗罪。"

"你把我们调查得很清楚，"雷哈顿说，"我不太熟悉他。但我听到传闻是这样的：他在某次逃课后被美兰抓了回去，作为惩罚，强制上载了十三天，无疑收集了大量的脑数据，可不幸的是，汤姆智识崩溃了，他变成一个傻子。虽然他依然保有出色的滑板客的技能，在这座城市里没人追得上他……"

我没告诉雷哈顿，我要去美兰大厦救出小山雀汤姆……

救出他之后呢？

我总有预感，过去发生过的这些事没完没了，会继续发生下去。我也有预感，就算他父亲死了，眼前这个男孩也会没事的，我还会在哪儿再见到这个心思缜密的阴鸷男孩。

于是，我问了最后一个问题："你们偷走那个机器护士做什么？那台被拆解扔到废钢厂的机器玛丽，是为了检查强人工智能有没有诞生吗？"

"那是彼得干的。与我无关。"

"好吧，谢谢你告诉我这么多事情。"

我心里已经有数了。

"你真的会保护我，对吗？韩笙。不只是因为钱，你会信守合同或者承诺。K迟早会颠覆这座城市，我求你，到时候帮我们父子一把。K竟然很看重你,你也许不知道,这让我又嫉妒又奇怪……"

这个男孩也许心胸狭隘,但他远比给我的第一印象要来的可爱。

"当然了。"我说,"我们成交了。合同生效了。我不光会保护你们,我也会保护这座城市。你知道吗?这是我一直以来的职责。"

40

奥汉·奎斯特为什么要在圣诞节办庆典?他是灵思的人,为什么来美兰?他到底知道多少内情?还有,谁杀了不听话的魏玛。是夺权的奎斯特吗?那些死于冬眠机器的成年人呢?美兰域里的连续命案是K的复仇行为吗?

我排查了一遍脑海中的嫌疑人,事件脉络仍然不算清晰,但几个关键死结已经解开了。

娜塔莎。克里斯蒂娜。不管她叫什么,她在骗我。这个诡计多端的坏女人。我一直在被她牵着鼻子走。

或许就连我们的第一次相遇都是她设计好的,盖洛莫名其妙的推荐、她的凑巧帮忙,她感动了我,可所作所为又像故意瞄准我内心的弱点……还不是捅破窗户纸的时候。我在艾丽丝那里得到的重铸照片,并不能成为让她俯首承认所有秘密——无论邪恶或正义——的证据。

我需要更多。

罗伯特没再联系我。雷哈顿说,包括美兰域的研发,和所有人想的不同,美兰的计划只是为了培养一位媲美人脑的超级AI。但他已经出现了。我恰巧见识到这个真正AI的诞生,虽然不知道他是否符合"超级"的定义。我突然想起来，他的确说过，美兰正在追捕他。他拜托我，去给他自由。

罗伯特早就知道美兰的计划。

别忘了，某种意义上，他就是老边，那个暴躁强硬胡子拉碴但疾恶如仇的老警察，他的生命来自老边的社交账号、艾丽丝的回忆，来自老边过去在这个世界留下的一切痕迹……

网络上游荡着的无数上载者的意识、网络人K的灵魂、真正的人工智能罗伯特，美兰的网监和其他公司的竞争对手，他们多少在密谋什么，我的城市危在旦夕。

我们的世界还真是热闹。

我驾驶盖洛的飞车返回事务所。他听我要借车，二话不说就答应了，他没问我原本的车到哪儿去了。

前车正疯狂按喇叭，贝多芬大道设立了临时禁飞区，它绕不过去。也许前面的司机刚刚攒够了钱，正急着回去冬眠爽一发。这就是我生存的城市，肮脏、下流，但我不能丢下它。这里生活着众多我爱的或爱过的人，无论是否知道真相，孩子都在疯狂地逃离网络，成人们拼命反向而行，老人则被舍弃。美兰剥夺了人类自由选择的权利。美兰威逼利诱你按他意志行事。我不喜欢这样，人不是人偶。也不该成为人偶。

我拖着疲乏的双脚回家，这是边德增的旧房子，艾丽丝把她的小房子送给了我。拧亮灯泡，我开始给地板除灰，擦拭家具，我幻想着，未来门口那里加装一个提示访客来访的蜂鸣器，在客厅增加隔断，把我那张小办公桌藏在最里面，我还可以雇佣一个年轻高挑的女助理，娜塔莎就很好……

我突发奇想，也许艾丽丝曾在这里为我留下了什么线索，我打开抽屉，开始翻找她留下的那些东西。翻找什么呢？我不知道。

我真怕娜塔莎现在在屋里，可我又发了疯一样去想她……

我和她约好，第二天我们在美兰大厦见面，我们会伪装成访客闯进湾区的美兰总部看看。我既渴望，又害怕，一种矛盾复杂的心情。

这时，门铃响了。

说什么来什么，仿佛在和我开玩笑。我没去开门，五分钟后，门后传来撬锁的声响。我迅速关掉灯，掏出枪，躲到门旁阴影里。

门吱呀一下被推开了，闯入的声音在浓重的夜色显得突兀、响亮。这位不速之客是一个我都意想不到的人。

盖洛。

他背着一挺机关枪摸进来，我在他身后拉亮电灯。他吓了一跳，猛地端枪转身，却和我面面相觑。我慢慢地放下枪，他也是如此。

"喝一杯吗？"我说，嘴里泛起一股苦涩的味道。

我才注意到，他的身后跟着一个陌生人，看警徽，应该也是金湾探子，也许也是布罗基的手下。我的师弟无疑在背着我调查什么。默默关上已经关不严的门，盖洛来到客厅中央坐下。

"韩老大，"盖洛说，"你怎么会在这里？"

"边太太把房子钥匙留给我了，现在这里是我的事务所。"

"怎么没听你提过？"

我去厨房倒了三杯水，冰箱里没酒。我嘴里苦涩的味道更浓了。

他在明知故问，我心想。他是跟着我来到这里的。

"在 2063 年，在赫尔墨斯惨案中逃出来那个幸存者，就是你曾赌上前途救过的舍塔尔吧？边太太也是，她什么都知道，可一直瞒着我，瞒着警察，她在帮你，全程和你单线联系——"

我端着水从小厨房里出来，不搭茬。

"你跟踪我。"

他轻轻笑了，说："韩老大，不要那么信任娜塔莎，她早就想认识你，当初是她让我跟你举荐她。"

"那你为什么答应她？到头来我也不该信任你吗？"

"这与你无关。"

我又想起，在我出狱时，我明明叮嘱他，让他好好做一个好警察，不要落得我和老边一样的下场。那时我握住的那双年轻的手粗糙温暖，和现在他给我的感觉大不相同。他和那个陌生探子一起坐在那里。我搬来椅子，坐在对面。

"韩老大，我不知道你在做什么，但你惹了大麻烦。老奎斯特想见你一面。就在明晚。"

"谁？"哪个奎斯特，那个奎斯特？

"雷哈顿·奎斯特的父亲，他知道你见了他的儿子，而他，马上要正式接替魏玛的职位。他要带着他的权力和技术加入美兰。"

"你跟我到这里，就为了通知我这件事？可明天我没有空。要再喝一杯吗？"我起身为他们倒水。

"并不是，"盖洛用手遮住杯子，"布罗基叫我来问问你，你是否知道，一个由儿童组成的帮派杀死了超过三十个人，魏玛也算在内？你找到了他们，你又平安无事地出来了，但你却没有把这件事情报告给警察。布罗基的原话：'这次没有检察官为你打招呼了。'你惊动美兰了，连环凶案对公司市值影响很大，你把自己牵扯了进来。也许奎斯特是想亲自审问你……"

盖洛终于和我说了实话。

"如果我说凶手不一定是这些孩子呢？"

"那我今天只能带你走，老奎斯特明天要在警局看到你……"

"听着，盖洛，我可以和你走一趟，当证人或嫌疑人，但明天对我很关键，我不能再被审上一天一夜！"

"对不起，韩老大，我最后一次这么称呼你。我别无选择，你也是。"

他亮出了枪和逮捕令。

"对了。最近，有一张照片传得到处都是。"

"什么照片？"

"2063年，火箭中心中逃出来的那个幸存者，也就是后来的舍塔尔。我刚问你了，可你还没回答我。不知道是谁，把她泼汽油的照片流传了出来，地上的那场惨案根本没有外人入侵，是那帮军用妓女自导自演的好戏！

"那些妓女相约杀死彼此，死在火箭中心。她们想用自己的死亡阻止世代飞船抚慰计划，她们成功了，但她们真的害死了很多无辜者，包括那个倒霉的塔弗……接着，同情她们的某个黑客报复美兰，让赫尔墨斯号陨落，至此从军妓女制度在21世纪被再度取消了……后来有一个人偏偏当时没死，她被关押着度过了残生，独自扛下了所有罪孽。"

我轻轻地放下水杯，凝视盖洛，接着说道："很不错的故事。但不可能存在这样的照片。"

盖洛笑了，说："舍塔尔早已死了，那么后来出现的照片只可能出自某个当时在现场的人——她的同案犯。这证明，赫尔墨斯惨案并非仅一个幸存者，另一个在场的人的记忆重铸了那张照片。韩笙，你的确错了，你拼命辩护的，无论舍塔尔还是当时那个在场的神秘人，或者黑客，她们都是有罪的。"

我当然心知肚明舍塔尔都做了什么，所以我承认我确确实实是个黑警。我抛弃了警察的职业尊严，我同情并为一个确实应被逮捕的犯人抗辩⋯⋯

这就我主动认罪，自愿被开除出警队的真相。

另一个真相。

把那张照片故意扩散到网络上，急着为舍塔尔定罪的绝对另有其人。他用某种方法得到了受害者的记忆。舍塔尔没有动机自己举报自己。

"有人现在还原了犯罪的场景，这证明当年案子的共犯正逍遥法外，足以让我们开始审问一切相关人员。包括你。我们要重审你的案子。"盖洛说。

"你要抓捕她吗，'最后的'幸存者？"我问。

盖洛点点头。

"好吧。"我苦笑道。

是谁出卖了我们？脑海中划过一个又一个名字，不是他，也不是她。

究竟是谁呢？该死。

直到脑海有如一道雷霆闪过，一个念头照亮了。

娜塔莎的噩梦、我们被带到医院治疗期间一直昏迷,这个时间窗足够某个人慢慢获得记录并重铸她的记忆……多可怕,他早就设下这个局,利用我的信任,耐心地等待着,在这里等着我。

41

"不用想了,是我出卖了你和她,韩笙。"盖洛说。

那个寡言少语的警察是个狠角色,我想伸手拿枪,可橡胶子弹已经先一步打飞了我的枪,接着三下五除二摆平了我。我最近真是弱得可以。

"你的帮手不赖。"我说。

他握紧拳头,露出改造后虬结的化学高压肌肉。他们两个都笑了,笑得很奸。

十五分钟后,我们离开了我的事务所,而后把我铐在一架美兰直升机上,飞机呼啸着起飞,夜色银晃晃的。我问他:"为什么要这么做,盖洛,为了钱?"

盖洛摇摇头。

"我要代替你,代替布罗基,成为这座城市最有力量的人,我要用这份力量保护这座城市。"

我的嗓子眼被什么东西噎住了。

"他会提拔你吗?"我说。

他又笑了。"你听说那个新闻了吗?最近传得铺天盖地的。"

"什么?"

"美兰发明了真正的强人工智能。130年前艾伦·图灵爵士的梦想实现了。"

美兰抓住了罗伯特，这是我唯一的想法。

"听着，韩笙，再过几年，不，也许几个月、几天。比我们更聪明、更冷酷无情的机械警察就会上线取代我们，不是那些傻乎乎的样子货，我要尽快爬到高位，不然，以后这里就没我的位置了。"

直升机飞过海湾，夜深时分，除去满街霓虹，陆区民居黑魆魆的，湾区则如黄金般在月光下闪烁，对那里的人而言，魔幻的夜生活才开始。那里快乐无边，外溢着白天深藏不露的邪恶。

"我能理解你。如果我处在你的位置。"

愚蠢的盖洛，我哑口无言了。该死的，究竟是谁带他出徒的？似乎是我。我恨不得抽自己两巴掌。你该释然了，韩笙，你自己就是个没原则的坏警察，何况你这个脑子拎不清的朋友。

"盖洛，"我说，"我一直拿你当我弟弟的。"

他沉默地盯着波光粼粼的黑色大洋。我看不清他的脸色。

我这辈子有过一位妻子，几位早已忘却的情人，还有一个刚刚和我产生瓜葛的女人，她神秘又迷人、撒谎成性，但让人放心不下，她是一朵花茎带剧毒的玫瑰。

像这样的女孩们，宛如一只只古怪的妖精，正适合在这样的夜晚出没。

"对不起，盖洛，"我说，"可我还是不能这么轻易被你带走。奎斯特我会见，因为我和他儿子有个约定。"

然后，一艘折叠翼蜻蜓飞机出现在海平线上。孤儿帮及时收到了我在公寓里发出的消息。城市里，一架巨大的探照灯恰好扫过我们，把一小块夜空照得透亮。翠儿的身影模模糊糊地立在机枪前，机枪像有着巨大翅膀的报丧女妖，在海上投下阴影。

我不晓得，这个女孩是那个莫名其妙从我身边苏醒，看起来勇往直前的奇怪女孩；抑或那个跟在小彼得身旁，遭遇种种不幸，畏缩不前的可怜女孩。

无论她是谁。她都开枪了。

子弹宣泄而出，疯狂地打中直升机盘旋的螺旋桨，冰雹一样，发出一声声弹响。

会坠毁吗？

会坠毁吧。

这架飞机。我的人生。

飞行员再也把控不住方向，舱内冒起浓烟。这个世界直愣愣地颠倒过来。

她的偷袭成功了。

盖洛似乎也料到了这一幕。

在坠毁前，他打开了我的手铐。他说："老天都在帮你。答应我，韩笙，如果你能活下去，去阻止他们吧。无论他们是谁。你已经错过一次，不要再错了。韩老大，这真是我这样最后一次称呼你了，这也是我最后一次放你一马……"

盖洛凝视着我，在黑色的狂风中，他的一双眼睛好像望不见底的深渊，我避无可避地坠入其中。飞机呼啸着开始俯冲，烧焦后的黑色灵魂，浓烟般从我身体里涌起，盖洛用力把我推出机门。他微笑着松开手。注视着我的陨落，像是在和谁进行一场告别。

我坠落在太平洋里。

42

一切要从三十年前说起。

那是 2020 年代。

航天发动机和核聚变技术解锁。人们以为,轰轰烈烈的宇宙殖民时代终于要开始了,像这个国家130年前做过的那些事情一样——泰坦殖民地的建成是一个标志。在离金湾大约十五个天文单位外的天外世界,第一次有了人类的身影。

后来的事情出乎所有人意料。

一场严重的叛乱席卷摧毁了新建成不久的天外殖民地。人类低下的劳动效率、在恶劣宇宙环境中不稳定的心志,催生了这次悲剧。这次叛乱的结局造成了大概十五个国家破产,所有投资了星外殖民地的公司都损失惨重,股票成了废纸,商业社会崩溃,美好明天成了泡影。美兰和灵思作为新兴网络公司的代表,却获得了崛起的机会,在他们之前的底蕴雄厚的老牌公司——竞争对手们——在这场灾难中几乎消弭无踪了。接着,企业战争开始了,热核武器袭击了我们,我们也如法炮制还击敌人。

在漫长的动荡时代,金湾作为自由市保持着相对独立,吸引了大批移民。我也在不久后来到非洲和灵思作战。

美兰公司、灵思公司、东美利坚军用科技公司……听听,这一个个光辉灿烂的名字。

我是从波浪里被翠儿捞上来的。

她将我送回娜塔莎的安全屋。地板上摆满枪支弹药。"你也骗

207

了彼得，为什么？"她搀我躺在床上，我的左腹部被一枚碎片打中了。

"少废话，你需要治疗。"她脸上表情不再戏谑，"不然你明天会拖她后腿的。"

"你们是在真心帮我吗？听着，我只是为了找到韩佳……你记得她是谁吗？你们曾经是一所学校的同学。"

我很不舒服，快要昏迷了，唠唠叨叨我曾反复说过的话。她撑不住我的，我们摔倒在地上，我的胸口在冒血，我几乎要窒息了。

"你会见到她的，你会带她回家的！你流了好多血，我得尽快治好你。"

仰头看到天花板黑漆漆的，我想着出狱以来自己这一路上都干了什么。

韩笙，你在这座城市再也吃不开了，以前是你去搭救姑娘们，现在，尽是些姑娘来救你。

翠儿用力把我拖上床。

先是娜塔莎，然后是她。床上细微的褶皱还在，我还是不知道过往的那一切是否都是幻觉。她终于打开灯，我感到一道灼热的光线刺穿了我。她从娜塔莎衣帽间走出来，拖出一个铝合金小箱子。她费力地打开箱子，这是娜塔莎的秘密装备。箱子整齐地码着一排嵌在海绵里的、绿色标签的安瓿瓶。不满，已经用了四瓶。瓶里是水银一样的流动的液体。

"可能有点痛，"她说，"忍着点。"

她撕开我的衣服，胸口有一处很深的伤口，我的嘴巴冒着血沫。伤到肺了，她说。她用牙齿撬掉安瓿瓶口，翘起的铁皮标签划破她的嘴唇，艳丽的血珠挂在瓶口上。

她把水银一样的液体都倒在我胸口上。

硫酸烧灼的剧痛不过如此。

我感到我的灵魂正在脱水、碳化。

"娜塔莎的纳米治疗机器人。你没做过改造，我不知道效果如何，只能死马当活马医了。剩下的看天意。没人能救你，你去不了医院，我也去不了。"

我的胸怀敞开，她并不包扎，我感到那些细小的东西正在将我的细胞活化。

治疗过程至少要等待四个小时，等待时，她打开房间那台小电视消磨时间。怀旧频道先是播放了几部古老的爱情电影。她看得倒是津津有味。我的呼吸缓和过来，哀怨酸臭的台词不断飘入我的耳朵。我忍着疼痛，央求她换台。

她瞥了我一眼，电视换回新闻频道。

电视里，大大的笑脸狗 logo 浮现出来。在我这个角度也看得清清楚楚。

那是一处新闻现场，勇敢的美兰记者第一时间独家报道：

"我市位于日本区贝多芬街道日暮大厦发生一起爆炸，一年以来的第二次，三十五层建筑被大威力炸弹夷平，一百五十六人伤亡，数字仍在攀升中……"

那是我的家。

无疑他们想先下手为强，炮制了又一场惨案。韩笙，你的仇人何其多，因为你，又死了多少无辜的人。知道佳佳是薇楚拉那天，我邀请艾丽丝和盖洛来到我的家,我质问她们,埋怨他们身为朋友没照顾好我女儿。这又是何等不通情理。

那是半年前的事情了吧。现在她们两个都已离我而去。

我头痛得要命。是我,我把一切都搞砸了。

"韩笙,还要继续看下去吗……"翠儿同情地回头望望我。

我轻哼一声,微微摇头,心里想喝上一杯。

于是,在这天的最后……

一阵困意突然袭来,伤口如同闪电般的抽搐。我再也支撑不住头脑了,翠儿帮我拿来一个枕头。我的头陷入松软的枕头里。"晚安。"她体贴地为我盖上被子。亲吻我的额头。像一位照顾生病孩子的母亲。

她关掉灯,也俯下身子爬上床,就睡在我的身边。

黑暗笼罩了我。晚安。我陷入了疼痛的梦乡。

43

天蒙蒙亮,好一场宿醉。

墙上电子挂历显示现在是早上五点。我大概睡了三四个小时。

我想起来自己受了伤,可我的伤口不再疼痛。

小公寓里充满了冷清的气息,翠儿走了。电视又开着(她有多爱看电视剧),不过屏幕已是一片雪花。

我翻身起来,觉得饿得不行。我仔细观察胸部伤口,抠掉那片血痂。真神奇,连皮肤都已经基本愈合了,只留下一条粉色蚯蚓一样的细线。

我在水龙头下面冲洗了一下昏沉的头脑，感觉稍微好一点。翻开隔壁小房间的冰箱，里面只有鸡蛋这一种食物。来不及烹调，况且房间没有灶台。我吞掉了大概十五个生鸡蛋，好像在连续喝某种特调饮品，胃好受了一点。

楼有三层高，小房间挨着海边，一层二层的邻居毫无动静。我们昨晚似乎也没有闹出太大动静。天微微亮，灰蒙蒙的。一个坏天气，也许会有雨。

我对着镜子剃掉胡须，喷了发胶，扑了一点香水——把自己尽可能打扮成一个无所事事的美兰狗——内里穿上翠儿为我准备好的防弹马甲，裤线笔直的西装硬得像塑料一样，还有一只装模作样的黑色公文包，手枪藏在特制腰带里。娜塔莎有办法在美兰大厦搞到武器吗？

我其实不需要特别的武器。

以防万一，我又带了两只水银安瓿，期望它们有机会再救我们一命。

我出发了。小心翼翼地缓步走下楼梯。其实大可不必如此。家家户户大门紧锁，楼里依旧无声无息。

有人在睡梦中，有人在上载，有人在被杀害。

不会有人被我的脚步惊起，打开门，用狐疑的眼光搜寻我……

我摸到楼下，打开楼门，角落有一个监控摄像亮着红灯。但是无所谓。

防盗门嘀嘀嘀的在我身后上锁。

清晨冷冽的风刺痛了我的脸。我的飞车停在路边，它被修好了，

211

孤儿帮做事够麻利,也许是"克里斯蒂娜"出发前给孩子们下达的任务。

我钻进车里。鼻腔里全是焕新的皮革味儿。"早安,韩笙先生!"熟悉的博纳语音助理向我问好。

"祝您拥有美好的一天,您的账单已发送至……"

"闭嘴,蠢货。"我掐断了喋喋不休的机器。

…………

安静真好。

不一会儿,引擎轰鸣。我发动汽车,向着旅途终点驶去。

44

"先生,您想要办理什么业务?"

佩戴金色女神面具、身姿优美的女职员问我道。

这间大厅宛如艺术品,在白色整洁的引导台后面,十位相似打扮的女孩围坐成一个圆,面对四面八方。井井有条地应付着访客。无数皮鞋踩在昂贵的大理石地板上,发出嗒嗒声。

我开门见山:"我要见奎斯特。警察局的弗里达局长让我来问他一些事情,有关上载谋杀。"

"好的,告诉我您的访客码。我会查询您的预约。"

"不必了,你现在打给奎斯特,这事儿很紧急,我没有预约,但他知道我要来,告诉他我叫盖洛,他什么就都明白了。"

"好的。"金色女神只迟疑了一秒。

她的眼睛变成钴蓝色，代表她正拨通奎斯特的办公室——那里本来属于魏玛。奎斯特的秘书通报上传。大约十五分钟后，金色女神的眼睛恢复正常。

"盖洛先生，您可以进去了，奎斯特先生在56层等您，会有人指引您。他会在半个小时后抽出时间来与您见面。"

"谢谢。"

我穿越走了足足一英里长，一条长长的大道，接待大厅堪称广阔，头顶白色的贝状穹顶让我想起了悉尼歌剧院，普阿蒂尼的歌剧在远方回荡……正式进入大楼办公区前还有几道安检，是那些讨厌的闪烁红光的小机器人，绿岛监狱到处都是的那种玩意儿。戴绿蝈蝈头盔的安保斜挎电磁步枪，向我颔首示意。

翠儿交给我的腰带是特制的，我安全地通过了第一关，带着武器进入大楼。安检后走出不远，居然出现了一座花园，史前文明式样的圆形陶片围住一小片从南美移植来的热带雨林，何等奢侈，一只栩栩如生的几内亚狒狒攀附在枝头，它不吃水果，对宾客的投食毫无反应，因为它身体里全是电路板、铁皮和机油。我对它吹了声口哨。你好啊，我的硅基小兄弟。这惹得几个公园长椅闲坐的美兰人对我侧目而视。

美兰使用内网办公。我没法通过网络联系到娜塔莎。

这时，一位女士从F1层旁通往旋转大厅楼梯出现。

她正是负责指引我的工作人员。

她的脸庞五官紧致平坦，看来像个韩裔，只是细长的灰眼眸亮晶晶的，唇彩细润鲜艳得恰到好处，身披一件昂贵的普拉琪亚麻灰大衣，深蓝的无褶牛仔裤，蹬双诱惑力十足的小牛皮靴子。整个人像刚从精致商业广告画里走出来。她两根手指夹着一只点燃的细长女烟。抽了两口后,她掐灭了烟。

欣富罗莎·金

她胸牌上的名字,公关部职工,等级 B3。

"娜塔莎?"我试探性叫了一声。她好奇地歪过头,微笑一下,说道:"韩笙先生,请您和我走。"

我们进了电梯,挤在二十个西装革履的美兰人中。

电梯以每秒五米的速度升到大厦三十层架空层,我的女引导带我下了电梯。

"前往奎斯特先生办公室需要换乘另一座电梯。"她向我解释道,眼睛却看向一个摄像头。监控摄像头后是大厦的安保中心……要小心避开那里,她试探的脚步分明是这个意思。

越过摄像头,转个弯,她对监控死角一清二楚。我们没有到下一部电梯。推开几道玻璃门,出现一道幽深不见底的闪烁应急灯的长廊,除了少数闪烁的几盏应急灯,到处漆黑一片,空调停机了,空气很热,满是消毒液的味道。我们蹑步在这黏稠的黑暗里。

"这是去哪?"

她快步匆匆,"不要说话,韩笙,他们还在听着——"

她压低声音。

这是美兰的某个研发区。我们正穿过一间又一间被隔离封闭的实验室。黑暗中,偶尔有一位穿乳白色实验服的研究员在门后注视着我。门框玻璃后一闪而过一张张窥视的脸。那些人嘴空洞洞地张着。他们怎么了?地板沾了什么?滑溜溜的,墙角好像有一些污迹和毛发。这片区域被封闭了。门上都挂着封条,贴着警示标志。那些人是被关在里面出不来的囚徒……这是怎么回事？

"他们的自我（ego）都被吞噬了。"娜塔莎说。

"什么？"

实验室变成了囚牢。应该走到头了，最里面还是一间封闭的实验室，很大，模模糊糊看到房间中央有一张窄窄的铁床，上面却盘踞着一团山一样的东西。凑近能看到五官，你就会发现，他其实是一个人。小得可怜的头颅，姜黄色的短发，他丑陋的头颅上挂着一副冬眠设备。那是一个无比肥胖的人，身上的脂肪像瀑布一样流下，堆积在床角。

"汤姆？小山雀汤姆？"

我认出他了。

可怜的男孩，为什么会变成这副模样。他就是造成这个区域被封闭的罪魁祸首。

"这些脂肪，"娜塔莎说，"帮助他不需要冰块和冬眠仓，就能一直沉浸上载，防止他烧掉自己。"

这就是美兰给他喂出这么一身肉的原因。

无人看守囚笼的白色墙壁上冒出点点红光。

"没人看守他，因为在他身边每个人都发疯了，就是你看到的那些被隔离在门后的人……这个区域是禁区，必须速战速决，美兰随时有可能发现我们……"

我对彼得立下承诺了，必须救出小山雀汤姆。好吧。现在是胖山雀汤姆。

"这是个风险不小的活儿，"娜塔莎说，"不过你做得到。"

"该怎么办？"

"你来上载，在软件层面把汤姆的意识和美兰域切断，等他下线。他吞没 ego 的意识融合能力就失效了。"

意识融合？

小山雀汤姆似乎获得了某种奇异的力量。

我相信了小雷哈顿的话，美兰的确一直在收集儿童进行某种可怕实验。但显然，以汤姆为材料的实验失败了，现在连美兰都不知道该如何处理是好。

美兰真是恶行滔天。

我咬着牙，已经出奇的愤怒了。

"我们该怎么把这么一大堆东西带出美兰大厦？"

"我们从来不需要这么多东西，汤姆的身体已经死了，我们只要救他的大脑……"

娜塔莎从不知道哪个角落里的实验柜里，翻出一套金属盒装设备，她轻车熟路打开盒子，原来是全套取脑设备，整个底面是硬化的多分子固化氮，激活后冷得够呛，可以低温保存提取好的脑组织，对汤姆而言，这些足够了。

——真的太奇怪了，我们需要营救的只是一个人的大脑。

"好吧，我来上载，你来取脑。"

"戴上头盔，"娜塔莎递给我设备，上面还沾着陌生人湿漉漉的头发，"你们的意识要并联在一起。阿笙，我相信你足够坚强，汤姆不至于吞噬你。"

阿笙。她对我的称呼突然亲密起来。

我才注意到，汤姆的床旁的墙上的不是应急灯，而是一台台堆叠在一起的计算机处理器。处理器正在运行着，正闪烁着灯光。

"好吧,"我说,"我会救他的。一切都包在阿笙的身上。"

45

熟悉的感觉。

这是我第三次进入美兰域,天知道美兰域有多大,又有多少隐藏区域。

娜塔莎又帮我充值五万欧,很多钱,大手笔,足够我在美兰域待上一天一夜。

可我并没有那么多的时间。

头痛消失,意识如泥牛入海,等我苏醒,我发现自己出现在一条正在疾驰快要飞起来的电滑板上……

糟了,我想,我不会用这个东西。

在板另一头,和我一同驾驶滑板的是那个男孩,他侧过头,漠然无光地注视我。他操控滑板在空中翻了一个花。

我则被这块该死的板子掀翻在地。

"汤姆,等等,我是来救你的!"我喊道。

可他没有等我。滑板下方是连绵的水晶山脉。玻璃般质地的大地反射出一大一小两个光亮的小点。我的眼前一黑,意识崩解摔落在水晶一样的数据地面上。

我又被扔到哪里?和之前娜塔莎的梦魇一样,那些水晶也许代表汤姆的回忆,我要被吸入这个可怜孩子的记忆碎片中了?

翠儿变哑是被烧坏了语言中枢,雷哈顿告诉我,汤姆被美兰强制上载才毁坏了整个大脑。可现在,我看到了事情更多的真相。彼得也出现在汤姆的记忆碎片中，可他显然没对雷哈顿说真话。雷哈顿终究还是被排除在孤儿帮真正的核心圈子之外……

这有关汤姆·伯德为什么会变成如今的模样。

天空高高飘扬着一面蓝色幼鹰旗——轰动一时的美兰天才少年选拔赛，这是在我入狱后，美兰域公测上线前的事了。美兰举办过的唯一的面向民间筛选天才的大规模比赛，奖金高达一百万欧元。十分诱人。聪明的汤姆·伯德。家境贫穷的汤姆·伯德。可怜的汤姆·伯德。他势在必得。

那时候他已经犯下了几桩小小的诈骗案。

他参加这个比赛，并认识了肯尼·德卡沃，也就是K——孩子们的King。

在这个选拔性质的比赛里，美兰让这些智力超群的孩子解题、闯关，赢者通吃，败者全无。每个人憋足劲明争暗斗，可汤姆和肯尼两人惺惺相惜，成了朋友。

在所有孩子中，汤姆自认是除了肯尼外最聪明的。汤姆的大脑告诉我，决赛出现意外，肯尼突然失踪。就在汤姆自信满满，以为冠军唾手可得的时候，终于，美兰提出了最后一个问题。他傻眼了，那个问题远远超出智力游戏范畴，甚至到达验证某个宇宙真理的程度——分析某种时空规度的隐变量的影响因子。这种隐变量会影响光子的极限速度。

汤姆心想，也许，美兰想选拔的是一位有助于其太空殖民事业的少年天才。

1000位天才少年中仅剩的10个，绞尽脑汁地计算着问题。

最后一场比试足足进行了十三天，赛况惨烈极了，每个人榨干仅剩的一点点脑力。他们就那样手不停笔，眼不离屏幕地写啊，算啊……

这个比赛自然是个陷阱。

我现在已经知道了：美兰办这个比赛只是为了收集孩子大脑的数据，推进真正 AI 的研发。

一切都完蛋了。

美兰域里，他模拟出日月星辰，观察寻找宇宙隐变量的那条规律。他在一块卵形的月石上书写草稿，月亮上没有空气，没有声音，他要周围保持绝对的安静。

可他算不出来。

进展太缓慢了。价值 100 万的桂冠要被另一个人摘走了。汤姆着急地吃下提前准备的药物——当然是违禁品——黑市上称它为四号化合物。

黑帮兜售给他。类似短效兴奋剂，可以提升智力。

一起比赛的伙伴告诉他，那个进度最快的孩子也吃了药……

我满身污秽，可这个比赛没人是干净的。汤姆这样想。

结局你自然能料到，汤姆被耍了，他不知道自己为什么失败。那个夺冠的孩子是美兰请来假赛手、假天才。而四号化合物的副作用很大……

视线变成茫然一片的牛奶一样的凝白。

稍后，能看清桌上有一张摊开的晚报。少年天才获胜者的大幅照片占据了最显眼的版面。他捧着奖杯和支票,笑得虚伪狡诈。他的父亲就是美兰人,而美兰的科研部门早就解决了那个隐变量的问题,研究出最新的星际引擎。

当他解题的进度条达到100%,最终宣布夺冠那一刻,汤姆的脑袋爆炸了。

不。那台冬眠机直接爆开,他被炸伤了头部。送往医院后,他的体温持续在112华氏度三天三夜。医生们以为他活不下来了。

他就变成这副样子。

汤姆的人生是一场彻头彻尾的悲剧。

整整三个月,汤姆在医院生死未卜昏迷不醒,汤姆的大脑数据,他的智力,他的一切潜力,他引以为傲的一切都被美兰偷走了……

我们只是一无是处的穷孩子,美兰不应该欺辱我们——在最后的一副意识画面中,我看到K出现了。他如此说道。他面对着我,但眼前好像唯有一片空无。这只是K留在此处的一个幻影而已。

美兰故意摧毁了汤姆的头脑

那段时间新加入孤儿帮的孩子才相信,肯尼失踪前所说的一切都是真的。

美兰想要毁了我们,美兰域的存在会伤害所有的人

我像浏览一部影片般看完了汤姆的前半生。

第一次见到汤姆我就很奇怪:他喜欢土星十五号,擅长电滑板这样的危险玩具,怎么会是一个傻蛋?记忆碎片仿佛灰尘,随着一阵风吹过逐渐消逝。

渐渐露出了这个世界的本貌……

我终于来到彼得的面前。

那是一颗巨大的茧，安静地摆在这片荒芜的意识世界中央，和娜塔莎最后的精神世界酷肖，也许每个人的心灵到最后都会如此相似……

半透明的茧皮中，有一个姜黄色头发的婴儿正在上下浮沉。

那是汤姆。

他被包裹在层层叠叠的意识茧中，白色的鬼影——被他吞噬的他人的意识飞旋在婴儿的周围，不住地哭号着。

我们的时间不多了。

只要救出了汤姆，佳佳就近在咫尺。

我该怎么唤醒沉睡的汤姆呢？

"韩笙！装成他的爸爸和他说话！"娜塔莎的声音从邈远的世界外传来。

冒充他的爸爸？

"美兰的实验搞坏了汤姆的脑子，赔了一笔钱，钱很少，汤姆的吸血鬼养父母，他的姨夫姨母，当天就全花光了。太过分了，韩笙，那是汤姆用命换的钱。如果汤姆还有什么没有实现的愿望的话，他希望能再见亲生父母一面。"

"我该说些什么啊？"

"把你想对韩佳说的话先通通告诉汤姆吧！"

我明白了。

好吧。我明白了！

我轻轻拍拍大茧，手掌传来柔软又坚韧的触感，这次我的大脑

221

没有灼烧的痛感了。我已经渐渐适应这个世界，欧元正随时间缓缓减少，让人焦虑。视野顶端投放了付费广告，这是美兰域这两个月新推出的业务。茧里传来一阵震动。我的手心暖暖的。

"汤姆，"我说，"你可以哭出来的，不用忍耐，你还没有到成为一名男子汉的年纪。你需要我的帮助。"

"你在说些什么？"娜塔莎问。

"我会带你离开的，汤姆，我承诺。大人的承诺。听着，我还是没法假装你的爸爸，他是这世上独一无二的，不能被任何人替代的，不是吗？可请你相信我，再相信我一次。我请你吃了一碗咖喱饭，你要教我学滑板？你还记得吗？你是全金湾最棒的滑板客。"

"听着，韩笙，我说……"

"闭嘴！"我愤怒地对着头顶广阔无垠的白色吼道。

"我是一位父亲，"我说，"世上有那么多不负责任的父亲，可也有全心全意爱着孩子的父亲，汤姆，不是每个人都会让你感到失望的……相信我，我一定会带你离开这里。

"我保证。"

茧近乎波澜不惊地微弱颤动。

我在期待着什么？

他的思维还活着，他是个痴呆，他的身子在膨胀，被输送营养的机器连着，他被彻底毁了，他像一座肉山一样，困在美兰大厦无人问津的一间孤零零的实验室里。他还能要求什么呢？

杀……了……我

于是，我和娜塔莎听到了茧的声音。

"我会杀了你的，如果这是你的愿望。在你离开这里之后。"

我说。

巨大的茧像爆竹一样爆裂了。浓厚又黏稠的孤独和欲望斑驳的死亡浇了我一身。绝望的白色正在褪去。美兰域的计时消失了，视野上方无穷无尽的广告消失了。

"可以了，韩笙，"娜塔莎说，"我开始准备取脑。"

46

汤姆的大脑脱了壳的籼米一样的洁白，血管晶莹剔透得像蓝水晶。

他好像变成了一块玉，或一块凝脂，

娜塔莎密封好盒子，底壳固化氮升华的冷气彻底覆盖了他。可他似乎还在发出闷闷的"杀了我"的绝望声音。

"该面对最后的真相了，我们的动作要再麻利点。可还有一段不短的路要走。"

娜塔莎说。

"我会见到佳佳的，"我说，"我确定她就在这里。"

"我会陪你找到她的，韩笙。有些话我没说过，可我知道你心里清楚。"

我点点头。她摘掉伪装身份的眼镜，束起头发，脱掉属于欣富罗莎的工作装，露出穿在里面的猛犸战斗衣。

处理器的红灯变绿，实验宿体走了，它也不再工作了。

"我能发现汤姆的位置纯靠走运。但你的女儿，我始终找不到她在哪里。也许你应该去见一下老奎斯特,逼他一下,他知道一些小雷哈顿不知道的事情。"

她活动了一下手腕,从挎包里掏出一只小巧玲珑的银色伽马光枪。

"潜入时间结束了。现在该战斗了,韩笙,我会制造骚动。你趁机去藏武器的地方,再去奎斯特的办公室。只要我闹得动静足够大,就不会有人注意你。"

"分开行动?"

她点点头。

"现在你只会碍手碍脚。"

在带走汤姆的大脑后,研发部这块区域似乎被彻底关闭了。走廊里原本还敞开的少数大门全都上了锁。那些失魂落魄的研究员都不见了——他们都倒在密封门后。

每扇门需要指纹和虹膜双解锁。

娜塔莎不断地站在门前,开启它们。

她脸上的AR面具不断变换成不同的人脸。甚至,里面有几张男人的脸。我看到了死去的魏玛,以及美兰主管金湾大部分业务的某位副总裁。她的眼睛正接连不断地放出不同颜色的光芒。

我们回到三十层架空层,已经是下午四点,一天即将结束,太阳快要落山,美兰大厦会在一个小时后结束所有访客来访。

"为你预留的武器标注在地图上了。"她递给我一块芯片,就头也不回地走向另一个方向。

接着,耳边传来了爆炸声,还有恐慌人群的呼喊声。

她现在的名字是欣富罗莎。不是娜塔莎。她不是金湾警局探员,她是专门潜入美兰复仇的"恐怖分子"。

我一边读取她的芯片,一边走进此刻恰巧停下的电梯。

电梯正循环放送安保中心的紧急警报:

——有帮派分子潜入大厦袭击职员。所有人员务必不要在楼宇间流动,也不要离开大厦,回工位待命。所有访客自行寻找隐蔽处,不要与武装分子正面冲突。

电梯里依旧挤满人,这回每人脸上不再是一贯的冷漠和放松。恐慌和焦虑正在传染。

面朝阳光充沛的中庭方向的电梯外墙是透明的。

一朵小型蘑菇云正在从大厦中央升起,火灾警报和安保铃的啸叫响成一片。无数荷枪实弹的绿蝈蝈头正在涌入其中。天知道娜塔莎怎么做到的,她小小的身影在炸弹形成的浓雾中消失,然后又突然出现,唐刀恰到好处地刺入美兰士兵的后背,溅出黑色的血花。

她在人群中跳舞,宛如湿婆的死亡之舞。没有人能击中她。清脆带响的刀光如花朵一样盛开在不断流出的鲜血里。

"那是什么?!"

有人恐惧地大叫。

电梯停了,美兰人蜂拥而出,把我也挤出电梯。我暗暗骂了两声,却被一个人拉起来就跑。

他似乎认错了人,错把我当成一位要好的同事。

"四十一号实验体逃跑了,事情麻烦了——"

我被他拽进一间昏暗的办公室,这里挤满了避难的幸存者。每个人要压抑着呼吸,观察着外面的动静。到处都是浓重的夹杂臭味的鼻息。我扭开他的手,想给他一拳,可他坚持抱着我,回头直愣愣地看我:

"是我啊,韩笙。我是边德增!"

拳头就悬在了半空。

边德增。那是二十年前老边的脸。

"罗伯特!"我终于认出他来了,"你怎么会在这里?"

"我在逃跑。你要信守承诺,救我离开这里!"他说,"他们抓住了我,我就是第四十二号实验体!"

那么四十一号就是汤姆。

罗伯特说起人类语言已流畅许多,不再让人费解。他被美兰抓住了。难怪这段时间联系不到他。他的手温度极低,冰冷刺骨,他的能力又进化了,侵入不再局限于孩子的大脑。他的脸看起来和年轻的老边相似,但能看出破坏重组的痕迹,他为自己做了一场整形手术?那双眼睛呆板得像木头。

还是说,他这是侵占了一具尸体?

"带我回到艾丽丝那儿,她看不到我会担心的。"

他突然冒出来的发言让人意想不到。

好吧,担忧的事情发生了,存在的时间越久,他体内一些东西的反应就更剧烈。更生动非凡的临场反应,但也让他出现了一种混淆。慢慢地,他以为自己就是边德增本人。他说话不再结巴。他成长了。可他的年龄还只是个婴孩。

他像人又非人。

他也许需要一个人类来好好指引他。我现在必须带他一起走。

"跟我来。"我说。

电梯停运,到处是娜塔莎造成的骚乱。

我们沿着防火楼梯一路向上,娜塔莎标记的装备在四十四层,对华裔不太吉利的楼层数字,推开楼梯门。突如其来的流光溢彩几乎晃瞎我的眼,眼前出现一道金碧辉煌的仿古影壁,两个举着茶盘的服务机器人守候在一旁,那里有一座小桥,桥下是潺潺的流水,能听到微弱的箜篌或箫的声音,这是大厦里一家主打中国风的高级餐厅。

我们似乎来错了楼层。

罗伯特像感知到什么,拼命地拉着我往前走。"喂!有什么危险吗?"果然,两个蝈蝈头恰好冲了进来,他们打碎影壁,枪杀小机器人,炸断石桥,体面的客人号叫着逃走。他们远远地看到了我们。

"报告,发现逃走的实验体——"

"都怪你,罗伯特,"我说,"你能少惹点麻烦吗?"

"韩笙。找麻烦的。不是我。"

也许因为过于紧张,他说话又开始结巴了。

我怀念我的鲁格手枪,我的好搭档,显然手枪在这种情况下也派不上什么用场。罗伯特过于紧张,以至于产生了四肢无力的保护性反应,看起来像呆站在原地。"人类的身体,弱。"他大叫道。换我拖起罗伯特,好在他没有体力不足的说法,我混进逃跑的人流——一大片西装革履,很难分清彼此。

士兵们在身后紧追不舍。

我们右拐。左拐。拐来拐去。可就是甩不掉。

我发现一间敞着门的大办公室，立马钻了进去，里面有个很大的档案柜。"你躲在里面。"我命令罗伯特。我抽出袖珍手枪，埋伏在一张办公桌下，一枪打碎了亮着的吸顶灯，它碎得惊心动魄。蝈蝈士兵噔噔的脚步声越来越近。

我紧张地拨弄保险。

一只包裹在复合材料装甲里的脚掌率先伸进来，头盔上的灯横扫，没发现我就四处扫射。我趁他看向别处时扣动扳机，打中了他的耳朵，小小的枪怎么能发出了这样巨大的声响。银色的子弹旋转着，居然击碎了蝈蝈头盔，边爆炸边前进，像一管极小的雷管，炸开他的耳骨。惨叫震翻房顶。

翠儿送给我的这只小巧的手枪，我被它巨大的威力惊呆了。

另一位士兵操起激光步枪射击。死者轰然倒地，我躲过射击，办公桌正面成了一摊融化的灼热软泥。我瞄准时机，攻击剩下的士兵。可没打中。

罗伯特在柜子里也发出痛苦的号叫。士兵扔出了一枚闪光弹，然后冲向了柜子。

白光一闪。

我暂时失明了。

罗伯特完了，我心想。

大概五分钟后。

在我恢复视力，努力睁开通红的眼睛，想搜寻见证罗伯特的惨状。可想象中被高能激光灼烧的血肉翻腾的场景没出现。罗伯特飘浮在空中，他的身周笼罩着惨淡的蓝色光芒。士兵的蝈蝈头脱落，那是一个有着土黄色头发的年轻人，他的身体在蓝色光芒中剧烈颤抖,双眼直勾勾盯着天花板,整个人僵住了。

他的身体噼里啪啦地乱响,他的鼻孔和嘴巴正流出血来。

然后,是他可怜脑袋瓜内容物的碎片。

那些红白夹杂的东西从他的七窍里流出来……

罗伯特着实吓到我了。这就是他自保的手段,给我好好露了一手。他在现实世界学会的新能力。简直匪夷所思。

尸体倒下了。

做完这一切后,他疲累地瘫坐在地上,一动也不动。我去拉他起来,他重得像头大象。他不呼吸,简直失去了所有的声响,那样萎靡地瘫在地上。眼睛还不时转动一轮,像是抽搐,提示我他还没死。

他摧毁了士兵的大脑,耗尽了几乎所有的力气。

他需要一段时间来恢复。

我在黑暗中观察四周,这是一间能容纳三十个职员的集体办公室,而小组主管的私人房间就在隔壁。鬼使神差般,主管的小办公室的灯突然亮了。

电路错误?

或者有人在那里。

我小心翼翼地靠近隔壁。我踹开门,里面没有人,突然亮起的灯光原来是一台电脑屏幕。灯光下,办公桌颜色惨白。一条待客沙发就放在墙边,墙有两扇内窗,中央空调还在工作。这间办公室的主人,似乎才匆忙离开不久。恢复工作的电脑屏幕是一块很大的立式塑料板,无疑,主机还在工作。我好奇地凑过去,主机密码用我随身携带的黑客设备轻松解决，上面出现一封还没来得及关闭的文档。

文档密级为C，并不算太高，显然是关于调查她的。

我看见上面画着一副表格：

A：娜塔莎·格里波娃	俄罗斯籍	金湾警察总局下级探员
B：李美潼	中国籍	市政府公立医院护士
C：莉莉	日本籍	军用科技中级代表（疑似情色上位）
D：克里斯蒂娜·？	美国籍	已渗透某黑帮内部
……		

表格长得拉不到头。

我粗疏地数了一下，娜塔莎的伪装身份有上百个之多。这只是美兰情报部搜集到的一部分。她潜伏在不知道多少机构，渗透了这座城市能渗透的每个角落。

表格上一连串名字、身份让人头晕目眩。

我不清楚娜塔莎。不。我不知道该叫她什么。她有一百个名字，她又没有任何名字。

最后，这份C级档案末尾写道：

> 已怀疑该犯潜入我司。有较大危险。具体信息未掌握，望继续细察
>
> ——抄送十三份至（XXXX/XXXXX/……）
>
> ——同意申请

——任务拟交送奥汉·奎斯特处理

我小心翼翼地关闭屏幕。

因为我听到了一阵沉重的步伐。是罗伯特。他占据一个人的身体,可脚步还是重得像个机器人。他在呼唤我:"韩笙,你在哪里,我必须要走了……"

听。

他恢复如初了。

我带走了那份档案。迷人的姑娘,她有秘密,不是吗?

你会对她感兴趣的,她是你离开后我们最棒的警探。

盖洛推荐她的声音仿佛犹在耳边。

47

我找到了娜塔莎藏起来的武器,包括一身崭新的猛犸紧身衣。

武器的模样古怪,但可以轻易把大厦的混凝土层烧出一个大洞。"量子反相粉碎机……"我轻轻念着武器说明书。这是新研发的试验性武器。发射的量子反相光束可以震动脱离物质层面的自由电子,让物质土崩瓦解。

我看不懂,但这把枪好像很厉害。

罗伯特在好转,他的身体越来越灵活,已经能做出弯腰一类的动作了。他施展一次能力,至少要两刻钟的时间来恢复,我默默记下来时间。

我就像回到了非洲战争时。猛犸作战衣、一下轰掉敌人脑袋的趁手武器，只缺杰奎琳的那台大地步行者，所向披靡的陆军第七小队就回来了。

娜塔莎发了信息给我，她终于破解了美兰障碍重重的内网密码。

她告诉我，她已经发现了韩佳的踪迹。

他们把她当做实验体（也许就是四十三号）关在某个地方，可她是自愿来的。我需要奎斯特的帮助来确认位置。当务之急是找到奎斯特，他应该就躲在他的办公室里。

是的。他还在。

那间富丽堂皇的总裁办公室几乎占据了五十六层西翼的大半，玻璃护栏围住一条供访客通过的吊桥，桥下的拟态峡谷属于五十五层的稀有植物乐园。尽管美兰域上应有尽有，但彰显美兰财力的最好办法，就是让美兰成为让人艳羡的现实……石阶延伸到一座小小的人鱼喷泉后，一排接待厅围住老板办公室，好像围住城池的黄金城墙。一条金线分割了办公区域，这里更像一个度假庄园，古董和油画到处都是，想要彰显新主人卓尔不凡的气质，打破和谐的，是几具穿着猛犸紧身衣的尸体，横陈在昂贵的大理石地板上。

他们都死于上载过程。

碎裂的冬眠机器散落了一地。

这就是美兰的网监部队，美兰的特殊网络作战小队。罗伯特很熟悉他们。

一路上，能看到越来越多尸体，都是一枪致命，娜塔莎早一步来到了这里。

总裁办公室在一丛高大的室内芭蕉树后犹抱琵琶半遮面。宽大的树叶掩映着气派的大门,我用力推开大门,静极了,唯有门轴"吱呀"一声。

这是个套间,空气不新鲜:火药味、血腥味、一点源自1953年古巴金典这个牌子的香烟味。我注意不要踩到尸体的头发。

奥汉·奎斯特就在最里面。

这是我第一次见到他,他有着小雷哈顿一样尊贵骄矜但阴鸷无比的蓝眼珠,他的头发秃了,嘴巴叼着那颗未燃尽的古巴香烟,眼袋很重,像驴的睾丸,沾血的白西装(没沾血前一定很体面),双手如鹰爪一样反扣在桌上。他还活着,正襟危坐在同样气派无比的办公桌后,正努力把气喘匀。桌子角落还有两杯没动的茶水,杯子是昂贵的景泰蓝瓷器。

还有一把折断的唐刀,就在茶水旁。

我的心脏顿时抖动了一下。

在房间角落,是一台冒烟的巨大的战争机器。

机器的一半陷在砸碎的混凝土墙里,瓦蓝色的水晶般的驾驶舱接缝处渗出血水,延伸到腹部,负责控制机器下肢的四条根粗大的电缆被切断了,液压传动减震装置也一塌糊涂。战争机器的电池仓伸出来,像被折断的冒着电火花的树。

娜塔莎正颓然地靠在墙边。谢天谢地,她也还活着。

好一场鏖战。

"你就是传闻中的韩笙吧。"

我听到一个不含感情的声音响起。语调冰冷。音色好像某种强硬的固体。办公桌后,看起来垂死的男人突然开口说话了,老奎斯

233

特说,他很期待见到我。

"你终于来了。我早就想和你谈谈了……"

他认识我。

我把物质分解器步枪对准他身后的空气,墙上浮雕着碎成三瓣的滑稽的笑脸狗。我是接下了雷哈顿的委托,可我想不通现在还有谁会比我更想干掉奎斯特。

"我的女儿在哪儿?"

我向他展示,自己会毫不犹豫地扣动扳机。

可他却不为所动地狂笑起来,嘴角留下一线鲜血。他在笑,好像他已经确认自己才是最后的胜者:

"我不会让你带走薇我拉。薇我拉是我最后的杰作。"

他不笑了,严肃起来,一副谈事情的表情。他从桌子旁搬出那个盒子,装有汤姆大脑的那个。

"这个孩子,是我儿子的朋友。如果你们现在离开,我可以让你带他走。但你只能带他走……"

"我不是来讲条件的,奎斯特,"我说,"我来带回我的女儿。"

"既然你执意如此。"他痛苦地咳嗽了一声,他的肺受了伤。

烟头掉了,他吐出一口带血的唾沫。

"你不是个聪明的探子。"他痛苦地说。

娜塔莎发出了一声轻微的呻吟,一根细细的折断的钢筋刺穿了她的大腿,我举枪对准奎斯特的头颅,一边慢慢地靠近她。"罗伯特,"我呼唤道,"帮我个忙,我的包里有个银色小瓶,把里面的东西洒在女孩的伤口上。"

没人回答我。

罗伯特什么时候不见了？

"你们都被它耍了。"奎斯特说。

我预感到一些不妙的事情正在发生。

身后的门突兀地被关上。奎斯特陷入了可怕的沉默，我突然明白了，他在等待着什么。也许是一个能翻盘的奇迹的发生。我不再理他，一边用余光观察他的手，一边掏出纳米机器，拔出钢筋——居然刺穿了猛犸紧身衣，我咬开瓶盖，把安瓿瓶里的液体全倒在娜塔莎身上。

"太浪费了……"我听到娜塔莎喃喃低语。

奥汉突然抬起手，我条件反射般扣动扳机。他的整条手臂蒸发般消失了。真是奇特，一点血都没流。

奎斯特依旧微笑着，用充满玩味的眼神大大喇喇地盯着我们。他举着残肢，偏过头，那原来是一副侧耳倾听的样子。

他的样子很陶醉，咧开嘴，露出白色的尖锐的牙齿。这个老狐狸。他疯了。他的嘴唇越咧越大，狞笑一直挂到耳朵边。"——我的理论是对的。灵思成功了。"他的声音扭曲，像怪物的尖啸。不好的预感到达顶峰。

我似乎听到一个年轻的女孩——佳佳——的声音。

微弱的浅吟低唱。

她吟唱的，是专属于网络的"咒语"。

于是，刹那间，四面墙壁像被施加了魔法，万物开始变形。巨大的战争机器被一些蓝色的泡泡吞没，连同房间内的豪华家具像棉花糖一样融化重组，地板变成了草地，又倏忽间变成了一道溪流。

仿佛要让人重新体验万物转化生发进化的过程。血块带给鼻腔的不适感不见了。我能闻到的只有黏糊糊的蜜糖的味道。墙壁变得像纸一样薄，快速折叠，诡异的景象渐渐寻求到自稳定。房间变成一片干燥的沙漠，和孤儿帮的驻扎营地是那样的类似，澄澈的夜空代替天花板，一轮明月朗照着脚下银色的细沙。

只见奎斯特穿身洁白无瑕的小礼服，戴着礼帽，好像一个即将登台为观众表演的魔术师。他依旧端坐在那张巨大的办公桌后，反扣桌面的手上换了一双白手套，接着，他从上衣口袋里掏出雪茄来，用小刀小心翼翼切掉雪茄头，点燃它，愉快地吸了起来。

"我们上载了。"他说。

他的伤像是完全好了。他的身体恢复了原状。

"欢迎来到灵思域。"

是灵思。不是美兰域。

他的反叛和加入美兰果然是早有图谋。这条忠实的公司狗，难怪他儿子让我保护他。要杀他的人该是美兰。

娜塔莎挣扎着从沙地上爬了起来，这回，我竟从她的眼神里也看到一丝茫然。

显然，她并不知道发生了什么。

"让我带你去见女儿吧，都没关系了。我要告诉你，就在刚刚，我最后的魔法完成了。"他说。

他从桌子后面缓缓站起，不知道从哪里拿出一根文明杖。他在沙地上敲敲打打，似乎这儿存在着许多看不见的障碍。

"只是融合得还不够好。"他说。

我和娜塔莎默默地跟着他。

融合得还不好。

我一直思索着这句话。我们在一片星光璀璨的沙漠中踽踽前行，东拐西拐，不知道走了多久，还好有奎斯特带路，虽然我不知道他到底要去哪儿。

有时，他敲击到一堵看不见的墙，于是就掉个方向。

有时，他一不小心趔趄一下，他的脚下会像玻璃一样破裂，露出镶嵌着黄金的大理石地砖。那是现实世界。原来，是一具美兰人的尸体绊住了他。

我渐渐理解了发生了什么。

我们似乎还在美兰大厦里。但网络入侵了我们的意识，我们的意识上载了吗？我们身体像进入了现实和网络的某种缝隙。

这是怎么做到的？

终于，他停下了。

仿佛在仔细地探看眼前环境，小心地迈出第一步，然后是下一步。

居然是一道看不见的阶梯，正在天空折返。

越爬越高、我们越爬越高。离那枚月亮也越来越近。手杖末端传来清脆的笃笃声。

奥汉说："就是你杀了魏玛，对吗？他们都以为我是凶手。是我为了上位派杀手杀死友商的高层——"

娜塔莎沉默着，并不回答。

"还有你，"他接着说，"父母永远不知道自己的孩子做了什么，你的女儿是自愿回到这里的,她有她的野心——像我一样。"

"韩笙,对不起。"娜塔莎终于说。

我摇摇头,表示不必如此,我心里已然有数。

我掏出那张照片,边太太意识重铸的产物,遥远的过去,那个穿红裙子的可怜女孩子出现在一场明争暗斗的葬礼上。

"这是艾丽丝送我的。现在我把它送还给你。"

她接过照片,痴痴地看了一会,顺着风丢掉了。

虚假的照片在虚假的风中消匿无踪。

"又何必……"

"我恨他,我恨我爸爸。你不会理解的。"

我们走了好久,大概一个钟头那么久。我居然觉得很累,娜塔莎的伤没完全恢复,她喘起粗气。她在过去用了太多次纳米机器修复自己,现在效力大打折扣了。我们大概爬了五十层楼高,沙漠看起来和天空一样辽远。

这时,世界又变了。

就像千变万化的万花筒。

这条路的尽头居然是一个游乐场。月光下的沙漠消失了。看不见的阶梯消失了。我们来到了一个游乐场。

攀登还在继续,只不过现在开始攀爬的东西变成了一台巨大的摩天轮。

头晕得要命。我忍住不去呕吐,摩天轮轿厢里有一些死掉的动物,狮子、老虎,还有一头猪……随着攀爬,摩天轮转动起来。动物尸体在轿厢里轻轻晃动。动物的脸上都长着我熟悉的人的脸……

"真够恶心的。"我想。

在游乐场里,我见到了最意想不到的人。

是那两个闯进魏玛酒吧的黑衣人,我认出来,一个生着金色长发,戴面具,一个是有着妖娆身段的黄种人女子。

他们都穿着猛犸紧身衣。看到我,两个杀手开始逃跑。走了这么远,爬了这么高,我终于离开了现实世界中的美兰大厦。不知何时,我的脚下多了一块电滑板,汤姆的大脑黏糊糊的,正操控我的滑板。它黏附在板上,控制板载着我进行这场追逐游戏。

娜塔莎和奎斯特在哪儿?

算了。无所谓。

杀手钻进一辆飞车,开始绝地逃亡。

我的物质粉碎枪一下也没有射中。真让人懊恼。滑板升空,追了上去。天上的大团云朵一闪而过,眼前一花,滑板的速度越来越快,一种要命的心悸感。没有冗杂的加载,一切在这个世界边缘失重。我伴随着那些建筑如同瀑布一样在世界的边缘倾泻而下。流向下一个诡谲的世界。这是一座异星风格的宇宙殖民地。举着激光枪的、蛞蝓一样的外星土著对着天空吵吵嚷嚷。杀手的飞车撞倒无数怪模怪样面孔丑陋的巨人石像。汤姆的大脑小心地操控电滑板躲避飞裂袭来的碎石——好像子弹或箭矢。

片叶不沾身。他果真是金湾最棒的滑板客。

我明白了。我们这是正在冬眠网络的不同世界折返、跳跃。

下一个出现的世界会是什么?

我突然有些期待起来。

一个昏君的皇宫。汤姆驾驶滑板掠走他华美的羽毛帽，昏君端着金杯在愤怒地吼叫。

一处盛开紫罗兰的大花园，历经千辛万苦得以团聚的怨侣正在紫罗兰花丛中拥吻，被我们吓得赶快分开。滑板撕碎花朵，紫色香气的花瓣纷飞而起。

一处繁华的海上都市，就像我们的金湾一样，穿过霓虹数字流组成的数据传送门，我们惊扰了一场盛大庆典。所有的玩家云集在此，惊讶地注目我们的追逐戏码。

天空忽明忽暗，日月颠倒，星星升起又落下。庆典放起烟花。

物质粉碎枪击中了那辆飞车。飞车在火光中坠落。

他的面具脱落。一切伪装都已碎裂。

我终于看清他是谁。他的脸孔是一片虚无。

他不存在。可他偏偏无处不在。

这就是你给我的提示吗？

这是杀人者的手法。

如果说，我猜得不错，是娜塔莎，或她要帮助的哪个人，他们想干掉魏玛还有那些上载者，可等时机成熟，真正行动的凶手是两个不存在的幽灵！我突然恍然大悟。

幽灵。

不存在的人。

网络人K侵占了我的女儿的身体，就像AI罗伯特侵占孩子或美兰人的尸体。娜塔莎正是用这个手法，在众目睽睽之下，在我面前杀死了魏玛。

网络人的附身不是都市传说。

可他们又是如何办到的？

我突然发觉，这种现实物质和虚拟意识的模糊转化，好像我眼前的这个世界……这就是杀死三十二个美兰域上载用户的连环杀手的真相。

我清醒过来。原来我还在那架载满动物尸体的巨大摩天轮上攀爬，不过已经快到顶端了。

"你还好吧？韩笙。"娜塔莎关心地看着我。

48

"我没事，"我说，"只是稍稍恍惚了一下。"

"我在想，也许整个事件存在一个主谋，但奎斯特说得也不对，并不存在一个真正的杀手，杀死魏玛，还有其他人。你说对吗？只是一个猜想，毕竟你看，眼见为实这个词在美兰域毫无意义……"

娜塔莎沉默了一会，说："你开窍了，韩笙。"

"眼见也不一定为虚。"奎斯特突然说道。

来不及细究他的话中意。

他终于停住脚步，摩天轮消失了，在空气变得很稀薄的高空，出现一道小小的门扉，就在空白台阶的尽头。那扇门后还是游乐园的白云，但门缝里有光透出来。

空气中若有若无的血腥气提醒我，这里依旧是美兰大厦的某一层。

"进去吧，"奎斯特说，"你要找寻的就在里面。"

"让我猜猜，你为什么带我来这里。"望着门，我没有推门而入，我多希望现在就知道全部真相。

他虚弱地笑了笑。

"你已经阻止不了我们了，"他说，"神再一次诞生了，它正在接管整个世界。你们都会死在这里。"

"拭目以待，看你的哑谜是否配得上我找到的谜底。"

他的样子既疯狂又虚弱，让人无比厌恶。娜塔莎冲上前去，她的眼中闪烁仇恨，手腕弹出折断的唐刀，想要切断他的喉咙。她早就想这么干了。

"不要！"我喊道。

可奎斯特的身形只是在蓝色的数据比特流中抖动两下。他连一根毫毛都没伤到。

幻觉还是数字投影？

如他所说，虚拟和现实正在混淆不清。

"我也快死了。"这个策划了一切的老人悲哀地说。他郑重地摘下那顶羽毛帽，"那就祝我们都好运吧。"

我推开了那扇门。

首先，感受到一阵短暂的窒息般的痛苦，像在深渊里呛了一口水。我正在飘浮着，这里是宇宙，我没料到公司制造的最后幻境，居然是一片宇宙空间。

一枚小陨石与我擦身而过。头盔里嘟嘟提示的是异物靠近的警告。

娜塔莎握着我的手。她的手上戴着厚重的航天手套，她身穿宇航服。应该是土星十二型的旧款式。我低下头，发现自己也是一样的装扮。

天啊！远处是无垠的星空。

我甚至看到了渺小如豆的太阳，刺破了黑色的布景。布景点缀着几颗逐渐碎裂的正拖着蒸发尾迹的小行星。这里是柯伊伯带，然后再远处，是近似永恒的奥尔特云……

一艘宇宙飞船正飘荡在离我们不远的地方。

大概三英里远。300米长。银色的金属外壳反射着暗淡的太阳光。不仔细看很难在漆黑的宇宙背景里分辨出它。

一艘宇宙飞船。

没错，正是土星十五号。我小时候，千百次在移民区街角的玩具店里见过它的小比例模型，闪光的船壳里构造复杂，饱含机器之美，是所有男孩童年梦想。娜塔莎怀中的汤姆大脑似乎也在雀跃。我记得，他喜欢这些精巧美丽的飞船。

我的头盔里有个小小的形似无线电的装置。看来，虚拟宇宙也符合现实的物理法则。

"如果这里是真假交错的地带，那我们可要小心一点。"娜塔莎说。

"我会在船上等你们。"奎斯特说。

"你承诺要救我一命，放我自由。"罗伯特说。

"韩老大，对不起。"盖洛说。

"给佳佳过好这个生日。"老边说。

"爸爸……爸爸……"最后，我的女儿韩佳说。

土星十二型宇航服身后的火箭背包启动，工质燃烧，喷出白色的抛射物质，我们向着飞船方向飘去。娜塔莎抓住我的手，不习惯使用喷射器，我们一下子在空中打了个转儿。她应该在一脸担忧地看着我。"你又出神了，你怎么了？"我摇动头盔，"没什么，都是幻觉，"我说，"我只是没想到，那会是土星十五号。"

能分辨出一颗脉动变星正在视野边缘闪烁——那是一颗造父变星，土星十五号的船首圆锥对准了它。猜得不错的话，这是为了锚定方向。造父变星在星际旅行中充当灯塔。可按华人习俗，变星是凶兆。

我们顺利接近了飞船。

飞船像一头搁浅在宇宙中的银色巨兽，它的门牙是十五座（位于圆锥正面和侧面，上七面，下八面）光栅控制的动能大炮，负责咬碎对船身有威胁的小行星，它的核心是聚变炉，靠前进时两侧展开的伞翼一样的薄膜结构收集氦-3作为燃料；那是一颗温柔地跳动着优美等离子蓝色火焰的心脏。在靠近有成为未来殖民地潜力的行星时，它不会直接降落，它的船腹可以容纳几艘小型登陆艇，那些登陆艇会以较慢的速度在近地点缓缓迫降，穿梭可能存在的正变得灼热的大气。小艇底端的机械手臂会抠住硬度足够的岩体，检验大气和岩石的成分……确保安全。此时，巨兽的背部才会张开无数用于缓冲的翅膀。

它酷极了！对吗？

娜塔莎怀中的汤姆·伯德的大脑兴奋地蠕动着。

飞船正在迎接我们，它底部的一处小小的气闸门打开了。

我和娜塔莎轻而易举地钻了进去。

喷汽背包关闭，这是传说中的气密过渡舱，宇航服还要进行减压操作。漫长的等待。"有必要这么拟真吗？毕竟是游戏。"我想。脱掉宇航服，穿出气密舱，是一条洁白的长廊道。

我最近经常在类似的地方打转。

身后的舱门关闭了。

我回头看了看，除了一面墙壁，什么都没有了，周期性闪烁的造父变星也不见了。

有一些不自然的紫色光圈散布到娜塔莎身上，这继续体现着美兰域的非现实一面。紫光里，她和我的影子投射到长廊的角落，好似鬼影。缓慢旋转的飞船产生的充当重力的离心力大概只有1/2g，非常弱，我近似前冲式地跃入下一个舱室。这是宇航员的一间休息室，灰色的圆弧棱角的金属柜子固定在墙上，中样有几张固定在地面上的软凳，上面横七竖八地躺着几个死人。他们的眉毛眼睛嘴巴上都挂着亮闪闪的冰晶，这些人是被冻死的。

远处传来娜塔莎的呼唤："韩笙，快来看，这里有一座还在运转的电梯。"

我们揿下电梯按钮，这间载货电梯极为宽敞，只不过里面也有尸体，两个人面对着死去，他们互相持枪对着对方，眉心各有一处早已冻硬的血点。

"他们在自相残杀。"我说。

"这里真是土星十五号？"

"是的，人类最伟大的一艘世代飞船，十五年前从地球启航，一年前从泰坦重新出发。这次据说要穿过柯伊伯带，计划一直航行到系外……无论这里是美兰域还是灵思域，都太逼真了，可设计者为什么对土星十五号抱有这么大恶意呢？这里的每个人都死了。"

"忘记了奎斯特的话了吗?韩笙,眼前的不一定是幻觉,不一定是虚拟的……"

"我们来到了真正的土星十五号?别开玩笑了。"

"对不起。韩笙,我也不知道这究竟是怎么回事。"

电梯里的显示屏正播放着广告,由美兰投放。是一款带着泡沫的啤酒广告。这里的船员也饮酒。

我没法像以往一样呼出菜单。

该死,我已经分不清现实世界和网络了。

"叮"的一声。电梯到达顶层,这里似乎是船中央的操控室。很多通道在这儿起始。这里一定经历过一场激战,洁白的舱壁被炸得漆黑,到处都是断臂残肢。

"他们内讧了。"

"一场叛乱,和三十年前泰坦殖民地的叛乱一样。"娜塔莎说。

我小心地跨过尸体,一个袖口徽章衔级很高的男人戴着防弹盔,倒在飞船的指令台前,地上散落着一些文档——这架历史悠久的飞船依旧采用纸质媒介记录航行日志。

这是我第三次看到"灰蛊风暴"这个词。

"这是什么?"我喃喃自语。

娜塔莎把文档抢过去。

"的确发生了一场叛乱,"她说,"船员们不知道为什么崩溃了。

"船长猜测心智失常和这个所谓的'灰蛊风暴'有关。'灰蛊风暴'……你知道吗?上面写了,它就在这艘船上……"

我们为什么会来到这里?我为什么找不到女儿的踪迹?

因为我的女儿在这艘飞船上。

我的女儿其实早就不在地球上,不在金湾了。这个念头突然击中了我。

49

飞船的姿态突然偏斜,一时间船舱上下颠倒。剧烈的震动下,尸体接二连三地被抛起扔下。一切都乱成一锅粥。

全船广播系统里突然传来声音:"来找吧。韩笙。真正的薇荍拉就在飞船上。"

是奎斯特的声音。

突如其来的加速度让我和娜塔莎摔了一跤。刚刚大概 1.5g 的偏离旋转加速度让我眼前一黑——宇航员的隧道效应。我的四脚朝天,头撞到了操控台上。我可算知道为什么这里的每件东西都是圆角的了。

这里如果是虚拟世界,那么它关于物理法则的模拟堪称无懈可击。

三号区域有个大洞,那里正在泄露燃料——这就是飞船震动的原因。在船长尸体旁总控台上的大显示器告诉了我们这个信息,那里监视着整个飞船的实时状态……

"这里马上就要毁灭了。"她说。

"先去找佳佳。"我说。

我适应了加速度,失魂落魄地踢开周围着乱七八糟的东西,冲出总控室。我不知道自己怎么会落到这份田地。脱掉宇航服后,我逐渐习惯了船舱里浑浊的空气,我大声喊着,"佳佳,我是爸爸!你到底在哪里呀!"船舱里空气越来越稀薄。娜塔莎追上我,她搀扶着快要倒下的我。我当即决定用笨方法,兵分两路,在这艘飞船完蛋之前,搜索这里的每个角落……

灰蛊风暴

我小心看着密封瓶上的标签英文。这其实是巨大的足有一米高的真空透明树脂容器。它的名字一开始迷惑了我,让我以为是什么天文现象。

它软趴趴地瘫倒在瓶底,它有形似某种水生腕足章鱼的许多足爪,没有明显的头颅和身体的界限之分。

密封瓶旁的温度和养分维持设备也停止了运转。

"这是什么?"我问娜塔莎。

我轻轻触碰容器底部的电脑显示屏。

尸体倒在一旁,灰蛊风暴害他发疯,他本来是船队的科学家,电脑上记载了我不能想象的一切。

娜塔莎答道:"土星十五号实现了第一类接触。"

第一类接触。

这只灰色的怪物属于外太空。

画面上,一千万只彼此相似的这种怪物组成了一道灰色的风暴游荡在星际空间。土星十五号抓到了几只。这就是土星十五号三十年星际探索的成果之一,如果不是囿于短暂的生命和进步缓慢的探索技术,我们早该发现,在这片宇宙中我们并不孤独——而就算如此，泰坦的殖民者也发现了许许多多匪夷所思的东西。

舱室背后的裂缝里红彤彤的，像是氦-3燃料的输送管道，两只灰蛊风暴正是从那里逃跑，感染了全船。当然，它们现在也已经死在飞船的地球大气里了。

"美兰想要发展宇航技术，就是因为30年前发现了这些怪物？"

她说："是因为探索我们的宇宙实在是有利可图。而且就成果而言，超乎想象……"

"比如让人对现实和虚拟分不清的技术？"

"比如——你知道，它为什么被称作灰蛊风暴吗？"她冷静地问。

"难道不是因为它在宇宙中的形态吗？"

她摇摇头。

怎么会？我开始阅读那台电脑中的文件——似乎和娜塔莎在比林顿偷走的文件是同一份，当初我只顾着去见边太太了。看了许久，我呆住了，我从没想过真相会是如此。

"魏玛这样的美兰高层知道灰蛊风暴这么危险——"

"这么危险？不，"娜塔莎说，"他们巴不得促成此事。"

大约30年前，在泰坦殖民地甲烷海基地居住一年以上的人类殖民者往往会患有一种古怪的疾病：人们会莫名其妙地陷入美好的幻觉。

"美兰域。"我突然想到。

"是的。"

在陷入幻觉的人类眼中，他们回到了鸟语花香的地球，而不是寒冰地狱一样的土卫六。

灰蛊风暴感染诱发了人脑的幻觉。不。不是幻觉。是真实的感觉。

这是一种前所未有的体验。或者说病症。每个人都看到了相同的美好事物，他们的感官被一种奇异的能力串联了起来。用最逼真的模拟感官。

听起来是不是很像冬眠网络？

当这种异常的感官降临所有人，那么幻想和现实就没有区别。是的，没任何区别。这正是灰蛊风暴的可怕之处。世界不再以其物质属性为转移。它们并不算智慧生物，可它们的薄弱意识附着在了人的身上时，许多人就这样，一头扎进了甲烷海洋里，可在幻觉消退前，他们始终活着。他们以为自己在温暖的地中海度假村游泳……

而且，最令人意外的是：幻觉可以成真。

灰蛊风暴拥有一定程度上改写现实的能力。美兰人也想不通它们是如何做到的，也许是它们强大的计算能力，也许是它们能和某种不断消耗已知物质，构造暗物质的超空间联系……

图灵关于宇宙的猜想是对的，我们的宇宙的本质不是物质，而是信息。只要掌握了改变信息的能力，就能左右我们的宇宙。

"然而，灰蛊风暴真正的能力，是改写现实，甚至重塑星球。灰蛊风暴不能在地球的含氧大气中生存，它们需要足够低温的环境散热，就像计算机主机一样，此外，它们还需要甲烷作为自身的养料。美兰的学者发现，灰蛊风暴为了生存，制造了泰坦的甲烷海洋。

"土卫六是被生命重塑的行星。"

"当一般的灰蛊风暴感染者幻想玫瑰花时，他会闻到本不存在的香气，摸到不存在的花；而个别感染者可以凭空创造出一朵花！他真的摘下了一朵花……极个别体质特殊的感染者和灰蛊风暴形成了共生，无意识中支配了灰蛊风暴的能力。

"美兰人解剖这些灰蛊风暴后发现，这些怪物像一群生物计算机。它们的多脑囊腔富含硅硼元素，类似人类芯片的 PN 结。它们摄取液态甲烷补充损失的能量和为大脑散热，这些飘浮在宇宙中的硅基风暴让美兰人大开眼界，虽然它们如何实现能力依然是个谜……"

"强人工智能的可能性？"

"进化的可能性。"娜塔莎说，"灰蛊风暴没有除了生存、觅食以外的智慧。可是如果有朝一日，人类能变成这样的生物，能够变成思考机器。如果能获得灰蛊风暴的奇异能力，我们将会征服一切。如果这些硅基生物可以思考，我们的计算机一定也可以——"

好在，地球大气对灰蛊风暴是有毒而致命的。

这种奇特的真空漂流生命不会靠近缺乏甲烷大气的行星，太空中也缺乏足够的养料让它们改写现实，这是我们文明的幸运。

"这一切真的太不可思议了，娜塔莎。"我苦涩地说，"那现在，我们是在美兰域，还是灰蛊风暴的幻觉里，还是在被制造的真实里呢？"

"我也不知道，韩笙。"

我思考了很多。可没办法，只能走。不断走下去。

当务之急是找到佳佳。我不断祈祷着。祈祷她在这一切的外星幻想或现实中平安无事……

灰蛊风暴，的确是一场席卷人类的风暴。尽管人类在宇宙中是如此渺小，尽管灰蛊风暴离我的生活有亿万公里的距离，可过去二十年，它已经间接或直接影响了我们所有人的命运……

"佳佳，你在哪里呀？"

现在，我只能大声呼喊。

一个小时里，我们堪堪搜寻过小半个飞船。飞船的震动越来越强，它马上会解体吧，我无奈地想。

终于，功夫不负有心人。

"爸爸，我在这里啊。"

空灵清脆的女孩的声音不知道从哪里传来，在我耳边惊雷般响起。我猛地一抖，不是幻觉吧？终于。

我终于找到她了。

"还有你，姐姐，这一路辛苦你了。保护我的爸爸，带他来见我。"

我讶异地看向娜塔莎。她的眼神里闪过一丝犹疑，可最终还是恢复了坦然和澄澈。

我这才意识到，拥有万千身份的娜塔莎，为什么就不能有一个身份是我女儿的朋友呢？

我始终揣摩不到她接近我的目的是什么。单纯地骗我帮她复仇吗？现在，好戏上场了，最后的真相逐渐拉开帷幕。

"韩笙，很意外吗？拜托，不是吧？"

现在，她挣脱了欣富罗莎的身份，发色恢复成红色，秀丽的脸庞也在变化，那种感觉就像一个久经风尘的动物在洗掉身上的尘土。这是她真实的样子吗，和所有伪装比，有些平凡。可还是很美。

她的灰眼睛明亮又充满幸福地望着我。

这是真正的你吗？我没问出口。可她用眼神回答了我。

是的。

"终于走到这里了，佳佳的愿望就要实现了。我终于可以对你坦诚相待了。"

原来，她一直都是孩子们的帮手。

如果在如此多的伪装中找到一个最符合她的身份——克里斯蒂娜，这才是她给自己取的名字。她从始至终站在孩子一边。

"你把我骗得好苦。"

"抱歉，你也许需要很长时间来消化这个事实。但是你要相信，与佳佳无关，我真的喜欢你。"

我苦笑一声。

我居然听到在宇宙的某个角落，奎斯特有些惊讶地倒吸一口凉气。他垂死的身体躲藏在气派的老板桌后，和被摧毁的战争机器为伴，老谋深算如他也没料到事情会演变如此。复刻灰蛊风暴网络人格的实验体在最终形态，居然能突破美兰域的封锁，主动联系我。

——她挣脱枷锁，不再受控制。反而开始反抗起来。

"你的计划失败了。你控制不了她。"

娜塔莎对着仿佛牙痛的奎斯特，说："你们才是被利用被打败的一方。"

接着，她告诉我。

美兰五年前就已经绑架了我的女儿。想让她成为这个计划的一部分，可后来我的女儿逃走了，遇到了一些人，经历了一些事情。这回，她是自愿被美兰带走的，只为了完成孩子们自己的复仇计划。

"对不起,韩笙。这一路我故意引诱你终于来到这里。你的女儿更需要你。"

"你真的要毁灭金湾?"

"我只想毁灭美兰公司,这点我从来没有骗过你。"

我注视着娜塔莎。她的真正容貌和我千百次在梦中见到的差不多,毫不惊心动魄,甚至略显平淡,可她的眼睛真是美极了,像一对灰白色的明亮的宝石,里面封存着狐狸的狡猾机敏。这份狡猾,对于任何男人来说,都是一副欲罢不能的毒药。

飞船的生命循环系统还在制造很冷的空气。

"不是幻觉。现在,美兰域入侵金湾已经成为定局。到最后,你的女儿会是这颗星球最有能力的人。一位拥有智慧的灰蛊风暴。虚拟与现实的法则会融合到一起,没人再会欺凌我们了,"她说。

"也再没人能阻止她了。"我喃喃地说。

我在心里渐渐复原这整桩事件。

因为发现了外星生物灰蛊风暴,金湾的美兰公司的野心大了起来。不仅仅是一开始只是想制造的,一个能够充当宇宙远征军大脑的听话的强人工智能。

为了躲避竞争对手的间谍,他们把最后的实验放在远离地球的土星十五号飞船上。没想到弄巧成拙,自己招来毁灭,也算自食恶果吧。

这个充当最后实验体的孩子,恰恰就是我的女儿。

我现在唯一的问题是:最后掀起实验船上这场叛乱的,究竟是灰蛊风暴,还是我的女儿……

50

这里并不像一间实验室——

和汤姆的"囚笼"一样，并没有任何看守。

宛若广场的巨大房间占据了船首圆锥的大部分空间，面积足有十平方公里，舱壁是透明材质，璀璨的黑布一样的星空在医院里一般的洁白地砖上闪烁，这个地方的底色是纯白。房间里遍地鲜花、结满果实的芳枝，甚至还有一架秋千。秋千旁有一座小木屋，风信子在木屋前悠悠开放着。

我伤感着打量这一切，这就是佳佳一直生活的地方。

在我入狱后，他们就把她带到了这里吗？

可没有小女孩的身影。

一团团絮一样，发着白光的光球碎片漂浮在空中。像飞溅的、凝固的萤火。娜塔莎轻轻地触碰，我也学她的样子，触碰一颗光球。她的眼睛里已经流下了泪水。

"这是佳佳在不同时间点的记忆碎片，"娜塔莎说，"你可以看看，她都经历了什么。"

我点点头。触到一颗光球。上载美兰域的微弱不适感觉回来了。

我看到了。

那是大约是五十分钟前的景象：佳佳换了一身白裙子，她在这个透明的太空花园里玩耍。年轻时的我和莫娜陪伴在她身旁，那是她创造出来的AI人偶。莫娜，我没有保护好我们的女儿，我想。

下一颗光球。

到处很昏暗，当然是在地球上。彩灯亮了，我才发现这是一个舞台。三个月前的回忆，薇莪拉宣布要进行一场取悦所有人的盛大圣诞庆典。那是第一次直播，穿着火辣暴露服装的薇莪拉在舞台上跳舞。

她的头顶是一张巨型显示屏，薇莪拉在台上，也在里面。她看得到我，看得到每一个人，我的面前只有她。她的面前却有成千上万人，包括土卫六殖民地上的殖民者，他们纷纷挤在电子屏幕前，仿佛组成了一颗蜂窝状的巨大复眼。人头均布在薇莪拉眼中，千百万张面孔，一格接一格、一张脸接一张脸地交叠在一起。他们欣赏着她，带着属于人类不同意味的表情。

直播结束后。魏玛告诉她，他们会把她再度转移到世代飞船上，试验美兰新发现的东西。对她来说，那里才是一个真正安全的地方。

又一颗光球。

大约五年前。佳佳还没成为"薇莪拉"，她第一次遇到娜塔莎。克里斯蒂娜，是粉红豹的真名。她并非俄罗斯裔，但小时候被送到新西伯利亚北方局生活，她是金湾市警察局前局长、墨西哥人弗里达的长女。

克里斯蒂娜的弟弟叫肯尼，是佳佳喜欢的男孩。

为了叙述的一致性，我还是将克里斯蒂娜称呼为娜塔莎吧……

父母离婚，她很小年纪就和弟弟天各一方，后来她接受大量改造。她也成了灰蛊计划的一名实验体。她把小上自己十岁的中国娃娃，佳佳，看作自己的妹妹。她们一起制定了一个绵延五年的复仇计划。后来，上载法案开始实施，娜塔莎终于逃走了。

她是从美兰研发部实验室囚笼里逃出来的第一个孩子。

然后是翠儿的脸、彼得的脸、雷哈顿的脸、汤姆的脸……孩子们的脸在我女儿的回忆光影里依次闪现。

长电影一样的记忆最后停留在一个男孩的身上。那是肯尼。一个同样有着伤心的灰眼睛的男孩。

良久的沉默不语。我捏碎了下一颗光球：

那是佳佳他们进行的第一次冬眠实验。魏玛在几个研究员身后参观实验，一位有着雀斑的年轻实验员向他汇报。他介绍：为什么制造美兰域的实验一定要用孩子来完成。

"您知道，我们最开始的目的，是研制能独立长时间太空旅行、情绪稳定、拥有自我意识、可以独自处理各种复杂度大于5的意外事件的强人工智能。这是个艰难的课题。前三十年，我们按照通用大数据生成算法搭建期待智能涌现的尝试统统失败了。它们的行为模式统统缺乏一种类人的可塑性——"

魏玛点点头，表示同意。

"后来受到太空生物的启发。美兰想到另一条路。生物模仿。无法凭空制造智能，为什么不干脆让机器模仿生命现成的大脑，无论碳基或硅基？我们的第一个尝试是将孩子的大脑通过冬眠网络联结扭缠，看这能否提供媲美超级计算机的算力，为碳硅融合的新人类——无疑是人类的进化型，研究员确信——的结构设计提供初步数据。"他话锋一转，"可我们失败了。"

魏玛饶有兴味地盯着实验场。他的身前是一道防弹玻璃屏障，实验场里有许多洁白的病床，上面的孩子身上插着许多管子，在沉睡着。他期待研究员的第二个想法。

"我们收集不到足够的样本。孤儿,无父无母的流浪儿,数据量太少了,不足以让机器初步通过蒙特卡洛树自主学习。所以,研发部向公司提出了第二个计划,"研究员说,"这就是我们请求推动的'上载法案'。"

"只要家长不再成为阻力,我们能名正言顺——甚至让他们巴不得把孩子纳入我们的实验。全金湾的孩子的大脑都会是我们的数据来源。儿童大脑优越得多,我坚信,通过剖析神经元尚不稳定的未塑形大脑,可以创造出真正的介乎碳基与硅基生命之间的新人类。"

雀斑脸的年轻科学家宣布启动本次实验。

"这些年,我们通过动物实验发现,幼年老鼠对电刺激强迫行为的纠正反应好于成年鼠,透明染色活体成像用的也都是幼鼠,它们的大脑没有成年鼠那样多病理改变和衰老蛋白堆积缠结。人类也是一样的。

"我们将一跃从动物实验到人体实验。"

小孩子的大脑是最干净的,来不及产生结构异常,比如淀粉蛋白沉积,异常神经纤维缠结,年龄老化导致的神经元死亡和奇怪的胶质疤痕增生,也尚未发生神经性退化,或血管硬化,这些难以避免的老年性组织坏死。孩子们也没有成人大脑那么多复杂思虑,肮脏情欲,无可宣泄的悲伤和旧回忆。我们的心底冗余的秘密堆积如山,孩子们不同。一个人回忆越多,海马体越衰老,雏形阶段的人工智能对大脑模拟的难度就越大,要模仿的数据也越多。

理所应当,这项实验的实验材料只能选择小孩子。

目睹这一幕时。我不知道说什么才好。就因为这个原因,我把我的女儿搞丢了五年。

是的。

在美兰看来,儿童的大脑更接近人类的本源,为了节省研究时间,他们选择了今天的结果,期待更容易模拟足够复杂度假人反应。魏玛是上载法案的负责人之一,此外还有研发部的几位副总裁,他们梦想在五年内开发出真正的"思考机器",十五年之内,就可以诞生媲美灰蛊风暴的新人类。

美兰的董事会押下五分之一的周转资金支持这个秘密项目,只是因为它的成果确实有利可图。

我的女儿就这样成为实验品。

所有成人则为自己孩子的实验买单。

老人们根本不可能享受上载的幻觉,他们冬眠只是为了等待死去。他们仍在做梦,但没人关心他们想什么、梦到什么。

这就是美兰的全盘计划。

这就是上载法案的真相。

我的女儿此刻,就躺在防弹玻璃屏障后的病床上。

然后是下一个,再下一个光球。我女儿沉重又难以言表的过去。看。她第一次遇到娜塔莎,克里斯蒂娜作为虚拟女郎,在网络观众面前表演。她明白,她和她一样永远都是美兰的俘虏。再五年前,冬眠网络没有正式上线,还在试运行阶段,可贪婪野蛮的大人还是对着屏幕里的她的影子欢呼。

那样美,就像花一样,在屏幕的另一边摇曳。

我知道,我无法穿过那扇屏幕,真能触碰到她。

她挥挥手和眼前千百万人打招呼。我却在那双迷人电眼中,看到了一丝疲惫。

我没有再捏碎下一个光球。因为不知不觉中,我已是流泪瘫坐到地上。娜塔莎轻轻拍打我的头,像我的母亲。

太苦了,我想,妈的,这都是什么事儿啊?!

娜塔莎瞥见地上的那条已断成两截的蓝宝石银项链,是佳佳的十周岁礼物。她从洁白的地砖上拾起了项链,递给了我。

我环抱自己的头,努力地逃避现实。现在,我确定了,这片空间不是美兰域。绝不是虚拟网络。现在,我确认了,我的女儿一定在这里,或者来过这里。

小男孩是在这时从一片浓重的阴影中走出来的。

看到他时,我瞪大双眼,挣扎着爬起来。

我终于见到他了。

拐走我的女儿的罪魁祸首,K,肯尼。我怒不可遏地想要抓住他。他却像泡沫、幻影一样,在我的掌间消散、重组。

"我早说过,我是网络人。"他说。

"佳佳在哪儿?!"我大吼道。

娜塔莎这时在一旁泣不成声。我意识到,K。King。肯尼。就是她业已死去的弟弟。

"听着叔叔,你必须阻止佳佳。"男孩突然焦急地说,"她就快回来了,我已经支撑不了多久了。她毁了自己,因为歉疚和爱,而不是恨。你要记住这一点……阻止她,不要让她变成灰蛊那样的怪物……"

这是这个神秘男孩为我留下的最后一句话。随后，他像风中露水一样消失了。

他在提醒我什么？

现在佳佳怎么了？

K在警告我。

孤儿帮也搞错了。他和佳佳是两个完全不同的人。

当佳佳跟随美兰直升机离开时，她自称为K。K也确实在她的身边……现在，肯尼重新以一个男孩的形象出现。所以，他一直在我女儿的大脑里，像罗伯特那样。佳佳的一系列诡异举动真的是网络人K夺舍的结果？还是出于她的自由意志……佳佳的大脑中的确存在另一个意识，不是DID，不是病态的自我分裂，而是她故意融合而来。

通过模仿神秘的灰蛊生物。

汤姆有吞噬人类意识的能力，罗伯特有操控人类思维的能力。

介于旧人类和数据生命之间的网络人大概都拥有类似的能力……

"爸爸。"

一声熟悉又陌生的呼唤。我不由得打了一个冷战。我迅速地回头。

我可怜的女儿，她穿着一身白裙，像被禁锢的小鸟一样，终于袅袅婷婷地现出真身。她又长大了不少，个儿快赶上娜塔莎了。佳佳飘浮在半空中，像一位天使。

"天啊！"娜塔莎惊呼道。

佳佳的脚下跪着两个晶蓝色的人形，都绑缚在小巧的金属十字架上，他们就像突然从土里冒出来的。熟悉的数据的波动感，那两个被抓起来的倒霉鬼，一个是罗伯特，还有一个是个陌生的孩子。

罗伯特不带任何感情的呼救声传到我的耳中。

"遵守约定，救我。韩笙。"他说。蓝莹莹的晶体一样的眼睛里只有动物一样求生的本能。

"你终于找到我了，爸爸。"佳佳说。

我终于找到你了，我的女儿。我想。

罗伯特，这个可怜的AI，被缚着，只能深深地低下头，目光呆滞着看着地面。他努力侧过头，直直地看我的脚。看我遵守约定的时刻是否到了。

51

那个被捆缚起来的孩子是罗伯特的儿子。

你没有听错。那个孩子，是罗伯特和艾丽丝的意识结合产下的新一代。

艾丽丝上传了自己，她的意识也不过是一团数据。你可以把这个新生儿单纯理解为两团数据的杂交克隆。

它是新AI和旧人类意识的后代。

此时怎能不让人感慨？边太太和老边一辈子没生育儿女。这个孩子天生是虚假的，但这好歹也算他们的孩子。

灰蛊拥有硅基脑，却拥有不定形的水母或章鱼一样的身体，它们靠彼此吞噬增强改写现实的能力……

所以，按美兰的预测，实验体之间进行彼此数据吞噬，就会获得更强的智能和能力。

佳佳正是这一系列注定惨剧最后的幸存者吗？

"爸爸。"

她说。

"我很高兴你能来找我。现在你的女儿要长大成人了。"

我已经大致明白现在她要做什么。佳佳，也就是我一直以为的K，接下来想"吃"掉罗伯特，网络上诞生的第一只真正的强人工智能。用人类的身份取代他，也取代灰蛊。

美兰的计划还是成功了：一个拥有独立意识的人类数据智能母体即将诞生。她的原型正是我的女儿。只是出了一点小差错，她并不听话。美兰自以为的控制枷锁，全被打破了。

"停下吧，佳佳。我找到你了，和爸爸回家，听爸爸的话。我不能眼睁睁地看你错下去……"

她摇摇头：

"太晚了。一切都完成了。"

"吃掉那个孩子。吃一个就够。留我。我帮你。"

那个跪伏的人形。罗伯特突然说。

他此刻的话语支离破碎。

饶有兴致地观察了一会儿眼前的两团数据，佳佳说：

263

"你觉得呢？我的爸爸。留下父亲，还是留下儿子。我听你的——"

我只觉得眼前的场景宛如梦幻。娜塔莎轻轻握住我的手，想让我镇静下来做决断。"留下孩子。"她的唇形如此，她认为佳佳同情那个孩子。杀死父亲，留下孩子。同情。这个同样可怜的女孩，她骗了我一路，但的确没有加害我。我凝视她的眼睛，火红色的长发无风自舞着，她的灰眼睛依旧饱含伤心的神色。

和我无数次梦中梦到的不一样。

"留下罗伯特，"我不再犹豫，说道，"对不起。我承诺过要救他。我答应了给他自由。"

我感到一阵恶心。我居然也学会了操弄别人的生死。

"克里斯蒂娜姐姐，谢谢你。"佳佳说。

娜塔莎摇摇头。灰眼睛里又储满了泪水。

"你是个残次品，边。"她说。"边"指的是罗伯特。"你没有人类的感情。你是个失败的 AI。可我爸爸发话了，我饶你一命，我只吃掉这个男孩好了。我一样会变得完全——"

那个男孩突然大声呼号起来，他喊，他想见他的妈妈，想见艾丽丝。

储满的泪水流了下来，娜塔莎脸上悲戚之色越来越浓。我们在眼睁睁见证一场谋杀。我们都是帮凶。"这是不对的，"她喃喃地小声说，"你当初不是这样和我约定的。"

"克里斯蒂娜，我只有获得力量，"佳佳说，"才能保护大家。肯尼的事永远不要再发生了——"

娜塔莎怀中汤姆的大脑，听到佳佳——我女儿的话，又开始颤动起来。她眼露不忍地别过脸去。

佳佳脚不点地，轻轻飘到那个陌生的男孩身旁。他真是艾丽丝的儿子？我还是无法相信。她轻轻地托起男孩的下颌。他蓝色的身体闪光，渐渐地破碎，像玻璃一样变成碎片……男孩哭号着。他和他的父亲不同，他有人的痛苦和恐惧。

娜塔莎惊呆了，她以为自己足够无情。可眼前一幕显然超出她的承受能力……

"留下父亲，放弃孩子。爸爸，这就是你的选择。"我听到佳佳悲戚地说道。

如堕冰窟。我似乎又伤了佳佳的心。我的选择错了吗？

我们仿佛看到男孩的一万种死法，换言之，他在同一时间死去一万次。

佳佳掏出了他其实并不存在的硅晶脑，装模作样地咀嚼。那副样子如妖似鬼。

她不再是我的女儿了。

佳佳的身体长出第二对手臂，然后是第三对……她平展开所有胳膊，身形渐渐变大。那副样子让我想起了神话里的佛陀，又像幻化出十手十脚的毁灭神祇湿婆。她无惊无喜的脸上却见不到慈悲之意。这就是她的最后的复仇计划，她要开始惩罚所有人了。

"娜塔莎，都是你做的好事！"

我知道不该这么说。在震惊和绝望下，我还是咬牙切齿地说出这句话。

佳佳化身的灰蛊巨佛撕裂了土星十五号的穹顶。巨大的身形向宇宙中飞去。小花园支离破碎，许多宇航服飘了出来。在窒息前，我找到宇航服钻了进去，加压的过程很痛苦。娜塔莎只是呆立在那里一动不动，我只好帮她穿戴好。土星十二型的旧款式连体航天服通过背部自动拉链进出，你只需要像钻进一个拱桥一样钻到里面去……气压迅速降低，花园的一切都从撕裂的舱壁倒飞而出，犹如一场小型风暴。我们也不例外，我和娜塔莎被甩出飞船。在宇航服里一阵眩晕呕吐后。远处的土星十五号已经残破不堪，一片狼藉。

佳佳这是变成了什么？

我不知道。

此时，罗伯特终于挣脱了束缚，他漂浮在真空中。"新的人类智能诞生了。融合硅晶脑和碳基脑的新人类。你们成功复刻了灰蛊风暴这个宇宙中最奇异难以理解的现象。她让另一个世界的法则改写了此界的现实，侵染了人类的城市，"他的声音从头盔里无线电中传来，"她拥有了改写现实的能力。地球会成为土卫六那样的星球……"

"怎么阻止这一切？"

"杀死那个超能力女孩。"

"那是我的女儿！"

"那就坐视她毁灭一切。"

"你怎么会在这里？还是被佳佳抓住了？"我问他。

罗伯特惨淡一笑，我第一次在他脸上见到类似的表情。他说：

"很简单，我们两个都在找机会吞噬对方，成为人类的神祇。她是胜利者。"

听到他说的了吗？娜塔莎。

娜塔莎对我们无动于衷，她还在痛苦地思考着什么。

我理解她，但我无法原谅她。——她因为对自己父亲、对这个世界的怨恨，就害了我的女儿。我们由佳佳的力量带到这里，我们该怎么回到地球呢？

结束上载？真是说笑。我该怎么下线？

娜塔莎还在后悔，我冷笑地注视着她颤抖的身体。她在后悔亲手缔造这样一个"怪物"。一路来处心积虑谋划都是一场空。她想惩罚美兰，可她阻止不了佳佳。

佳佳吞掉了一个男孩，吞掉了无数AI，她最后还会吞掉整颗星球。

虽然不想承认，可我的女儿已经变成了另一种灰蛊，变成心中充斥饥饿和怒火，想要毁灭一切的堕落神灵。

我只能把怒火撒在她身上。对我的冷言冷语，她呆呆地不做回应。

终于，你们还是让我的女儿变成了怪物。

娜塔莎眼眶盈着泪水。她抓住我的手，似乎要希求原谅。

男孩在这个时候再度出现，神情呆滞的娜塔莎突然启动火箭背包，奔向他。

他静静地漂浮在坍圮的土星十五号上方，注视着行将毁灭的一切。

我看到，他的身边还漂浮着许多黑球。

佳佳身边的白球是靠美兰域记录的她的记忆碎片。那这些黑球岂不是男孩的记忆？

娜塔莎想抱住男孩，可扑了个空，红光警告大作，在幻影男孩周身响起。"姐姐，"他说，"我已经死去，不存在了，这只是我寄存在美兰域上的意识数据而已，佳佳吐出了我，现在她封印了这些数据的访问权限。你是触碰不到我的。"

K说。不是他诱拐了佳佳。相反，他才是女孩永恒的囚犯。

"现在，你们可以看看我的记忆。握紧这些黑球吧，"他说，"叔叔，也许会解答你心中最后的疑惑：有关这一切的来龙去脉。"

52

肯尼·德卡沃是在学校的体育馆醒来的。他头痛得像被魔鬼钉在火丛上。弗里达·洛佩斯·德卡沃死了，姐姐被邀请来参加他的葬礼。他着急赶去见姐姐一面。可在刚刚，也许是前往校门的石板路上，他一不当心被人打晕了。

姐姐。亲爱的姐姐。父母离婚后，妈妈带她远去新西伯利亚。他们已有差不多三年没见了。

父亲的葬礼是第二天凌晨，姐姐今晚就会来到金湾，他必须抓紧时间了。体育馆漆黑一片，他看不清手表上的读数。现在几点了呢？在孤独的黑雾中，他摸索着找到大门，门被锁住了。他懊丧地用拳头捶响大门，绝望和悲伤充斥着心房。

于是，鼻头开始泛酸。

是谁的恶作剧？

他今年已经十二岁了，已经是大人了！可不能哭出声来。他这样子告诫自己。

我在 K 的黑球中看到这一幕

那天，佳佳悄悄躲在体育馆外。肯尼·德卡沃战战兢兢地爬上体育馆高高的推拉窗，他用力推了推，"吱呀"一声，窗子果然没锁。佳佳看到了他，勉力接住了只能跳窗逃生的肯尼。两个人一起摔倒在一丛蓟草中。

"彼得在找你，"佳佳很生气，"你没有完成今天的治疗，还跑到这里。"

"放我走，佳佳。我爸爸明天的葬礼，我姐姐要回来了！"

记忆紊乱和错觉，正常时空感的丧失——

这是肯尼这组服药的实验组最常出现的副作用。

教授和佳佳讲过这些。佳佳到今天还记得，教授是个很慈祥的老头子，他喜欢佳佳这样活泼可爱的女孩，他打心底并不赞同拿这些缺乏父母管教的孩子充作实验体。虽然学校消失了，但能够管束他们的人又没有消失。他不知道，也无法知道，手头正进行的，是否是公司向他们说明的，是一种有关"儿童营养药物"的无害化实验。

无论如何，没人给这些孩子签知情同意书，眼下的状况是混乱而且违法的……

佳佳想起教授的唠叨。

她觉得肯尼十分可怜。她和肯尼都喜欢打棒球，他本来是个健康快乐的投球手。可现在，爸爸不见了，学校解散了，她不知道该如何是好。

"醒醒，肯尼，那已经是七年前的事情了！你爸爸已经去世七年了！"

佳佳一边大叫，一边摇晃肯尼的身子。

学校解散了，一百二十名没人照看的孩子参加了美兰公司的有偿实验。他们依旧吃住在学校里，老师被遣返，取而代之照料他们的是白胡子医生和研究员，还有护士小姐们。

"佳佳，我快被你晃晕了！"肯尼说。

"和你说个新闻，彼得要参加那个额外实验了。大家都去莲花广场上去凑热闹了。反正你的服药时间已经过了，要不要现在和我一起去看看热闹？"

可 K 还是想不起来，自己是被谁锁在久无人迹的体育馆。

可他想起来了，他喜欢佳佳。美丽可爱的中国娃娃佳佳……

五分钟后。

他们就看到。斯堪的纳维亚血统的小男孩，彼得，穿着一身宇航员一样的奇怪服装，臃肿又可笑，戴着一顶鱼缸一样的大头盔。教授说要对孩子做好防护，这就是他们准备的防护。莲花广场的喷泉被关闭了，剩下的孩子围在防弹高分子玻璃围成护栏的实验场外。

参与实验项目的孩子则列成一列，按次序在大人指挥下，站在那颗奇怪的黑球前面。

是的，一颗黑球。

在一座钢筋混凝土搭成高台上。一台电火花噼里啪啦乱闪的金属圆弧束缚着它,黑球如有生命般扭动变化着,没一个定形。

两位戴着深色护目镜、穿着防护服的大人紧张地注视着这一切。

"固定!"

他们下达了第一条指令。

远离高台的研究员启动装置:金属圆弧仿佛烧红了一般,电流穿过黑球,不定形体安分了下来,它重新稳定成一颗均匀球体。

表面光滑得像黑色的镜子。

"现在。前进!"

他们对孩子们下达第二条指令。

孩子们乱笑着,闹着,钻进了那颗好不容易稳定下来的大黑球里。然后都消失不见了。

韩佳和肯尼这才注意到,离混凝土高台大约五百码处,有另一个被全密闭高分子玻璃分隔的场地,里面有一颗几乎一模一样,只是略小一点的黑球。然后,是可怖的景象,一些孩子从那颗黑球里顺利钻出来,包括彼得,他摘下头盔,傻乎乎地大笑着向 K 的方向挥手,但更多的孩子,他们只有头或者某截肢体钻过黑球,更多身体却留在了原处,断裂的身体漆黑炭化,却一滴血也没有。

所有人都惊呼了起来,彼得更是被吓得跳了起来。

"实验成功,给孩子们服药。"那两个负责指挥的美兰人却说。

那时佳佳还不到十一岁,她短暂地意识到自己处境危急。可马上,美兰用负手性苯二氮䓬药物消除了所有创伤、痛苦、悲戚。

现在你知道 K 是被谁偷走记忆扔到体育馆了吗?

他只是经历了另外一场不堪的实验而已。

271

包括那些有良知的医生们，所有人又一起经历了一场意识清洗。除了死亡后觉醒一切回忆的肯尼，没人记得他们成为实验体最初的这段恐怖岁月。

我从黑球中挣脱。

K 漂浮在我的面前。

我的心里五味杂陈。

可这是什么？

我才意识到，这些黑色球体并不像白球那样简单，而是美兰域的碎片。

"那年，学校被美兰秘密征用为一期实验室。我们作为实验体进行的第一次传送实验就成功了。至于这些黑球，" K 顿了顿，说，"他们称之为'量子隧穿器'，这些新物质是美兰在奥尔特云的纳索斯 XII 小行星发现的。"

"一种新物质，" K 说，"你只用知道，它可以让我们像电子一样'隧穿'，无视光速，穿越空间。这是天然的传送科技——"

天然的。宇宙真的是个无穷无际的宝库。

K 挥动一下左手。我们眼前出现跑动起来的佳佳。

他也获得了一些奇妙的能力。

K 向我展示，按美兰计划，一旦如佳佳一样变成人型的灰蛊风暴，某种拥有超能力的新人类，某种意义上的强人工智能，加上隧穿黑球，她会让人类的触角一点点遍布宇宙，本质上模拟灰蛊的美兰域作为幻想网络，赋予她超越现实的能力。枯燥又无趣，那里的东西的想象逃脱不了思维的窠臼，但自然宇宙的随机性十分广博，如果将宇宙视作一台巨型计算机的话，其复杂程度是单一文明的造物拍马也赶不上的。

"所以，"K说，"如果想见识创造更多有意思的东西——佳佳必须要建立真实的银河帝国。

"土星十二号在纳索斯XII发现的石油般黑色油状物质，可以用人工强电磁场，也就是高台上那些灼热的金属圆弧，来束缚搬运。美兰研究员认为，这种新物质是暗物质坍塌后得到的，所以才不和电磁场相互作用，被牢牢地困在电磁感线的离子笼里。你可以把它理解为一群惰性中微子的结合体。受激球形化，会消除空间网格结构，这正是量子隧穿的原理——换言之，创造出一道星际传送门出来。这种宏量子传送门的误差在十英里内。

"以后，只要载有灰蛊智能的世代飞船忍耐漫长的探索，到达可殖民的新行星，把隧穿器投放在行星上。"

这种传送门就会方便地把它和人类的已知世界联系在一起。

只要到达，就永远到达。

一劳永逸。

一个个完美的星际前哨站诞生了。探索宇宙的回报就是源源不断的新物质、新技术。这就是美兰投资这个计划的底气。

天才选拔幼鹰赛的骗局，小山雀汤姆是个足够聪明的孩子，但还不够资格。他也清楚自己只是失败品，这种悲观促使他的身体和夺取的意识同步扭曲变异……

所有的孩子里，只有佳佳和K成功吞噬他人的意识而没有副作用。

现在，佳佳还融合了第一个自发涌现的硅基意识，也就是罗伯特的孩子。她成了第一位真正的人造灰蛊。硅碳混合的新人类。她在实验中形成的独特体质，也让她获得了灰蛊改写现实的能力——能让现实和美兰域融合的超级能力。她靠灰蛊的力量改写现实，打破维度间的拓扑点。

她是最后的胜利者。

佳佳要让全金湾的大人一起感受美兰域的恐怖。她要告诉我们，美兰域绝不仅仅是个寻欢作乐的好地方。

"至于我的结局。很简单，"K说，"我死在最后一次实验，我自愿被佳佳吞掉，我想和她永远在一起。我愿意成为她意识的一部分。我想，叔叔，你能理解我的想法……"

肯尼又递给我一个黑球。

"触碰它，开启它的力量。隧穿这就开始。你们可以回去了。"

"不要！"娜塔莎哭喊着。

"姐姐，我永远爱你。"他面无表情地说。

53

"你可以恨我。杀你师父的人是我。"娜塔莎说，"那年我十九岁。他从美兰救了我。我伪装后杀进总部复仇，可差点折在里面——"

"这是个很长的故事。韩笙。"她淡淡地说。

"我知道，"我说，"10年前的赫尔墨斯案，你才是最后的幸存者，是舍塔尔救你出来的吧？只有你们两个没被烧死……"

她惊讶地看着我。

"拜托，我好歹是华人之光好不好，在这个故事里，我不擅长你们这些超能力或者人体改造，可我会破案。你的那个梦——"

舍塔尔。我又想起了这个傻姑娘。我不为自己做过的事情后悔。

赫尔墨斯案发生的时候娜塔莎只有十五岁，女孩们被选入世代抚慰计划的原因是因为贫穷。事故那天的受害者一共有十四个女孩，而不是警方以为的十三个——这只是世代抚慰计划 105 名女孩的很少一部分；美兰甚至也不知道自己拥有多少妓女。除了进行赤裸舞女的演出，世代抚慰计划还有更疯狂的下一步，像古代大航海时代一样，她们要成为随船妓女，跟随下一艘发射的赫尔墨斯 2 号前往殖民地。

世所瞩目的惨案打破了这个计划。这是十四个女孩最后的反抗，宁可牺牲自己也要阻止美兰的美梦。

随船妓女计划因为女孩们的死亡被终止了。可这也加速了灰烬计划的开展——美兰亟须克服脆弱的欲望和人性。

是舍塔尔反悔了，自焚的那天她救下了年纪最小最无辜的小妹妹，克里斯蒂娜。"攻击赫尔墨斯号远程遥控系统的是肯尼？"我问，"那年他应该只有七岁，他确实是个少年天才。他也很爱你这个姐姐。"

那是 2063 年。我回到金湾五年了，在罪案方面大展拳脚。我救了舍塔尔，赢得华人之光的名号，可这个举动最后让我入狱。一切都是冥冥之中的天意。

舍塔尔保护了小时候的娜塔莎，也许因为这件事她才爱上我。不仅因为佳佳。命运的齿轮在多年前就开始转动、交错……午夜梦回，我会梦到舍塔尔的脸。这个黑皮肤的善良女孩。她是凶手，也是最值得同情的受害者。她已经死了，在十年后她死于烧伤的后遗症，我从黑帮骗来的钱也帮不了她。这让我悲哀。

而娜塔莎接受改造和绵延多年的复仇正是从这时开始。

"2067年。边在美兰的实验室遇到我，"娜塔莎说，"为了给舍塔尔复仇，我自愿成为最初的一批实验体。比佳佳和肯尼成为实验体还要早得多。想要复仇，可我的第一次独立行动太过稚嫩。我失算了。我逃不出去了……"

"然后老边救了你。"

她点点头。

2067年，佳佳还在我的身边。没有挂载在美兰域上，成为供公司选择的实验对象。

娜塔莎说的那天，正是我最后一次在礼品店见到老边，他原来要去闯美兰。也许因为怕连累我，他一直在独自调查美兰，他是从长手杰克那里发现美兰会对孩子们不利吗？也许他早我五年知道了一切真相。可惜，他再也没有机会告诉我这些了……

接下来的故事无波无澜：

老边带着娜塔莎逃跑。他自诩有路子送娜塔莎出金湾：长手杰克那样的路子。可他们马上就被美兰追上了。老边惊讶于，同样被枪击，娜塔莎恢复得那样快，他看到女孩的身体遭受的难以想象的磨难——

"他本不用死的。"

逃跑时，老边受了重伤，后来开车的是克里斯蒂娜。老边明白，美兰不会对她手下留情，逃走的实验体一定要灭口。老边心里顿时有了主意。

"杀了我吧。"老边说。

"您在说什么？"娜塔莎大惑不解。

"这样下去，我只会拖累你，两个人都会死。按我说的做，起码还能活一个。"

他想，只要娜塔莎一口咬定是老边劫走了她，她反抗并杀掉了老边，美兰就不会再为难女孩。他求她杀死他，和他撇清关系，这样做的实验体就不会被废弃处理。

我相信娜塔莎所说的。

我为老边自豪。这是他能做出的决定。

"先是舍塔尔，然后是边师父，韩笙，你理解吗？"她泪眼婆娑地看着我，"这种无能为力的感觉，所有想要保护我的人都因我而死。我开始把全身都改造成机器。我希望变成一只机器豹子。我需要力量，我想要变强大。佳佳她的心情也是如此——"

"现在，你可以恨我了，韩笙。"她说。

"我不恨你。"

我险些忘记了罗伯特的存在。他还在，如同一团晶蓝色的迷雾，飘荡在我们身旁。他十分用心地听我和娜塔莎的谈话。有人杀死了真正的他。他们享有共同记忆和同样的爱人。

我好奇他的所思所想。

罗伯特从诞生那天起就在进化：先是越来越像人，然后成为人，最后超越人……

硅板的机器和碳板的人类天然有很多相似的地方。他获得了繁衍的能力，尽管按人类定义，更像数据的扩增——他是否成为一种真正的生物？最后，他将超越一切生命，可这个结果被佳佳截和了。

已经来不及了。

K虚幻的身体正在消散，佳佳正在彻底融合她身体吞噬的所有意识。五年来，他寄宿于女儿的身体里，陪伴她。而他终将不复存在。

我松开了黑球，感叹这一切的结局。他没能挺过最后一次融合实验，他自愿把自己的聪明智慧托付给我的女儿，他最喜欢的中国娃娃。他希望，她能代替他活下去。

"韩笙，这就是孩子们的故事，这就是我弟弟和我的故事。"

娜塔莎悲哀极了。她闭紧了那双灰眼睛。因为生命的火光和悲伤的事情，都总是转瞬即逝……

穿过隧穿器，没有头发或者手臂被烧焦。我们回到了美兰大厦。

罗伯特说，土星十五号上的最终实验结束了一切，佳佳变成了灰蛊风暴，她甚至可以改写现实的物理规律。

而她要做的第一件事，就是将网络与金湾城融为一体。

像一个混沌的难以理解的神力交错的宇宙洪炉。

为了让索多玛的罪人更深刻地体会到灭亡前的恐怖，佳佳在她的赛博幻境设置了大量的流血和死亡……

"饿！让我吞噬吧！"

野兽般的咆哮在金湾的上空响起。

城市里到处都是火光和爆炸，罪人在大街上疯跑，他们又能跑到哪里？

审判日降临了。我想。

"饿！"

"饿！"

佳佳只重复着一句话。

不应该这样的啊。美兰的初衷是想创造拥有人类智慧的灰尘风暴。可现在，实验的结果已经毁灭了美兰，她不仅能力远超出想象，无法控制，而且也似乎变得像灰尘一样，失去了理智。

我的女儿获得了惩罚一切的力量，她已经失去了惩罚的意志。她现在依靠的是本能在行动，这也许是吞噬了过多的意识的副作用。所有混沌的意识混合在一起，暂时破坏了佳佳自我的概念。

她才变成只会破坏的兽。

"总有办法救她回来的。"

我绝不放弃。

回到地球后，罗伯特立马融入了网络，晶蓝色的魂灵融入一条冒着火花但尚未折断的电缆里。相比亟待灭亡的"人类现实"，那里才是更安全的地方。

"韩笙，我也会信守承诺的。"

他在我的地图上标注一条用时最短的逃生路线。红色的线路交错着无数的对钩和叉……

"大厦就要倒塌了，里面的人都会死。不要走电梯，按我的路线，你们能活下来。"

好吧。

我再信他一次。

54

罗伯特救了我。

我们正站在美兰大厦外面。美兰昔日周密的安保已经不见踪影。我能听到大厦集体内部传来的隆隆噪音和哭号……

娜塔莎扔掉用光电池的物质粉碎枪,收起唐刀的断刃,她刚刚划开一道阻挡去路的防火铁门。

空气烧灼炎热。我们看到远处有几座开始爆燃的大厦,天空边界折射橙金色的光芒,在弯曲流动着。有什么在熊熊燃烧。整座城市都在燃烧。

"我们在文森特也是如此,到处都是哀号的人,被毁弃的建筑。"

文森特,北非灵思科技统治的第三大殖民城市,北非战争规模最大的文森特战役的战场。

"你还有什么伪装吗?"

我突然把头转向娜塔莎,盯住她的脸,再次确认道。

"没有了,这就是真实的我。此外别无一物。"娜塔莎说。

"不过,你现在居然还在考虑这个问题?"她轻轻晃动长发,她告诉我,事情全部了结后,希望和我一起去肯尼和舍塔尔的坟前坐坐……

"我只想确认,你对我终于没有秘密了。"

那一刻,她羞红了脸。"对不起。"她说。

着火的摩天大厦顶端的全息广告窗口,依旧循环播放着薇莪拉的演出预告：佳佳的头发染成蓝色，戴着一对骷髅纹饰耳环，因多日来的彩排演练嗓音嘶哑，但她仍在拼命歌唱……一枚导弹砸中了屏幕，升起黑滚滚的烟尘。

如此深的恨意，可以预料到，就算没有发现灰蛊风暴，十年为期，她也会成长为一头猛兽。

我不想承认，我的女儿会是金湾建成237年以来最大的犯罪隐患。

她的仇恨不仅因为K、边、无数孩子，还有娜塔莎。她的一切犯罪行为都是在模仿过去的娜塔莎。可娜塔莎最后竟然伪装成一名警察，她还是选择成为史上最凶恶的犯人……

我如此对娜塔莎说道。

我这样评判我的女儿。

"你真是这么想的吗？韩笙。她是在模仿我犯罪？"她问。

"我是佳佳的父亲，但我也是一名警察。"

"前警察。"她说。

"到沙漠去，去找孤儿帮，孤儿帮的孩子都是佳佳在学校的同班同学，无论她变成什么样，她是不会伤害那里的。"

"那我们就去孤儿帮吧。"娜塔莎说，真罕见，她毫无主张，居然听从我的计划……

"一直以来，我利用了你，从你出狱就开始了——"

我摆摆手，示意她不要说下去。可她像是要说尽心里话。我们已经离开街区好远了。在一座景观矮山山顶，能看到湾区冒起浓烟。昔日辉煌美兰大厦正一截一截地矮下去……

"这一切都怪我。

"我不是北方局特工，也不是军用科技间谍……我是孤儿克里斯蒂娜，我是弗里达·肯塔沃的长女。K.肯塔沃的姐姐。K死了，可是佳佳还爱着他，我还爱着他。你知道，这样说来，我也算是韩佳的姐姐。"

"我早就知道了。"我说，"你是佳佳的姐姐。"

美兰毁灭了。我叹了一口气。

"谢谢你当初救了韩佳。可如果你当初压根没遇到她，遇到我，就更好了……"

我转过身说："抱歉。"

到今天，我还是不明白，我是怀着怎样的心情说出这些的。我在躲闪她闪光的灰眼睛，我在无声地谴责。她心里也已经盘算好了，之后的那件事，一切早已埋下伏笔：她的负罪感，她的愧疚，她彻底失去了最后的亲人。是我故意视而不见。

之后，我千百次地回想，早在宇宙边缘，我温柔地拉住她，而不是苛责，无能地回避属于自己的责任，点燃她的懊悔；如果我主动拥抱她，迎向她，我的故事，她的故事，是否会有不一样的结局。

我们驾驶着飞车离开金湾。

城市乱成一锅粥，天上飞散着四散奔逃的飞车，空中管制业已失效，一台又一台阿尔法机器在街巷路口爆炸，无数孩子从小黑屋里逃出来。他们捡起死去守卫的镭射步枪，让街道变得更混乱。佳佳化身巨佛泅渡在太平洋里，她砸断跨海大桥，哀嚎的人和车落在海里。她正在向富人居住的湾区进发。

她失去神智了。

无数士兵——美兰的，灵思的，西美利坚军队，发射拖曳着耀眼尾迹的导弹，一架轰炸机向她投掷小型战术核弹，激光武器在地面形成高温的蒸发云……可毫无效果，烟雾散尽，佛的躯体上，甚至连一片金箔都没被撼动。

飞车的电视新闻里，金湾政府发言人急匆匆地宣布，城市正进入紧急状态。

美兰大厦的废墟正微弱地颤抖，整个城市都能听到，从地下传来的一声裂帛般的巨响，废墟开始剧烈摇晃。有什么要从笑脸狗的尸体中破土而出。

透过飞车的后视镜，我看到一颗硕大的黑球正从废墟之上升起。

"美兰储存的所有隧穿器，都是坍塌的暗物质。一旦它开始展开，金湾将不复存在。城市会被折叠进削除网格的另一层空间……"娜塔莎目不转睛地盯着前方的天空说道。

那颗失去电场束缚的体积倍增的黑色巨球表面蠕动，泛起涟漪，像在逐渐沸腾。球体上伸出许许多多手臂一样细小的黑色枝杈，像是恒星日冕层的日珥……

天一开始只下了一点小雪，后来下起大雪；像是冰冷的哀悼，索多玛即将被上帝的灭世之火毁弃。

路旁一株小小的圣诞树被风刮倒，米格尔大道的市场里，一家店铺的招牌在摇晃，一个可怜的老男人不知道从哪儿钻出来，正背着大风追他被吹走的帽子……我意识到，今天是十二月二十五日，金湾的凛冬已至,还有几天就是元旦。

这,就是薇莪拉的圣诞庆典。

55

我们降落到一片潮湿泥泞的雪上。

娜塔莎的雷达地图亮着一个小亮点,这里是孤儿帮的下一个驻地。没有孩子的火箭弹打招呼。可来不及庆幸,我们就被沙漠里增援军队的一轮防空炮火波及,飞车的左舷损坏了。

娜塔莎说,接下来,我们必须赶快徒步赶到孩子的临时营地。

我和她一起下了车。

雪地上居然躺着一只快要窒息的鱼。它不时扑腾一下,银色尾巴啪嗒啪嗒地打着雪片。它是被一场龙卷风带到这里的,可怜的鱼。金湾毗邻太平洋,冬季海上也会有龙卷风。

娜塔莎带着我走了不远的路。

她突然停住脚步。她回转过头,定定地看着我,眼神很温柔,却像第一次认识我。她的目光让我不安。

雪越下越大,后来变成了雨水。

也许因为莫名而来的愧疚。在这处荒郊野外,在这片雨雪交加中,她最后一次和我坦白。

"我一直在故意误导你,避免你阻止佳佳的计划。可你还是靠自己发现了大部分的真相,你早就怀疑我了,对吗?你一定要见边太太,就是为了验证我是谁。

"你知道,为什么我们一直没有杀死你,而是最后想办法绕开你，不让你触及计划的核心……"

我的预感是对的。娜塔莎要说的是我心中最后的问题。她慢慢说道：

"因为佳佳还是佳佳，她不许我们这么干，多么愚蠢，最行之有效的路子被她自己堵死了。你是她唯一的弱点，她是你的女儿，她装作不再是自己，是不想牵连你啊。不想让你最后觉得，自己的宝贝女儿变成了魔鬼，她不想破坏她在你心中的美好形象，把屠戮恶人的不义英雄和你的乖女儿联系起来。她爱你啊。

"现在发生的一切，一定不是出自那孩子的本意。她不是这样的坏孩子。韩笙，这一次，我真的会帮你，帮你找回你的女儿。我会挽回她的理智，她的良知。相信我。"

我揪心地疼痛。我反应过来她想说什么。她为什么和我来到这里。我也想说些什么——

可她已经用两瓣柔软冰凉的唇堵上我的嘴巴。

良久过后，她松开了我。冷雨下个不停。

"后会有期，我的大侦探。"她说。

一阵刺激麻痹的感觉从脚底泛起。

我发现，她赤裸着疤痕密布的身体。不知不觉，娜塔莎光学迷彩伪造的衣物都消失了。最后一刻，她毫无保留地让我见证她真正的身体；大量改造也没去掉的烧灼疤痕；一直竭力隐藏起来的丑陋身体。她不再怕我嫌弃她。我也不会嫌弃她。她的身体让我想到舍塔尔，也许因为这层渊源，她才会爱上我……现在，她正泪光盈盈地举着无害化手雷的开关。

映入我眼中的最后景象是天旋地转，大雨连带着泪水，和她逐渐模糊的灰眼睛。

56

平生第一次，一个女人和我吻别。

她想自己一个人去阻止佳佳，弥补我和她共同的罪愆。

醒来时，我躺在一张行军床上。四周是潮湿坚韧的帐篷。我被轰隆隆的炮弹声惊醒。翠儿一脸担忧地看着我。

"东美利坚的军队也开来了，金湾会放弃自由市的地位，军队将趁机接管这里，"她说，"更多的公司军队正在赶来。"

我努力挣扎着爬起来："娜塔莎呢？"

翠儿哭过，她的眼泡肿得像个桃子。

"不知道。"

我想——我已经恢复过来，我还记得娜塔莎长长的吻，在连绵的冷雨中，让人动情。她要做蠢事。

这座城市，在历史上近230年里被毁灭过无数次：一百年前的那段时期；北非战争时，老城区几乎被夷为平地；还有那枚核弹。

它经历这么多，可还伫立在那里。

"我要去找娜塔莎，"我说，"今天是什么日子？"

"12月30日。"

我整整睡了五天？

翠儿从营地外特意为我搬进来一台小型老式晶体管电视，显示器可以接收无线电信号。她拧开旋钮，屏幕倏地亮起来。每个台都在播放同一条新闻。巨佛停在海湾里，直播的直升机离得很远，可能看到，海滩上都是凝固的血和炸药余烬。

"它在睡觉，它已经一动不动好久了，也许它玩累了，也许它怕自己对这个游戏腻烦。它没有一口气灭绝他们。"翠儿说。

"也包括我们。"

她惨然地笑了笑。

"你到底——"我欲言又止。

"改造。我大脑的一部分被替换成了机器。主要是被烧毁的那部分。"她说，"克里斯蒂娜控制我语言中枢的开关，这个计划里，本来我就是她的傀儡，可她还不信任我，之前，都是由她决定我该说些什么，做些什么——你懂吗？我就是她的传声筒。但是不知道为什么，她突然要给我自由——"

她果真一直都在骗我。

我苦笑一声。那天出现在安全屋的女孩并不算翠儿，她所说所做，都是出自娜塔莎的意志。娜塔莎从始至终都是那样善于故弄玄虚……

可我却对她再也讨厌不起来了。

"她是个可怕的女人。"我说。

"因为她是个可怜的女人。"翠儿说。

每个人都会是另一个人的傀儡，不只翠儿。我也是傀儡，佳佳的傀儡。娜塔莎的傀儡。金湾的傀儡。美兰的傀儡。我的发声真是出自本心吗？或者只是一套编好的程序。我真的是韩笙？还是罗伯特那样他人思念的数据具象化的造物？

我。我们到底是谁？

我现在还在回味着那那个吻。长长的、潮湿的、冰冷如雪,绵软的一个吻。她一直想向我道歉。但真实情况是,她在与我告别。

我们一路走来,相处的点点滴滴都将尘封在我的记忆里。

我猜到她要做什么。她为自己赢得五天甩开我作战的时间。我还是要去找她。

巨佛停下来,不是因为她在睡觉或者干嘛。因为是娜塔莎拖住了它的脚步。这些我自然不会告诉翠儿。除了我,没人知道娜塔莎到底做过什么,这个神秘又可怜的女孩为什么那样做。

可它还是老样子,矗立在洋流中,即将毁灭一切。

这证明娜塔莎还是失败了。

那么该我出马了。唤醒我的女儿。这是我的责任,只因为她是我的女儿。

彼得亲自驾车送我回金湾。我们要去阻止佳佳。到处都是冲天而起的大火,肮脏的城市要被灭世天火焚尽。街上除了尸体,几乎看不见几个活人。

天空下方,不远处还有一只仍在抵抗的军队奔逃着。

是盖洛,正在带领警察撤出这片区域。原来他没死。

我们飞行在倒塌的楼宇间,静谧的午后阳光洒在废墟上,这本是金湾最惬意的时光。

金湾最宝贵的东西,就是海湾上这些金子一样的光芒。

高耸如云的摩天楼的墙面碎裂,折射着无数幻影,映衬出人类的渺小。闪烁着的变化不定的,是代表毁灭的花纹。

巨佛不远处,是枫叶区划出的圣诞庆典会场,还能看到吊车,搭建了一半的舞台和许多脚手架。

这时,我听到窗外有动物鸣啸。翠儿和彼得吃惊地抬头望向窗外。一幅震惊的场景,一团流光溢彩的炽热的巨大飞鸟从车前划过,大鸟排山倒海的气势令人震慑极了,身形优美的金红色背腹、脖颈,生着彩冠的庄严的头颅,那是一只拥有神性的浴火重生的全息凤凰。它在倒塌大厦和天空间隙中飞旋,抬升……

我们听到的,是那只鸟儿响亮的最后一声鸣叫。

这是美兰外包给奥陶的绝活。

奥陶专为大型庆典仪式炒热气氛,他们的全景 AR 装置是最优秀的,尺寸从一幅画到眼前的拟真凤凰不等,并接受各种类型的私人定制。

我穿梭在这些真真假假的美妙事物之间,感受着彻底毁灭的前兆。

盖洛端着步枪向天空射击,原来他没有死,他在鸣枪示警。他知道,我们这时回到这里是为了什么。他下令,让仅剩的几十个警察和他一起再次返回战场。最后,大约有十个人和他一起拼命往回跑起来。

凤凰掠过巨佛的头顶。巨佛恰如其时地睁开了眼睛。

它的头顶黏附着一小道红痕,发出透彻骨髓的丁香味道。

"天哪,"翠儿喊道,"它头顶上有一个人!"

果然。一个红发女人,颓然地倒在平坦宽阔的金色平原一般的佛头顶上。一颗颗发髻像莲子一样挤挨在金色平原上。

彼得驾驶着飞车不受控制地坠去,仿佛那儿附着一块大磁铁。

翠儿开始高声歌唱一曲哀歌，奔跑的警察纷纷抬头仰望。城里游荡着一些重新活动起来的腐烂尸体，这些复苏的尸体在索多玛毁灭前钻出坟墓，僵硬麻木却和生前一样。

警察朝着这些僵尸射击，把它们打回尘土里。

我已经受够这一切了。

飞车会不可避免地坠毁。我瞅准机会，在下降的车腹和平原挨得最近时，掀开车门，一跃而下。翠儿惊恐地大喊。可我平安地滚落到佛头顶上。

我努力地站起来，巨佛也站了起来。

我感觉到平原在震动。正是元旦前最美好的日出时刻。我的腿没摔断。我跌跌撞撞地抱住一颗莲子，稳住身体，俯瞰晨光下静谧的金湾。所有人，要不死掉了，要不逃走了。女人倒在巨佛光滑的没有一丝褶皱的头顶心处。盖洛刚刚被一大块坍落的巨石掩埋。海湾渺远处，有一圈发白的金色日冕，王冠一样闪耀圣洁光芒。

金湾市坐落在著名的罗戈里德海湾，日出时洒向海面的晨曦薄如一层黄金，这正是城市名字的来源。

那是娜塔莎的尸体。

红色长发披散开，身体如折断般歪倒。我痛苦地从身上掏出那瓶仅剩的纳米机器，疯了一样，把银色液体倾倒到她的头顶。可丝毫没有用处，除了皮肤被药剂烧灼得皮开肉绽，她的脸上毫无表情。她再不能睁开伤心的灰眼睛，也不能喃喃地对我说。"韩笙，我好痛。"

无所不能的超级少女死去了。

我悲痛地拥抱住她。

这个诡计多端变化无常的女孩再不会微笑着回应我了。

我看到,在她身旁,在巨佛的脑心,出现了一条仅容一人的通道,通道深不见底,切口断茬参差不齐。这是她最后的努力,她还是失败了。她是用什么东西弄出这么一条通道呢?已经没人能告诉我了。

巨佛似乎感知到了我,它抬起十二只山一样沉重的巴掌,对准它的百会穴,不留情面地纷纷落下。

罗伯特出现了,他拱起背把我护在身下,晶蓝色数据闪着火花成了一道屏障。我算算,他牵制了巨佛差不多足足有一秒钟……

"那个女人。给它植入了病毒。钻进去,韩笙。"他说。

于是,来不及多想,我跳入那条地狱之井一样的脑髓隧道里。

57

我以为自己会摔死。可没有。

我进入了佛的大脑,似乎永不结束的下落还是停止了,我重重地摔到地上。我的腿终于断了,我想。

而这里的一切给人一种熟悉的感觉。

漆黑一片,我摸到凉津津好似金属材质的墙壁。我拖着一条伤腿,勉力靠墙站起来。

我走啊。走啊。似乎也永远走不到尽头。

我真想现在就找到佳佳。走到她的面前。告诉她,我有多

爱她。

　　我要告诉她，你是想成为英雄，而不是毁灭一切的恶魔啊。

突然间，我想到了什么。

也许，我还有什么东西没还给佳佳。

我的手也流血了，无名指向外弯出不自然的角度。我对着大佛似乎是眼睛的方向站定。努力地在裤子口袋里寻找。

我找到它了。

是那枚蓝宝石银项链。

宝石是我买的，那条宝贵的银链子来自老边。

我想告诉佳佳。你才是我们的宝石。

比蓝宝石还要珍贵得多的宝石。

这是为什么，我选择一枚晶莹剔透的稀有石头作为礼物送给你。不要忘记爱。佳佳。

"来自五年前的礼物，祝你十五岁生日快乐。"

我只能大声地说道。

一切都在变化。一切又似乎没变。

"爸爸，你爱过我吗？"直到我听到了一个声音，就在我的心底响起。

没等我回答。女孩又说道：

"你的腿受伤了，你居然一路来到这里了。这是段很艰难的旅途吧……

"我似乎做了很可怕的事情，爸爸。"

眼前的世界像被谁掀开一道帷幕,一点点亮堂起来。

我发觉,那道凉津津的金属墙壁原来是我家的厨房壁橱。

我们回到了位于日暮大厦的小公寓——在真实世界里,那里早被美兰的杀手炸毁了。

现在,我和佳佳正面对面坐着,我们各自眼前摆着一碗卧了鸡蛋的中式龙须面。厨房里还有一个人影在忙碌着,是莫娜,她在为我们做晚饭吃。

"爸爸,"佳佳说,"我好像睡了很久,做了一个很长的噩梦。"

58

爸爸不会再离开你了。

59

"我该怎么办,爸爸?"

"佳佳,消化不了的食物就吐出来。"

60

我做了一个自以为逗人发笑的呕吐的动作。可佳佳"哇哇"哭了起来。我手忙脚乱不知道如何是好。莫娜端着菜走出厨房,她嗔怪地看着我。

"肯尼,那个男孩,"我说,"如果我猜得没错的话。一直以来,都是他一直陪伴你,对吗?"

"可我有一段时间,居然忘记了他。我也不知道,怎么就变成现在这个样子了。"

"你们两个人意识融合在一起,他总是要时时刻刻都在你身边。现在,你为什么不听听那个男孩的意见呢?"

在过去,他是那样喜欢中国娃娃佳佳。而中国娃娃佳佳也那样的喜欢他。

于是,第一次上载美兰域的感觉回来了。

我看到小男孩和小女孩牵着手,安静地坐在我对面。他们两个是那样要好,形影不离,好似一个人。

我想,他们可以一起宽宥这个丑陋的世界了吧。

金湾市坐落在著名的罗戈里德海湾,日出时洒向海面的晨曦宛如一层黄金,这正是城市名字的来源。

这句话再次回荡在我的脑海里。

金湾宝贵如黄金一样的阳光落下又升起,日夜又一次交替。莫娜，我们又老了一岁。我想起了那个女孩。娜塔莎，娜塔莎，我们只在一起度过了六个月，为了追查我的女儿佳佳下落。可我却感觉我们在一起了六十年那么久。我永远失去了她。

现在，我仿佛听到了来自遥远家乡的鞭炮声。

是莫娜，她提溜着一挂红彤彤的挂鞭从厨房里走了出来。这是源自古老东方的庆祝仪式，没想到在这里能重新见到。两个孩子正饶有兴致地研究起那挂鞭炮。

砰！

有什么东西在我心底炸响了。

我突然意识到，今天原来是公元2073年的第一天。

一个平平常常的日子。只是又是一个时代的开始。美兰倒下了，可源自奥尔特云的黑色巨球，已经开始笼罩这个过于陈旧的小小真实世界。可惜，超级少女娜塔莎再也看不到了，我的师父老边也看不到了，慈爱的艾丽丝看不到了。莫娜和盖洛都看不到了。我的朋友和爱人都看不到了——

看不到，这个肮脏而有趣的，值得怀念的小世界。

于是，我只好也只能对着餐桌，独自抱头痛哭起来。